# 17

## ANNA KATMORE

Für meine Schmetterlingsschwester.

# Kapitel 1

## DER FREMDE UND DAS MILKY WAY

»Wer. Bist. Du?«

Die Worte schießen aus mir heraus, noch ehe die Tür hinter mir zugefallen ist. In meinem Haus ist ein Fremder — sieht aus wie ein Halbgott mit dämonisch dunklen Haaren und den Augen eines Engels. Er kommt gerade aus dem Bad, als würde er nur eine kleine Pause zwischen einem Filmmarathon machen, nachdem er es sich in meinem Heim gemütlich gemacht hat. *Hallo?*

Der Eindringling im weißen T-Shirt wischt sich die Hände an den ausgewaschenen Jeans ab und wirkt dabei nicht einmal halb so verdutzt wie ich. »Mein Name ist Thane«, teilt er mir mit. Dann lächelt er und die Sonne geht um halb sechs Uhr abends zum zweiten Mal an diesem Tag auf. *Was zur Hölle?*

Er neigt den Kopf. »Und deiner?«

Mein Rucksack rutscht mir von der rechten Schulter, zieht dabei eine Seite meines dunkelblauen Hoodies mit und poltert mit einem so lauten Knall auf den Fliesenboden im Flur, dass es mit Sicherheit auch die Nachbarn hören konnten. Das kommt von den fünf neuen Büchern, die ich mir eben aus der Bibliothek geholt habe. Alles Hardcover. »Häh?«

Grübchen und ein amüsierter Blick lassen die Augen des jungen Mannes etwas schmaler werden. »Dein *Name?*«

Himmel! Einbrecher grinsen normalerweise nicht so süß und verwickeln dich in Unterhaltungen, oder? Andererseits wurden wir bisher noch nie ausgeraubt, also was weiß ich schon?

Mit einem kurzen Ruck meiner Schulter richte ich den Hoodie wieder so, dass er sitzt, und schnappe mir dann den Hockeyschläger meines Bruders von hinter der Kommode im Foyer. Dort lehnt er schon seit dem Tag, an dem ich als Kind meinen ersten Krimi gesehen habe, doch heute schwinge ich ihn zum ersten Mal.

»Ich heiße Sandra Michelle Cardington. *Cardington* — so wie es draußen auf dem Briefkasten vor diesem Haus steht. *Meinem* Haus.« Muss ich extra noch betonen: »Ich wohne hier!« Meine Finger würgen den hölzernen Griff regelrecht, während ich einen Schritt auf den Einbrecher zu mache. »Du nicht.«

»Whoa!« Sein Schmunzeln verläuft sich zu einem niedlichen, jugendlichen Lachen und er hebt abwehrend die Hände.

*Das hilft dir gar nichts, Freundchen, ich hack dich trotzdem um.*

Obwohl ich ihn anfunkle wie ein tollwütiger Hund, bleibt er nur lässig vor mir stehen, doch seine mitternachtsblauen Augen schielen nach rechts, als er über seine Schulter ruft: »Du hast nicht gesagt, dass du mit Harley Quinn verwandt bist, Cam.«

Im nächsten Moment kommt er so schnell auf mich zu, dass ich es komplett übersehe. Mit nur einer Hand drückt er meinen Arm nach unten und blickt mir dabei freundlich in die Augen. »Komm, ich zeig dir, wie das geht. Das ist kein Baseballschläger, weißt du? Diesen hier verwendet man ein bisschen näher am Boden.«

Sobald ich meine Reflexe wieder im Griff habe, zucke ich zurück und hebe den Schläger erneut zum Angriff. »Ist mir scheißegal, was —«

Aber warte mal. Hat er gerade gesagt, Cam ist hier? Er muss seinen schwarzen Mustang in der Garage geparkt haben, denn die Einfahrt war leer.

Durch die Erleichterung über diese Neuigkeiten lasse ich die Waffe einige Zentimeter sinken, nur um eine Sekunde später meinen Rücken erneut voller Frust durchzustrecken, als mein Bruder lässig aus der Küche kommt.

»Entspann dich, Sandy. Thane ist in meinem Team.« Einen Scheiß werd ich!

Cameron ist zwei Jahre älter als ich und spielt Eishockey in Portland für die *Riot Robins*. Meine Güte, welches College nennt sein Team schon die *Randalierenden Rotkehlchen*? Er hat dort ein Stipendium für die Uni erhalten und sie bezahlen sogar seine Wohnung in der Stadt, was auch bedeutet, er sollte eigentlich gerade sechzig Meilen weiter nördlich von hier sein und nicht meine zwei friedlichen, elternfreien Wochen stören. Ich ziehe den Schläger noch einmal etwas höher, während meine Augenbrauen tief nach unten knicken. »Was, um alles in der Welt, machst du hier?«

»Ist auch schön, *dich* zu sehen, Schwesterherz.« Er schiebt sich an dem Fremden vorbei und nimmt mir den Hockeyschläger aus den Händen, um ihn zurück hinter die Kommode zu stellen. »Mom hat mich angerufen und mich gebeten, dir Gesellschaft zu leisten, während sie weg sind. Anscheinend denkt sie, du fürchtest dich allein.«

Mit nun leeren Händen, aber dafür doppelt so genervt starre ich erst den Fremden und dann meinen Bruder finster an. »Sie hat dich *heute* angerufen?« Meine Eltern sind schon vor einer halben Woche gefahren.

»Äh ... ja ... Was das angeht ...« Cam zieht die Neandertalerlaute schuldbewusst in die Länge, als er seinen Arm um meinen Nacken legt und mich mit sich in die Küche zieht. »Falls sie fragt, könntest du ihr sagen, dass ich schon am Sonntagmorgen angekommen bin?«

»Nein, kann ich nicht.« Ich drücke ihn von mir weg und richte meinen langen Pferdeschwanz, der die *spektakuläre* Farbe eines Schokoriegels hat. Dann klettere ich auf einen Barhocker an der Kücheninsel. Cameron geht inzwischen zum Kühlschrank und nimmt zwei Dosen Fanta Orange heraus. Eine davon wirft er Thane zu, der sich gerade auf den Hocker neben mir geschoben hat, die andere öffnet er selbst. Nach einem großen Schluck folgt ein Rülpsen, weil mein Bruder nämlich ein Schwein ist. Dann wischt er sich mit dem Ärmel seines dunkelgrünen Sweatshirts, auf dem vorne ein Plutoniumzeichen gedruckt ist, über den Mund.

»Warum bist du überhaupt nach Hause gekommen?«, motze ich mit dem Kinn trotzig auf meine Hände gestützt und den Ellbogen auf der Theke. »Ich bin kein hilfloses kleines Kind mehr.«

Und ich will sturmfrei! Schon seit einer halben Ewigkeit freue ich mich auf diese beiden Wochen — genauer gesagt seit jenem Tag, als mir meine Mutter erzählt hat, dass sie und Dad zu Beginn meiner Sommerferien ein Bauprojekt in Detroit betreuen müssten. Sie sind beide Architekten und treffen sich dort gerade mit ein paar Leuten irgendeiner chinesischen Firma, um die Pläne für einen Wolkenkratzer fertigzustellen. Meinetwegen können sie gern die komplette Stadt neu designen und sich den ganzen Sommer dafür Zeit lassen. »Ich weiß inzwischen selbst, wie man den Herd bedient.« In vier Tagen werde ich schließlich siebzehn. Mit einem Hauch von Sarkasmus im Wimpernaufschlag drehe ich mich zu Thane. »Und für alles andere habe ich ja noch den Hockeyschläger.«

Lachend öffnet Thane die Fantadose. »Gefährliches, kleines Ding, wie?« Er nimmt einen Schluck und hebt dabei herausfordernd die Augenbrauen, während sein seitwärts gerichteter Blick immer noch auf mir ruht.

Nun, wenn er damit meint, dass ich mich selbst verteidigen kann, dann hat er verdammt recht. Oakspeak ist eine verschlafene Kleinstadt an der Küste Oregons, in der jeder jeden kennt. Das schlimmste Verbrechen, das sich hier jemals ereignet hat, seit ich geboren wurde, war, als Mr. Michaels am Ende der Straße versehentlich ein Eichhörnchen mit einem Golfball aus dem Baum in seinem Vorgarten geschossen hat. In dieser Gegend braucht man nicht wirklich eine Waffe, allerdings weiß man auch nie, wann sie sich nicht doch einmal als nützlich erweisen könnte — oder der Selbstverteidigungsunterricht, den ich als Kind hatte.

»Dann bleibt ihr also bis Mitte nächster Woche? Beide?«, raune ich mit verzerrtem Gesicht wieder zu Cameron gedreht. »Bis Mom und Dad zurückkommen?« *Bitte sag nein! Bitte sag nein! Bitte sag nein!*

»Nein.«

*JA!*

»Wir bleiben nur bis Samstag«, erklärt Cam, wobei er mir auf die Schulter klopft, »und gehen dir bis dahin die ganze Zeit auf die Nerven.« Der findet das alles wohl megawitzig.

Oh Mann, heute ist erst Dienstag! Meine Stirn knallt auf die Theke. »Wen habe ich in einem früheren Leben umgebracht, dass ich das verdient habe?«

»Jetzt sei nicht so melodramatisch«, zieht mich mein Bruder auf, obwohl er gerade etwas mitleidiger wirkt. »Ich glaube, Mom will einfach nicht, dass du dich die ganze Woche langweilst und am Freitag alleine bist, wo du doch Geburtstag hast.«

»Mein Geburtstag ist am Samstag, du *bester Bruder auf der Welt*«, grummle ich in meine verschränkten Arme. »Und ich wäre weder allein *noch* gelangweilt. Adrian ist ja da.«

Als ich Cams Räuspern höre, hebe ich den Kopf. Wir starren uns gegenseitig in die Augen, während er einen weiteren Schluck nimmt und in die Öffnung der Dose murmelt: »Ja ... ich denke, das ist der andere Grund, warum Mom mich im Haus haben will.«

Ich verdrehe die Augen und werfe die Hände in die Luft. »Was stimmt denn bloß mit euch allen nicht? Er ist doch nur ein Freund, Herrgott nochmal!« Adrian Monterey lebt nebenan und wir sind schon seit unserer Geburt beste Freunde. Kommenden Herbst beginnt für uns beide das letzte Jahr an der Oakspeak High und bisher ist absolut rein gar nichts zwischen uns passiert. Noch nie! Zugegeben, es gab Situationen, in denen es den Anschein machte, als würde er mich jede Sekunde küssen. Aber es gab auch jene Momente, in denen es so aussah, als wäre mich zu küssen das Letzte, was er auf dieser Welt will. Und das ist auch gut so, denn wir führen eine ganz besondere Freundschaft, in der nichts Anderes Platz hat. »Ein wenig Vertrauen? Wäre das möglich?«

Cam zuckt mit den Schultern. »Hey, ich tue Mom hier nur einen Gefallen.« Er kommt um den Küchenblock herum und zupft im Vorbeigehen an meinem Pferdeschwanz. »Also ... Was gibt's zum Abendessen, Schwesterchen? Kochst du was?«

Ernsthaft? In Zeitlupe drehe ich den Kopf nach ihm um und durchbohre seinen Dickschädel mit einem düsteren Blick zwischen den Strähnen hindurch, die aus meinem Haargummi entkommen sind. Ich meine: »*Ernsthaft?*« Meine Zähne knirschen, als würde ich Kieselsteine kauen. »Ihr versaut meine Geburtstagswoche und dann erwartest du auch noch, dass ich für euch beide koche?«

»Was willst du von mir?«, erwidert er spöttisch, als er sich auf die Couch im angrenzenden Wohnzimmer fallen lässt und nach der Fernbedienung greift. »Es ist nicht meine Schuld, dass du noch einen Babysitter brauchst.«

Mein Blut hat gerade den Siedepunkt erreicht. Da der Laser, den ich aus meinen Augen feuere, aber nur am Hinterkopf meines Bruders abprallt, erwischt das meiste davon Thane.

»Ähmm...« Seine Lippen werden schmal, als versuche er gerade angestrengt, sich ein Grinsen zu verkneifen. Dann rutscht der Bursche mit den Engelsaugen vom Barhocker, streift sich die dunklen Haare zurück und stößt dabei den Atem aus. »Ich bin sicher, wir können auch eine Pizza bestellen.«

Meine rechte Augenbraue wandert nach oben und meine Zähne knirschen immer noch, allerdings begrüße ich den Anstand von zumindest *einem* Kerl in diesem Raum. Vielleicht kann er meinem Bruder ja ein paar Manieren beibringen, solange sie hier sind.

Ich überlasse das Babysitter-Gespann sich selbst, schnappe mir den Rucksack aus dem Flur und werfe ihn mir über die Schulter. Oben ruft die Wanne nach mir. Ich freue mich schon seit heute Morgen auf ein stundenlanges Schaumbad mit Bonbon-Aroma. Dazu ein gutes Buch. Ed Sheeran. Und eine Packung Oreos.

*

Draußen ist es schon dunkel, als ich wieder aus meinem Zimmer komme, frisch gebadet und in meinen kurzen Pyjama gekleidet. Meine feuchten Haare fallen über meine Schultern und die dickflüssige Regenbogen-Candy Bodylotion zieht nur langsam in meine Haut ein. Mit meinen weißen Lieblingswollsocken an den Füßen schleiche ich nach unten. Im ganzen Haus ist es still. Demnach sind die Jungs entweder ausgegangen, oder sie sind oben und bereiten die Schlafcouch in Camerons Zimmer für Thane vor. Mir ist egal, was von beidem zutrifft, solange das Erdgeschoss wieder ganz mir allein gehört und ich es mir auf unserer altmodischen Couch mit Netflix gemütlich machen kann.

*Stolz und Vorurteil* steht als Nächstes auf meiner Liste. Auf diesen Film freue ich mich schon, seit ich letzten Monat Jane Austen für mich entdeckt habe. Ihr Schreibstil ist nicht von dieser Welt und ich hoffe wirklich, dass der Film ihrem Buch gerecht wird.

Bevor der Film aber starten kann, suche ich das gesamte Wohnzimmer nach der Fernbedienung ab. Heiliger Strohsack, wo hat er sie nur hingelegt? Ich wühle durch die Magazine auf dem Couchtisch, schaue unter das Sofa, hinter die Kissen — ah, da haben wir sie ja! Offenbar hat sie mein Bruder vorhin mit seinem unnützen Arsch zwischen die Sitzpolster geschoben.

Endlich kann ich mich auf die Couch fallen lassen und schiebe mir ein Zierkissen hinter den Rücken, während ich den Fernseher anmache und zu Netflix wechsle. Doch der Film muss noch kurz warten, weil ich erst noch Adrian über WhatsApp anrufen will. Er ist heute mit seinem Stiefbruder Ronan zu einem Eishockeyspiel in die Nachbarstadt gefahren, weswegen wir uns den ganzen Tag nicht gesehen haben. Die Einladung, die beiden zu begleiten, habe ich dankend abgelehnt, denn in meiner Familie wird schon genug Hockey gespielt, und es ist trotzdem nicht mein Ding.

»Hi, Sandy!« Mein Freund strahlt in die Kamera, sobald er den Videoanruf angenommen hat. »Rate mal! Wir haben gewonnen!« Er ist immer noch im Stadion und dem Lärm nach zu urteilen, feiern die Leute rund um ihn herum, obwohl ich null Ahnung habe, welches Team wir diesmal überhaupt angefeuert haben. Wenn es darum geht, Zeit mit Ronan zu verbringen, ist Adrian ziemlich flexibel. Außerdem nutzt er jede Gelegenheit, um von zu Hause flüchten zu können.

»Wie schön! Dann hattest du also einen tollen Tag mit Ro?«

»Den Besten überhaupt.« Er greift nach rechts und bringt Ronan für eine Sekunde auf den Bildschirm, seinen Arm brüderlich um den Nacken des

Zwanzigjährigen geschlungen. Ich winke dem schwarzhaarigen Psychologiestudenten zu, der mich mit einem Grinsen begrüßt, ehe ich Adrian wieder allein auf dem Display habe.

Es tut so gut, meinen Freund endlich wieder einmal glücklich zu sehen. Das ganze letzte Jahr über hat er sich nur mit seinem Stiefvater Tom gestritten und die Situation hat begonnen, einen melancholischen Schleier in den Augen meines besten Freundes zu hinterlassen. Die Gründe für diese ewigen Auseinandersetzungen sind immer dieselben: Adrian kann Tom einfach nichts rechtmachen. Er schreibt in der Schule keine Einsen, sein Zimmer ist nicht ordentlich genug, seine Leidenschaft ist Zeichnen und nicht Sport. Tom ist ein schwieriger, rechthaberischer Mensch. Manchmal denke ich, das einzig Gute, was er in diese Familie brachte, als Adrians Mom ihn vor einigen Jahren geheiratet hat, war Ronan.

Adrian nimmt einen Schluck Wasser aus einer Flasche. »Und wie war dein Tag?«

Äh. »Ich hatte schon bessere«, um ehrlich zu sein. »Jetzt rate *du* mal. Nein, vergiss es. Darauf kommst du sowieso nicht.« Auf meinem Smartphone winkt jemand mit einem riesigen Schaumstofffinger hinter Adrians neugierigem Gesicht herum. »Cameron ist heute heimgekommen.«

Seine strahlendgrünen Augen werden minimal schmäler. Ich weiß, dass er Cam gut leiden kann, aber keiner von uns beiden will meinen Bruder diese Woche zu Hause haben. Er wird alles ruinieren, ganz besonders meine Pläne für Freitagabend. »Wie lange bleibt er denn?«

»Mindestens bis Samstag.« Ich bin total im Arsch und bekomme so niemals meinen ersten Kuss, bevor ich siebzehn werde. »Und er hat auch noch jemanden mitgebracht.«

Nun zieht Adrian die hellen Augenbrauen unter den chaotischen, blonden Strähnen tiefer, die ihm in die Stirn fallen. »Wen denn?«

»Einen Freund. Oder Teamkameraden. Was weiß ich.« Desinteressiert winke ich mit der Hand ab. »Sein Name ist Thane.«

»Klingt interessant. Könnte voll dein Problem lösen.«

»Könnte voll *gar nicht!*« Ich muss lachen, denn wenn das Wort *interessant* von Adrian kommt, bedeutet das meist nichts Gutes. »Allerhöchstens ist es nervig, nicht nur einen, sondern gleich zwei Kerle im Haus zu haben, die meine Partypläne ruinieren. Cam wird mir das niemals durchgehen lassen, ohne Mom davon zu erzählen.«

Grübelnd verzieht Adrian den Mund auf eine Seite, während er sich aus der lärmenden Menschenmenge verzieht und sich irgendwo am Rand der Tribüne ein stilleres Plätzchen für unsere Unterhaltung sucht. »Ich weiß nicht. Cameron ist cool. Vielleicht hilft er dir ja sogar.«

»*Der*? Mir dabei helfen, geküsst zu werden? Sag mal, hast du sie noch alle?«

»Nein, im Ernst. Er kennt viel mehr Leute als wir beide zusammen und könnte einige davon zu deiner Party einladen. Ich meine, wenn du die Wahl hättest zwischen Max Fergusson« — er verdreht die Augen, denn wir beide wissen, dass der Star-Hockeyspieler der Abschlussklasse an unserer Highschool meine Kuss-Jungfräulichkeit zwar ohne zu zögern aufheben würde, doch dass sein Intellekt dafür auch nur dem eines Einzellers gleicht — »und einem geheimnisvollen Fremden mit etwas mehr Verstand ... Wen würdest du lieber küssen?«

Ein Schlüssel rasselt im Schloss an der Vordertür und jagt mir einen Schrecken ein, der wie kaltes Wasser durch meinen Körper zischt. Automatisch ziehe ich den Kopf ein, weil ich hier ein sehr wichtiges und sehr vertrauliches Telefonat mit Adrian führe. »Ich würde jeden Max Fergusson vorziehen«, flüstere ich, ehe ich rasch das Thema wechsle und meine Stimme wieder normal wird. »Du hast dir einen Sonnenbrand im Gesicht geholt.« Adrians rote Haut leuchtet geradezu im Stadionlicht. Sieht aus, als würde das in ein, zwei Stunden ziemlich wehtun. »Warst du mit Ronan vor dem Spiel noch am Strand?«

»Jap.« Adrian grinst ins Telefon. Zweifellos versteht er, warum wir jetzt über Sonnenbrände reden müssen. »Aber keine Sorge. Bis morgen verwandelt sich das in die perfekte Bräune. Wart's nur ab.«

Er hat recht. Das tut es immer. Und ich hasse ihn dafür. Na ja, nein, tu ich nicht, aber ich wünschte, ich hätte im Sommer auch so eine schöne Hautfarbe wie er. In meiner Familie hat niemand ein Problem damit außer mir. Sogar mein Bruder, der die gleichen schokobraunen Haare und Zimtaugen hat wie ich, bräunt zu einem umwerfenden Sunnyboy, während ich das ganze Jahr über so blass bleibe wie ein Weihnachtself.

Sobald Cam und Thane in die Küche poltern, schießt mein Genervt-Level wieder schlagartig nach oben. Weiß der Teufel, worüber die beiden reden, aber ihr Geplapper ist so laut, dass ich mein eigenes Wort kaum noch verstehe. »Entschuldigt bitte!« plärre ich mit dem Kopf nach hinten geneigt, doch mein wütender Blick schafft es dabei nur bis an die Decke. »Ich telefoniere gerade!«

Sofort werden ihre Stimmen leiser. »Ist das Mom?«, will Cameron wissen. Ich kann seine stinkende Thunfischpizza bis hierher riechen und weiß, er kommt näher. Sein Kopf schiebt sich in mein Sichtfeld, als er sich nach vorne beugt, um einen Blick auf mein Handy zu werfen. »Hoppla. Nicht Mom.« Die Worte entkommen ihm auf eine merkwürdig zurückrudernde Weise, so, als wäre er in eine sehr intime Situation geplatzt. »Hi, Adrian.«

Ohne meinem Freund weiter ihre Aufmerksamkeit zu schenken, rutschen Cam und Thane über die Rückenlehne der Couch und quetschen mich zwischen sich ein. Beide stellen sie ihre Pizzakartons auf den kleinen Tisch vor uns, auf dem ich meine Füße geparkt habe, und klappen sie auf. Nur aufgrund meiner guten Manieren ziehe ich meine Beine zurück und kreuze sie zum Schneidersitz auf dem Sofa.

»Es macht dir doch nichts aus, wenn wir einen Film aussuchen, oder?«, brabbelt Cam scheinheilig, obwohl er genau sehen kann, dass ich bereits *Stolz und Vorurteil* am Start habe.

Als er sich die Fernbedienung krallt, schnappe ich sie mir zurück. »Doch, tut es!«

Ungewollt drehe ich das Handy in meiner anderen

Hand dabei so, dass das Display zu Camerons Freund gerichtet ist, und Adrians freundliche Stimme driftet aus dem Stadion: »Hallo. Du bist wohl Thane.«

Cam und ich unterbrechen unseren Kampf um die Fernbedienung für eine Millisekunde. Mein Blick schwenkt dabei zum Handy und dann weiter zu Thane, der sich gerade die Spitze eines Pizzastücks in den Mund geschoben hat. Er stoppt in der Kaubewegung und murmelt ein »Hi« um das Essen herum. Um ihm ein bisschen Privatsphäre mit der heißen Pizza zu lassen, drehe ich Adrian wieder zu mir.

»Was willst du sehen, Griffyn?«, fragt Cam in der Zwischenzeit entspannt, gerade so als wäre ich hier nur der verfliegende Gestank seines Furzes und hätte kein Mitspracherecht. Und wer zum Teufel ist überhaupt Griffyn? Er hat doch hoffentlich nicht noch mehr Freunde mitgebracht? Gereizt schiele ich nach hinten.

»Hast du schon den letzten von Stephen King gesehen? Der soll ja genial gut sein«, antwortet Thane und liefert mir damit den Hinweis, den ich brauche. So so, sein Name ist also Thane Griffyn.

»Tut mir ja schrecklich leid, dass ich euch enttäuschen muss, Jungs, aber heute Nacht ist das hier ein Jane Austen Kino«, unterbreche ich die beiden, ehe es zu spät ist. »Wir spielen keine Horrorfilme.«

»Wetten?« Cameron lehnt sich noch einmal mit dem ganzen Körper nach der Fernbedienung und mäht mich dabei um, sodass Thane seine Hand heben muss, um die Pizza vor meinen fliegenden Haaren in Sicherheit zu bringen. »Wir sind zwei Erwachsene gegen dich kleinen Schlumpf.«

»Verstehst du jetzt mein Dilemma?«, schreie ich irgendwo in die Gegend und hoffe, dass Adrian mich hören kann. Gleichzeitig ziehe ich meine Hand aus Camerons Reichweite und brate ihm mit dem Handy eins über. Thane lässt sich von unserem Kampf nicht aus der Ruhe bringen und isst seelenruhig neben uns weiter. »Kann ich bitte —«, frage ich Adrian mit wehleidiger Stimme, merke aber dann, dass ich gerade in die Fernbedienung spreche und nicht in mein Smartphone. Ich tausche die beiden und fange noch mal von vorn an. »Kann ich bitte in deinem Zimmer warten, bis du zurückkommst?«

Adrian fängt an zu lachen. »Die Schlüssel sind in der Topfpflanze auf der Veranda.«

Mir selbst ist nicht so sehr nach lachen, weil Cameron mein Handgelenk erwischt hat und mir gerade den Arm auf den Rücken verdreht. So ist es ein Leichtes für ihn, sich endlich die Fernbedienung zu holen, und er schaltet auf einen Film, der ihm lieber ist als ein historischer Liebesfilm. »Pech gehabt, Zwerg.«

»Ich muss jetzt auflegen! Das wird gerade etwas kompliziert«, rufe ich meinem Freund zu.

»Schon klar«, erwidert Adrian so amüsiert, dass ich ihm am liebsten auch eins mit dem Handy überbraten würde. »Gute Nacht, Sands. Jungs.«

»Nacht, Adrian!«, sagen Cam und Thane gleichzeitig, bevor ich den Videochat beende, indem ich willkürlich überall auf dem Display herumdrücke, bis es endlich schwarz wird. Dann werfe ich das Smartphone zur Seite, damit ich wenigstens eine Hand wieder für die Schlacht mit meinem Bruder freihabe. Oder zumindest dachte ich das.

Thane packt mich schneller am Handgelenk, als ich *Vorurteil* sagen kann, und hält meine Hand hinter seinem Rücken fest. Cam macht das Gleiche mit meinem anderen Arm und ganz plötzlich bekomme ich eine sehr genaue Vorstellung davon, wie sich ein Schmetterling fühlen muss, dessen Flügel an ein Brett getackert sind.

»Was zum Geier — *heee!*« Das ist so lächerlich, dass ich fast schon darüber lachen muss. »Lasst mich gefälligst los, ihr Pfosten!«

»Werden wir«, beginnt Cam.

»Nachdem der Film zu Ende ist«, fügt Thane hinzu.

*Aagh!* Ich werfe den Kopf in den Nacken und knurre an die Decke.

»Wenn du brav bist, teile ich auch meine Pizza mit dir.«

Bei Cams Angebot kommt mir das Kotzen. Ich funkle ihn durch schmale Schlitze in meinen Augen an, während mein Kopf immer noch hinten auf der Rückenlehne liegt. »Ich will deine ekelhafte Pizza nicht.«

»Was ist damit?«

»Sie stinkt.« Es sind Champions, Thunfisch und Mais darauf. All die Dinge, die ich nicht ausstehen kann. »Ich würde es vorziehen, lieber nicht im selben Raum mit deinem Essen zu sein.«

Cam wirft mir einen beleidigten Blick zu, während er sich das erste Stück in den Mund stopft. Gleichzeitig fängt der Kerl zu meiner Rechten an zu lachen, und obwohl er das mit vollem Mund tut, klingt es irgendwie schön.

Ich, andererseits, bin absolut ahnungslos, worum es jetzt geht. »Was?«

»Genau das sage ich ihm auch immer«, erklärt mir Thane.

Wirklich? Trotz meiner misslichen Lage — gefesselt auf der Couch — mustere ich ihn einen Moment lang leicht verwundert. Scheint, als hätten wir beide etwas gemeinsam, selbst wenn es sich nur um den Geschmack bei Essen handelt. Seine Pizza mit Schinken und Ananas sieht verdammt lecker aus.

»Ihr zwei könnt euch einen Bus teilen und damit zur Hölle fahren«, motzt Cameron ironisch. Das bringt mich jetzt auch zum Kichern. Er wirft das Pizzastück in den Karton zurück und zappt durch die Filmauswahl auf Netflix, bis er etwas in der Horrorabteilung gefunden hat, das ihm offenbar zusagt.

Ich will mich heute Nacht aber nicht gruseln. »Komm schon, Cam! Du kannst das Programm in deiner eigenen Wohnung aussuchen. Das hier ist nicht mehr dein Zuhause. Also lass meine Hand los und gib endlich Ruhe.« Um nicht zu sagen: *Gib mir die Fernbedienung!*

»Na-ah, da irrst du dich, Zwerg. Das hier wird immer mein Zuhause sein. Und wir sehen uns heute sicher keine Liebesschnulze an.«

»Was hältst du denn von einem Kompromiss?«, spielt Thane den Diplomaten und ich bin sozusagen dazu gezwungen, ihm zuzuhören, weil er mich mit seinen hübschen mitternachtsblauen Augen gnadenlos gefangen nimmt.

»Woran hast du gedacht?«

»Na ja ... Ich könnte dir zum Beispiel etwas von dem *guten* Essen in diesem Haus abgeben und dafür verzichten wir auf Romance.« Er wedelt langsam mit einer Pizzaecke vor meinem Gesicht hin und her, um sein Angebot zu untermauern, und es riecht verlockend.

»Wie wäre es mit ... keine Romance, kein Horror, ich bekomme die Hälfte deiner Pizza, und ihr könnt euch eine Komödie aussuchen?«

Thane denkt mit leicht geneigtem Kopf darüber nach. Die Pizza hängt dabei immer noch direkt vor meinem Mund in der Luft. Noch ein paar Sekunden und der Käse läuft auf meinen Schoß. Was für eine Verschwendung. »Hmm. Dann einen Actionfilm«, verhandelt er mit mir.

»Abgemacht.« Ich weiß, wann man sein Glück besser nicht weiter herausfordert. Es ist der Moment, wenn Käse von der Pizza zu tropfen droht.

Thane schenkt mir ein Lächeln und schiebt dabei seine Hand so weit nach vorn, dass ich das pampige Ende des Pizzastücks abbeißen kann. Verdammt, das schmeckt wie ein karibischer Feiertag!

Wie eine festgenagelte Motte bin ich den Jungs die nächste Viertelstunde lang ausgeliefert, aber zumindest hat das Schicksal *einmal* Mitleid mit mir. Cam entscheidet, dass wir uns den letzten *James Bond* mit

Daniel Craig ansehen, der gar nicht so schlecht ist, und Thane füttert währenddessen abwechselnd einmal sich selbst und einmal mich mit einem Pizzastück nach dem anderen. »Dir ist schon klar, dass das hier viel einfacher funktionieren könnte, wenn du meinen Arm loslassen und mich selbst essen lassen würdest, oder?«, unterbreite ich ihm teils lachend und teils mampfend, was er mir in den Mund schiebt.

Das Resultat daraus ist, dass Thane seinen Griff wieder festigt, der in den letzten paar Minuten schon um Einiges leichter geworden ist. Dann lehnt er sich so nahe zu mir, dass wir uns Nase an Nase befinden, Auge in Auge, und ich höre auf zu kauen, weil er mich damit total überrascht. »Das könnte es«, raunt er niedlich mit einem schiefen Grinsen, »aber wo wäre dabei der Spaß?«

Gott, eine warme Gänsehaut überzieht meinen ganzen Körper.

Doch plötzlich verschwindet sein neckisches Grinsen, als hätte es jemand mit einem Tafelschwamm weggewischt. »Whoa.«

»Waaas?«

Für einen ziemlich langen Moment starrt er mir schwer geschockt in die Augen und senkt dann die Lider zu faszinierten Schlitzen. »Du riechst wie ein Milky Way.«

Oh. Tja ... das kommt wahrscheinlich von der Bodylotion, die ich vorhin aufgetragen habe.

Mit einem niedlichen Schmollmund lehnt sich Thane zurück, gibt meine Hand frei und schiebt dann die letzten beiden Pizzastücke samt Karton über den Tisch zu mir herüber. »Na toll. Jetzt habe ich Appetit auf Süßes.«

Die kribbelige Gänsehaut bleibt und ich unterdrücke ein kleines Lächeln, während ich mich wieder dem Fernseher zuwende. Aber alle paar Minuten muss ich ganz automatisch zur Seite schielen, wo Thane es sich gemütlich gemacht hat, die Arme hinter dem Kopf verschränkt und ein Bein so weit nach links gekippt, dass es die ganze Zeit über mein Knie berührt.

# Kapitel 2

## KLIMMZÜGE ZUM FRÜHSTÜCK

Das erbarmungslose Vibrieren meines Smartphones weckt mich viel zu früh am Mittwochmorgen. Dieses blöde Ding wollte die letzten zehn Minuten einfach keine Ruhe geben. Liegt es nur an mir, oder versteht hier jemand die Bedeutung von Sommerferien nicht?

Das Kissen auf meinen Kopf gedrückt — hauptsächlich, um das blendende Sonnenlicht abzuwehren, das durch mein Fenster hereinströmt — tappe ich auf meinem Nachttisch herum, bis meine

Finger auf der glatten Oberfläche des Handys landen. Brummelig drücke ich mich auf meine Ellbogen hoch und hole es zu mir ins Bett, um dann mit verschlafenen Augen auf das Display zu starren. Zwei entgangene Anrufe von Adrian und ein Video auf WhatsApp. Wow. Der Bursche ist ja heute ganz schön hartnäckig. Unter dem Video steht fett: *WTF?!*

Ja, *what the fuck*, Adrian?

Bevor ich ihn zurückrufe, starte ich aber noch das Video, in dessen Standbild eine nichterkennbare Person an irgendeiner Stange hängt. Sobald ich auf Play drücke, bewegt sich die Person auf und ab. Okay, hier macht offensichtlich jemand ein Workout. Was soll daran denn so besonders sein? Die kurze Aufnahme ist mit Adrians aufgeregter Stimme hinterlegt, die fragt: »Hast du das gesehen?!«

Immer noch verschlafen und kaum fähig, geradeaus zu schauen, kneife ich die Augen zusammen, um erkennen zu können, was *das* denn nun wirklich ist. Es braucht noch ein paar Sekunden, bis mir klar wird, dass ich hier tatsächlich von Adrians Zimmerfenster im Haus nebenan aus in unseren Garten blicke. Und der junge Athlet im Video hängt in Wahrheit an der Querstange unserer alten Schaukel.

Ey, *was?*

Noch ehe das Video zu Ende ist, werfe ich die Decke beiseite und schwinge meine Füße über die Bettkante auf den flauschigen rosa Teppich, der das perfekte Highlight in meinem sonst doch ziemlich weißen Zimmer ist. Die einzigen anderen Farbkleckse sind die türkise Bettwäsche und das große Poster an der Tür mit einem sonnengelben Emoji drauf, das zwinkert und einen Herzkuss in den Raum wirft. Aber dorthin steuere ich gerade nicht.

Mit dem Smartphone in der Hand gehe ich zum offenen Fenster neben dem weißgestrichenen Bücherregal und spähe vorsichtig hinaus. Das Erste, was ich sehe, ist Adrian, der sich selbst hinter dem Vorhang des Fensters gegenüber versteckt. Er winkt mir ein stilles »Guten Morgen« zu und deutet dann energisch in den Garten zwischen unseren Häusern runter. Mein Blick fällt nach unten. Und mein Kinn tut es ihm gleich.

Die Person ist immer noch da. Und es handelt sich nicht nur um *irgendeine* Person, sondern um Thane! Er macht gerade Klimmzüge, atmet dabei angestrengt, seine schweißnasse Haut glitzert in der Morgensonne, und all das kann ich erkennen, weil er nämlich nur Jeans anhat und kein verfluchtes T-Shirt. Heilige Scheiße!

Kleine Schweißtropfen laufen durch die Täler

zwischen seinen dezent geformten Rückenmuskeln. Bei jedem Zug nach oben arbeiten seine Schulterblätter hart mit, und der rhythmische Sound seines Atems, wann immer er das Kinn über die Stange schiebt, driftet durch mein Fenster.

Cam und ich haben diese Schaukel bekommen, als wir noch Kinder waren, darum ist das Gerüst auch nur einen halben Meter größer als Thane. Die obere Querstange erreicht man leicht mit ausgestreckten Armen, weshalb er auch seine Knie anwinkeln muss, um die Füße über dem Boden zu halten.

Wie in eine andere Welt getragen, beobachte ich Thane eine ganze Weile lang bei seinen Übungen, bis das Telefon sachte in meiner Hand zu vibrieren beginnt. Schlagartig zurück in die Realität katapultiert, blicke ich aufs Display und nehme dann Adrians Anruf sehr, *sehr* leise an. »Was?«

»Ist das Cams Freund, der in eurem Garten trainiert?«, säuselt mein BFF in mein Ohr, während wir beide immer noch auf Thanes nackten Oberkörper starren. Na ja, ich zumindest. Und es besteht auch nicht die geringste Chance, Adrians Unterton in der Frage zu überhören.

»Offensichtlich. Also, warum hast du mich geweckt?« Natürlich weiß ich einen hübschen Männerkörper zu schätzen, wenn ich einen sehe, aber das ist noch lange kein Grund dafür, mich so früh am Morgen zu wecken. Außerdem will ich keinen Freunden meines Bruders nachspionieren.

»Weil das ganz klar deine große Chance ist. Du solltest sofort da runtergehen und ihm beim Training Gesellschaft leisten.«

Ähm, *wie bitte*? »Bist du verrückt?«

»Nein. Willst du jetzt vor deinem siebzehnten Geburtstag geküsst werden oder nicht?«

»Na ja, ja ... schon. Aber —«

»Nix aber! Jetzt komm schon, das ist die perfekte Gelegenheit. Geh runter! *Sofort*!«

Mein finsterer Blick zoomt quer über den Garten direkt durch sein Fenster. »Um was genau zu tun, bitte?« Ich meine, ich kann ja wohl kaum einfach mal hüftschwingend auf Thane zustolzieren, meine Arme um seinen verschwitzten Nacken legen und meine Lippen auf seine drücken. Das käme bestimmt etwas seltsam rüber.

Sogar von hier aus kann ich sehen, wie Adrian mit den Schultern zuckt. »Keine Ahnung. Rede mit ihm. *Flirte* mit ihm.« In den letzten beiden Jahren hat Adrian keine einzige Gelegenheit ausgelassen, um mich mit anderen Jungs zu verkuppeln — theoretisch. Aus der

Ferne. Das ist ein weiterer Grund, warum sich meine Familie absolut keine Sorgen um uns machen sollte. Er würde wohl kaum versuchen, mich *an den Mann* zu bringen, wenn er mich lieber für sich selbst haben wollen würde. Zu dieser unchristlichen Uhrzeit wünschte ich mir nur, er wäre nicht ganz so eifrig damit.

»Ich werde da ganz sicher *nicht* runtergehen!«, fauche ich. Vielleicht ein wenig zu laut ...

Wie angewurzelt stehe ich da und drehe still und heimlich ein bisschen durch, weil ich total vergessen habe, dass das Fenster immer noch offen ist. Natürlich hat Thane mich gehört und dreht in diesem Moment den Kopf über seine Schulter. Sein Blick zielt mit akkurater Präzision zu mir nach oben.

Das Smartphone immer noch an mein Ohr gedrückt, spüre ich eine Schockwelle aus roter Farbe in meine Wangen schießen. Automatisch löse ich den Griff und das Handy fällt zu Boden — direkt auf meinen kleinen Zeh. Herrgott, tut das weh! Dennoch verziehe ich keinen einzigen Muskel in meinem Gesicht, denn das ist garantiert der falsche Moment, um wehleidig zu sein.

Thanes linker Mundwinkel schiebt sich nach oben. »Hi.«

Immer noch in kompletter Panik schaffe ich es nicht

einmal, meine Lippen zu bewegen, aber zumindest bin ich clever genug, um stattdessen meine Hand zu einem leichten Winken zu heben.

Thane stellt seine Beine auf den Boden, lässt dann die Stange los und dreht sich zu mir um. »Du bist früh auf.«

*Ja. Du auch. Na und?*

Er schnappt sich das T-Shirt von der Schaukel und wischt sich damit den Schweiß vom Gesicht, ehe er es ausschüttelt und anzieht. »Ist alles okay?«

*Um Himmels willen, sag ihm, dass du ihm nicht nachspioniert hast, sondern nur das Fenster zumachen wolltest, weil er so laut war!* »Ich glaube, ich habe mir die Zehe gebrochen.« *Jap ... oder sag einfach das.*

Obwohl er das Gesicht zu einer mitfühlenden Miene verzieht, entweicht ihm dennoch ein kleines Schmunzeln. »Das ist übel.«

Und wie. Aber was noch schlimmer ist — ich verwirre mich hier selbst gerade und außerdem ist mir diese Unterhaltung enorm peinlich. Ohne ein weiteres Wort schließe ich das Fenster, ziehe die Schleiervorhänge zu und hebe anschließend mein Telefon auf, um Adrians letzte Atemzüge zu hören, der in seinem Zimmer gerade vor lauter Lachen stirbt.

»Halt die Klappe!«, jammere ich zu meinem Bett

hinkend und lasse mich bäuchlings auf die Matratze fallen. »Das ist nicht witzig.«

»Doch, ist es.« Und natürlich hört er nicht auf zu lachen. »Bester Flirtversuch ever, Sands.«

»Ich habe nicht versucht, mit ihm zu flirten, du Affe.«

»Ohne Scheiß.«

Ja, die Sache hier kann ich unmöglich gewinnen. »Wir sehen uns später.« Viel später. Wenn er sich wieder unter Kontrolle hat.

Nachdem ich aufgelegt habe, drücke ich mein Gesicht ins Kissen. Das kommt dabei raus, wenn sich deine Familie Sorgen um dich macht. Klingt wie der Anfang eines schlechten Witzes, echt. *Dein Bruder, dein Nachbar und ein Eishockeyspieler kommen in eine Bar ... Agh!*

Ich erlaube mir, wegen dieser peinlichen Misere zehn Minuten in Selbstmitleid zu baden, bevor ich schlussendlich wieder aufstehe, in Jeans und einen violetten Sweater schlüpfe und ins Bad stapfe, um mir die Zähne zu putzen. Nach einem anschließenden Telefonat mit Mom, um ihr zu versichern, dass wir alle noch am Leben sind, komme ich in die stille Küche runter und gucke verstohlen durch die Terrassentür, doch es ist niemand mehr im Garten. Thane ist wohl fertig mit seinem Training. Gut. Ein halbnackter Kerl, der vor meinem Fenster am Schaukelgerüst hängt, könnte meinen Morgen sonst etwas durcheinanderbringen.

Ich mache die Kaffeemaschine an und fülle den Behälter mit frischem Wasser. Auf das ohrenbetäubende Geräusch des Mahlwerks folgt sofort ein warmer Duft von Röstkaffee. Ich atme tief ein, weil ich dieses Aroma liebe, dann mache ich mir einen Cappuccino aus dem Automaten und löffle genug Zucker in die Tasse, um einen Waschbären auszuknocken.

Nach dem ersten köstlichen Schluck lecke ich mir den Schaum von den Lippen und stecke zwei Scheiben Brot in den Toaster. Während diese knusprig werden, hole ich einen Teller aus dem Küchenschrank. Was noch? Ah, ja. Butter. All diese Handgriffe fühlen sich so früh am Morgen noch viel zu stark nach Autopilot an. Ich lehne mich kurz an die Arbeitsplatte und warte auf den Toast. Hoffentlich bringt mich das Frühstück dann endlich in die Gänge. Die Augen zugekniffen, kratze ich mich am Kopf und reiße den Mund weiter als ein Scheunentor zu einem lauten Gähnen auf. Ich schwöre, ich bringe Adrian um, wenn wir uns nachher sehen.

»Guten Morgen.«

Kann man eigentlich an seinem eigenen Gähnen

ersticken? Ich glaube nämlich, das passiert mir gerade.

Bei Thanes zweiter Begrüßung an diesem Morgen, die von viel näher als vorhin kommt und außerdem auch viel weicher klingt, schnellen meine Augenlider auf und ich kappe sofort den lauten Luftstrom in meine Lungen. Er steht im Torbogen, der in den Flur führt, die Hände in den Taschen seiner ausgewaschenen Jeans und die Haare noch feucht nach einer Dusche. Ein dunkelrotes Hockeyshirt mit der Nummer siebzehn vorne auf der Brust und weißen Einsätzen an den Ellbogen hängt locker von seinen Schultern. Das ist definitiv das dämonischste Rotkehlchen, das ich je gesehen habe. Sprachlos schlucke ich den Rest meines Gähnens runter und starre ihn an wie ein eingerauchter Koala.

»Cam schläft wie ein Stein. Ich hoffe, es war okay, dass ich runtergekommen bin?«, rettet er die Unterhaltung, an der ich kläglich scheitere. »Du siehst müde aus.«

*Und du siehst ... HEILIGER BIMMBAMM!!!*

Als er langsam um den Küchenblock zu mir herumschlendert, fällt mein Blick schüchtern auf den Boden. Je näher er kommt, desto mehr bringt er meinen Puls zum Stottern. »Ich stehe normalerweise nicht auf, bevor der Milchmann da war.«

»Tut mir leid. Habe ich dich geweckt?«

»Nur indirekt«, murmle ich. Die Verlegenheit von vorhin, als er mich dabei erwischt hat, wie ich ihn beobachtet habe, krabbelt mir langsam den Rücken hoch und erhitzt meinen Nacken. Wir sollten lieber das Thema wechseln. »Bist du ein Morgenmensch? Ich kenne niemanden sonst, der so früh schon Sport treibt.« Und schon sind wir wieder genau da, wo wir *nicht* hinwollten. Gut gemacht, Sandy!

»Nicht wirklich.« Grinsend lehnt er sich sehr viel näher, damit ich sein vertrauliches Flüstern hören kann. »Aber hast du deinen Bruder schon einmal schnarchen gehört?«

»Ja!« Thane bringt mich zum Lachen und verursacht mir gleichzeitig eine recht merkwürdige Gänsehaut, weil er so nahe ist und total gut riecht — wie eine Handvoll Schnee, die im Frühling mit den ersten Sonnenstrahlen schmilzt. Mein Lachen verebbt, sobald ich einen tiefen Atemzug davon durch die Nase einsauge, weil mein Körper heute total unkooperativ ist und macht, was er will. Aber es wäre auch eine fürchterliche Verschwendung gewesen, diesen Duft einfach zu verschmähen. Trotzdem hasse ich es, wenn mein Körper schneller reagiert als mein Hirn, und im nächsten Augenblick kribbeln meine hochroten Wangen. Die

Lippen zwischen die Zähne gezogen und den Blick abgewandt, rutsche ich einen Schritt an der Theke entlang von ihm weg, bis ich in der Ecke lande.

Und Thane folgt mir.

Echt jetzt? Ich bin gefesselt von seinen funkelnden Augen, doch jedes Wort, das ich sagen könnte, bleibt für immer in meinem Hals stecken. Mich macht all das hier ziemlich nervös, weil ich absolut keine Ahnung habe, was er von mir will.

Thane neigt den Kopf ein wenig. Anscheinend genießt er dieses Spielchen mit mir wirklich, denn es besteht nicht die geringste Chance, dass er mein Unbehagen übersehen könnte. »Mmh... Macht es dir etwas aus, wenn ich mir eine Tasse Kaffee nehme?«, fragt er mit neckischem Ton und schielt dabei kurz zur Kaffeemaschine hinter mir, um seinen Standpunkt klarzumachen. »Oder verteidigst du den Automaten mit deinem Leben ... *Sandra Michelle*?«

Na gut, der Punkt geht an ihn. Mit einem kleinen Lächeln verdrehe ich die Augen und lasse den Atem los, den ich bis jetzt angehalten habe. Ich sollte wohl auch gleich den Schläger aus dem Flur holen, nur für seine Genugtuung. »Natürlich nicht.« Aus dem Schrank hinter mir nehme ich eine zweite Tasse heraus und lasse sie unter der Maschine volllaufen. Ich überreiche sie ihm mit den warmen Worten: »Sandy ... reicht völlig.«

Thane antwortet mit seinem ganz persönlichen Sonnenaufgangslächeln. »Danke schön, *Sandy*.« Seine Finger streifen meine, als er die Tasse aus meiner Hand nimmt, und ich habe keine Ahnung, ob das Absicht war oder nur ein dummer Zufall. Fange ich jetzt vielleicht schon an, mir Dinge einzubilden? Sie mir zu wünschen? Oder verblöde ich etwa komplett, nur weil ein Eishockey-Hottie heute Morgen Klimmzüge vor meinem Fenster gemacht hat?

Mein Blick haftet immer noch an seinen schlanken Fingern um die Tasse, als die krossen Scheiben aus dem Toaster hüpfen und mich zu Tode erschrecken, weil ich die letzten paar Sekunden völlig in einer anderen Welt versunken war.

Grundgütiger! Heiße und kalte Schauer wechseln sich heute wohl im Dauerlauf auf meinem Rücken ab.

Während ich den Toast auf meinen Teller lege und eine dünne Schicht Butter auf beide Scheiben streiche, lehnt Thane sich wie ich vorhin mit dem Rücken an die Theke, nur dass es bei ihm eher der Hintern statt des Rückens ist, weil er mich doch um ein ganzes Stück überragt. Er nimmt einen entspannten Schluck und kehrt dann mühelos zu unserem Gespräch zurück. »Also ... Cam sagt, du bist zwölf?«

»Wie bitte?!« Mein Kopf zuckt hoch und meine Hand versteinert mitten unterm Butterschmieren. »Dieser Vollidiot!«

Thane hält die Tasse immer noch nahe an seine Lippen und beobachtet mich aus dem Augenwinkel. »Stimmt das nicht?«

Ohne Ende frustriert über meinen abwesenden und ignoranten Bruder, drehe ich mich mit dem ganzen Körper zu Thane und setze eine zynische Miene auf. »Ich werde am Samstag siebzehn.«

Sein neugieriger Blick hält meinen für eine weitere Sekunde fest. »Ist das so...?«, murmelt er dabei, ehe seine Augen unter den langen, dunklen Wimpern verschwinden.

Ich blinzle heftig, was er nicht mehr sehen kann, und wende mich letztlich wieder meinem Frühstück zu. Fertig mit der Butter, stelle ich sie zurück in den Kühlschrank und versuche anschließend an die Marmelade im Regal über Thanes Kopf zu kommen. Automatisch macht er einen kleinen Schritt zur Seite, um mir Platz zu schaffen, wobei er fragt: »Was machst du denn um diese Zeit normalerweise in deinen Sommerferien?«

Mit der Hand noch am Griff der Oberschranktür, werfe ich ihm einen verschmitzten Blick von der Seite zu und grinse. »Schlafen?«

Das entlockt ihm ein Schmunzeln. »Du willst mir jetzt ein richtig schlechtes Gewissen machen, nicht wahr?«

»Nö«, necke ich ihn und strecke kurz die Zunge raus. »Nur ganz wenig.« Doch als ich endlich den Schrank öffne und hochschaue, entwischt mir ein weiteres frustriertes Grunzen. *Cameron!*

Offenbar hat sich mein Bruder gestern noch einen Mitternachtssnack gemacht und die Himbeermarmelade danach aufs oberste Regal gestellt, das zu hoch für mich ist, um es zu erreichen. Ich will jetzt aber keinen Stuhl in die Küche zerren, was mich vor Thane nur hilflos und klein wirken lassen würde, deshalb stelle ich mich auf die Zehenspitzen, stütze mich mit einer Hand auf der Theke ab und strecke mich wie ein Bär nach einem Honigtopf. Leider streifen meine Finger aber nur kaum spürbar über das Glas.

»Da du schon einmal auf bist, hast du irgendwelche Pläne für heute?«, fragt Thane lässig, wobei er näher kommt und das Marmeladeglas für mich aus dem Regal nimmt. Seine Brust drückt sich dabei leicht an meine Seite. Ich rutsche an seinem Körper entlang zurück auf meine Fußsohlen und versinke in einer weiteren Duftwolke von schmelzendem Schnee. Junge! Wie kann jemand nur so gut riechen und nicht sofort zu Parfüm verarbeitet werden?

»Nach dem Essen treffe ich mich mit Adrian«, antworte ich mit überraschend zaghafter Stimme und drehe den Kopf dabei nur leicht, sodass ich ihn um seinen Arm herum ansehen kann.

»Das bedeutet, ich könnte dich bis ... sagen wir Mittag, ausleihen?«

»Wieso?« In Gottes Namen!

Wir nehmen beide unsere Arme viel zu langsam runter, und Thane übergibt mir die Himbeermarmelade. »Weil dein Bruder wahrscheinlich noch so lange schlafen wird.«

Stimmt. Häng ein halbnacktes Mädchen an ein Schaukelgerüst vor *seinem* Fenster und er ist garantiert in einem Wimpernschlag aus dem Bett. Aber das meinte ich gar nicht. Planlos ziehe ich die Augenbrauen eine Spur tiefer. »Nein, ich meinte, warum willst du mich *ausborgen*?«

Thane zuckt mit den Schultern, was gleichzeitig anscheinend auch der Ein-Schalter für sein Bitte-bitte-Lächeln ist. »Weil ich gerne etwas mehr von eurer kleinen Stadt sehen möchte und du bestimmt eine großartige Reiseführerin abgibst.«

Mein Gesicht skeptisch in Falten gelegt, mustere ich

ihn von der Seite, wobei ich das Marmeladeglas aufschraube. »Du willst eine Sightseeing-Tour machen?« Das hier ist Oakspeak, um Himmels willen. Wir haben genau ein Rathaus und eine langsam verfallende Zughaltestelle. Das ist alles. »Ich enttäusche dich ja nur ungern, aber hier gibt es wirklich nicht viel zu sehen.«

»Mir bleibt die Wahl zwischen Sightseeing oder den ganzen Vormittag auf der Couch rumhängen, bis dein Bruder von den Toten aufersteht«, meint er und geht um die Kücheninsel herum. Unterwegs grinst er aber noch über seine Schulter zu mir zurück. »Und ich denke nicht, dass du mich enttäuschen könntest.«

Es kann nur an dem warmen Gefühl liegen, das er mir damit beschert, weshalb ich tatsächlich leise antworte: »Okay …«

Thane schiebt sich halb auf einen Barhocker und blickt mich mit hoffnungsvollen Augen an. »Kann ich bitte etwas Zucker für meinen Kaffee haben?« Er sieht aus wie der süßeste kleine Junge, der nach Weihnachtsgeschenken fragt, ohne zu wissen, ob überhaupt schon Weihnachten ist oder nicht.

Meine Wangen schieben sich mit einem aufkommenden Lächeln nach oben. »Weißt du was?« Ich folge ihm mit meinem Frühstück um den Küchenblock herum und setze mich neben ihn. »Da du die nächsten paar Tage sowieso hier ein- und ausgehen wirst, als wärst du Teil dieser Familie, geht es wohl in Ordnung, wenn du dich hier auch wie zu Hause fühlst. Zucker ist in der gelben Porzellandose dort oben.« Ich zeige auf den Küchenschrank über der Kaffeemaschine. »Und wenn du Hunger hast, komm einfach runter und nimm dir, was immer du willst.«

Seine Augen werden unter den schwarzen Augenbrauen schmal und dunkel. »Ohne vorher zu fragen?«

Ich knabbere an einer Ecke meines Toasts. »Mm-hmm.«

»Wirklich? Du meinst alles?«

»Ja, ich meine alles«, versichere ich ihm nun lachend und mit halbvollem Mund. »Außer meine Oreos. Wenn du am Leben bleiben willst, fass sie besser nicht an.« Diese Warnung sollte er sehr ernstnehmen. Ich bin süchtig nach den Keksen.

Als sein Blick daraufhin an meinem Körper nach unten wandert und sofort danach wieder in mein Gesicht zurückkehrt, verdrehe ich die Augen, weil mir bewusst wird, dass ich das wohl eben herausgefordert habe. Man muss ihm allerdings zugutehalten, dass er sein verschlagenes Grinsen zu neunzig Prozent im Zaum hält. »Hab verstanden. Kann alles haben. Nur keine Oreos.« Er lässt den Becher auf der Anrichte stehen und holt die Zuckerdose vom Regal, zu dem ich ihn dirigiert habe. Sobald er wieder neben mir steht — setzen ist wohl nicht mehr — löffelt er eine vorsichtige Spitze davon in seinen Kaffee. Dann greift er zu meinem Teller herüber und stibitzt meine zweite Toastscheibe.

Scharf protestierend reiße ich meine Augen auf. »Hey!«

»Was ist? Du hast gesagt: *alles.*« Und da erscheint wieder dieses Grübchen in seiner linken Wange. Ein Sternenschauer aus Übermut rieselt durch seine Augen, als er die Brauen einmal nach oben zieht und herausfordernd vom Toast abbeißt. Dann lehnt er sich näher, hält dabei aber immer noch intensiv meinen Blick fest, und fügt in einer rauen Stimme hinzu, die mir ein Kribbeln im Bauch beschert: »Sei froh, dass ich mir nicht das Milky Way geschnappt habe.«

Fast klappt mir die Kinnlade runter, doch ich erinnere mich gerade noch rechtzeitig daran, dass ich den Mund voller Essen habe, und so schlucke ich stattdessen laut. Thane schmunzelt, ganz offensichtlich zufrieden, dass er dieses Spiel gewonnen hat. Er dreht sich um und geht hinaus auf die Terrasse — mit seinem Kaffee und *meinem* Toast. »Sag Bescheid, wenn du fertig bist!«, ruft er mir noch zu und klingt dabei wieder völlig normal und nicht mehr wie ein mädchenvernaschender Hockey-Hottie.

Oder vielleicht doch ... nur etwas sanfter.

49

# Kapitel 3

## THEODORE

»Wie geht's deinem Fuß?«

»Hm?« Mein Blick schweift zu Thane. Gott, es ist so seltsam, mit einem Freund meines Bruders durch unsere kleine Stadt zu spazieren.

»Vorhin meintest du, du hast dir den Zeh gebrochen.« Nach einem kurzen Blick auf meinen Fuß lächelt er. »Scheint aber nicht so tragisch zu sein.«

Oh. Richtig. Ich verziehe das Gesicht. Der Fenster-

Handy-Unfall.

»Was hast du überhaupt angestellt?« Sein Grinsen wird etwas breiter. Warum zum Teufel muss er immer so unbeschreiblich niedlich aussehen und mich total aus dem Konzept bringen?

»Ich ... ähm ...« Da er mich aber schon mal so nett daran erinnert, schweige ich für einen Moment und wackle mit den Zehen im Schuh. Scheint wieder alles in Ordnung zu sein. »Ich bin gegen den Bettpfosten gelaufen.« Die Wahrheit muss er nicht unbedingt wissen. »Tut aber nicht mehr weh.«

»Schön.« Er verengt die Augen, als würde er zurückhalten, was er gerade wirklich denkt, und ich muss sagen, er macht das viel besser, als sein schiefes Grinsen zurückzuhalten. »Irgendwie hatte ich das Gefühl, *ich* wäre für deinen Unfall verantwortlich, als du am Fenster gestanden bist.«

»Ja ... nein. Los, komm mit!« Ich packe ihn am Ärmel seines Hockeyshirts und ziehe ihn vom Gehsteig runter über die leere Straße. Keine Ahnung, warum ich ihn gerade auf die andere Seite schleife. Hier drüben gibt es garantiert nicht mehr zu sehen als dort, wo wir eben noch waren. Allerdings habe ich somit etwas zu tun und es hilft mir, seinem wissenden Blick auszuweichen.

Thane lacht nur darüber. Dieser Fiesling! Ganz offenbar denkt er, er hätte mich durchschaut. Ich hasse ihn.

»Wohin führst du mich denn?«, quetscht er die Frage zwischen sein Lachen.

»Bibliothek.« Meine knappen Antworten fangen an, mir auf die Nerven zu gehen. Aber das ist alles nur seine Schuld. Wie soll ich mich hier auch konzentrieren, nachdem er mich heute Morgen ein Milky Way genannt hat?

Das neue Ziel scheint ihn schließlich davon abzulenken, mich hier ständig aufzuziehen. »Was wollen wir denn in der Bibliothek?«

»Du wolltest doch eine Sightseeing-Tour machen, oder?«

»Na ja, ja. Aber ich dachte dabei eher an ... keine Ahnung. Wolkenkratzer? Riesenrad?« Er schiebt die Hände in die Hosentaschen und zuckt mit den Schultern. »Den Zoo?«

Okay. Das ist jetzt aber doch etwas seltsam. Weil ich abrupt stehenbleibe, hält auch er an und wirkt überrascht, als ich mich zu ihm drehe. »Thane. Hast du dich hier schon einmal umgesehen?« Ich untermauere meine Andeutung, indem ich mitten auf dem Marktplatz meiner kleinen, verträumten Heimatstadt die

Arme ausbreite, umgeben von ein paar niedlichen Souvenirshops, einem Frisör, einer Schneiderei und einem Café unten an der Ecke, vor dem ein riesiges Croissant mit Kochmütze steht. »Sieht das für dich etwa so aus, als gäbe es hier Wolkenkratzer oder Riesenräder?«

Die Lippen aufeinandergepresst und die Augen mit unbehaglicher Miene weit aufgerissen, schüttelt er den Kopf.

»Wir haben genau zwei Dinge, die für Fremde sehenswert sind«, erkläre ich ihm, gehe dabei aber inzwischen wieder weiter die Straße entlang. »Die Bibliothek. Und Theodore.« Der erste Halt liegt nur hundert Meter vor uns. »Wenn du Tiere willst, können wir auf dem Rückweg gern einen Abstecher in den Wald machen. Ich fürchte aber, dass wir dort nicht viel mehr als ein paar Vögel finden werden.«

Da Thane *mich* zum Reiseleiter ernannt hat, schweigt er für den Rest des Weges. Aber im Augenwinkel kann ich erkennen, dass er auf seiner Unterlippe rumkaut, als läge ihm eine Frage auf der Zunge. Ich kann mir auch denken, welche. Schließlich dreht er doch den Kopf zu mir und hat die Augenbrauen dabei neugierig nach unten gezogen. »Und wer ist Theodore?«

Ein Grinsen zupft an meinen Lippen, denn ich habe

genau ins Schwarze getippt. »Theodore ist ein Bursche mit den schönsten Tattoos der Welt«, ist alles, was ich ihm an Antwort gewähre. Dann ziehe ich ihn durch die große hölzerne Tür in die Stadtbücherei.

Sobald die schwere Tür wieder zufällt, sind auch sofort sämtliche Geräusche des ruhigen Morgens von draußen abgeschnitten und wir sind von einer respektvollen Stille umgeben. Außer uns sind so früh nur wenige andere Besucher hier. Die meisten von ihnen lesen still in irgendeiner Ecke, und wenn sich doch einmal zwei Leute miteinander unterhalten, dann nur im Flüsterton.

Auf dem Weg zu den vielen Regalen, vollgepackt mit Romanen und Geschichtsbüchern, hebe ich das Kinn an und ziehe den Atem tief durch die Nase ein. Der Geruch in diesen Gemäuern ist so vertraut und einladend, dass ich jedes Mal am liebsten zu tanzen anfangen würde, wenn ich herkomme. Neben mir ahmt Thane meinen Atemzug nach, vermutlich um herauszufinden, was mich gerade so glückselig stimmt. »Mmmh. Bücher,« raunt er dann trocken. In seiner Stimme liegt ein so offenkundiges Schmunzeln, dass ich kichern muss und ihn leicht mit dem Ellbogen in die Rippen stupse.

»Mach dich nicht über meine besten Freunde lustig!«,

schimpfe ich ihn flüsternd.

»Wie jetzt? Ich dachte, der Typ, den du gestern am Telefon hattest, ist dein bester Freund?« Er lehnt sich geheimnisvoll näher und rempelt ganz leicht mit seiner Schulter gegen meine. »Oder läuft da doch mehr zwischen euch beiden?«

»Nein, da läuft *nicht* mehr«, grummle ich, als eine spürbare Schamröte wie aus dem Nichts in mein Gesicht schießt. »Adrian ist nur ein Freund.« Sonst hätte ich wohl auch kaum dieses Kuss-Problem. »Aber er kommt vor Büchern.«

Wir erreichen die Abteilung mit all den Klassikern, die ich erst in diesem Jahr für mich entdeckt habe. Charlotte Brontë, Jane Austen, Thomas Hardy. Thane zieht ein Buch mit dem Titel *Emma* aus dem Regal. »Vielleicht solltest du das hier lesen, während du darauf wartest, dass er dich endlich um ein Date bittet.«

Mit einem zynischen Grinsen antworte ich ihm: »Das habe ich schon gelesen.«

Er stellt das Buch wieder zurück und tippt nur mit dem Finger auf das nächste, wobei er auffordernd die Augenbrauen hochschiebt.

»Das auch«, teile ich ihm mit.

Plötzlich sieht er mich mit einem seltsam faszinierten Gesichtsausdruck an und zeigt auf das nächste Buch in der Reihe, und wieder auf das nächste …

»Gelesen. Gelesen. Ebenfalls gelesen.«

»Wow. Du liest ja echt eine ganze Menge«, stellt er am Ende des Regals verwundert, aber offensichtlich beeindruckt fest.

»Macht mich superintelligent«, necke ich ihn. »Solltest du vielleicht auch mal versuchen.«

Über diesen kleinen Scherz lacht Thane etwas lauter und sofort drehen sich zwei Mädchen in meinem Alter im hinteren Bereich der Bibliothek zu uns um. Allerdings nicht, weil wir sie gestört haben, sondern weil es unglaublich schön klingt, wenn er lacht. »Lesen ist etwas für Leute ohne Liebesleben«, spottet er zurück.

Verdammt, damit hat er ja so recht. Mir entweicht ein Seufzen, welches sofort das verspielte Lächeln von seinem Gesicht wischt. »Hmm…«, beginnt er, als wir gemeinsam weiter durch die kreisförmig angeordneten Regale schlendern. »Stell dir nur mal vor: Ich mit der Nase in einem Roman. Das würde schon echt merkwürdig aussehen. Zu intellektuell, als gut für mich wäre.«

Seinem sanften Tonfall nach ist das wohl als Scherz gemeint, um die Stimmung nach meinem Grübeln wieder zu heben, und ich stelle ihn mir wirklich kurz mit einem Fantasybuch in den Händen vor. Die

Wahrheit ist aber, es würde ihm großartig stehen. »Ich finde Jungs, die gerne lesen, ja ziemlich attraktiv«, gestehe ich mit einem warmen Schimmer in den Augen.

Thane schielt seitlich zu mir. »Ehrlich?« Seine Brauen kippen Richtung Nase, während er mich für zwei Sekunden mustert, dann schnappt er mich am Arm, dreht mich herum und zieht mich zum Ausgang. »Genug Bücher für heute. Lass uns zu Theo gehen.«

Sein Anti-Sozialismus gegenüber dem geschriebenen Wort entlockt mir nun doch ein Schmunzeln, während ich ihm hinaus in den sonnigen Morgen folge. Wenn er schon keine Bücher mag, dann ja vielleicht Theodore.

Ich übernehme die Führung über die Straße und die abgelegene Gasse entlang, weg vom immer noch schläfrigen Marktplatz. Es sind nur noch etwa zweihundert Schritte bis zu den Klippen am Ozean. Ein natürliches Plateau ragt hier einige Meter hinaus, was dieser Stadt in Wahrheit den Namen Oakspeak beschert hat. Eine salzige Brise empfängt uns bereits, als wir den einsamen Pfad hinaufwandern, umgeben von einem Gefühl von Freiheit und Leichtigkeit. Der Wind fängt meinen Pferdeschwanz in einem ungestümen Spiel ein. Er ist außerdem mit dem Aroma von sommergrünen Blättern und uralter Borke getränkt. Ich liebe diesen Duft sogar noch mehr als jenen von alten Büchern.

Dieser Ort hier ist einfach bezaubernd.

Hier draußen auf dem Plateau steht Theodore bereits seit dreihundert Jahren und trotzt Wind und Wetter. Er hat Stürmen standgehalten, die stärksten Gewitter seiner Zeit überlebt, und bei Sonnenschein wie Schnee immer liebevoll über die Fischerboote im Wasser und die freundlichen Bürger dieser Stadt gewacht. Als wir endlich bei der majestätischen, alten Eiche ankommen, drehe ich mich zu Thane um und schwenke galant den Arm. »Thane, darf ich vorstellen? Das ist Theodore.«

»Theo ist ein Baum?« Er lacht zwar, doch geht er bereits näher heran, unweigerlich angezogen von der wahren Besonderheit dieser Eiche. In ehrfürchtiger Stille hebt er die Hand und zeichnet mit dem Finger einige der Tausend Dinge nach, die in den unteren Teil des Stamms geschnitzt wurden. »Tattoos, hah?«, murmelt er und versteht letztendlich die Bedeutung dessen, was ich vorhin gesagt habe.

Was ich so geheimnisvoll als Tätowierungen bezeichnet habe, sind in Wirklichkeit unzählige Symbole, die Paare hinterlassen haben, als sie herkamen, um ihre Liebe in den Baum zu ritzen. Herzen in allen Formen und Größen, mit Namen darin, Jahreszahlen, oder auch nur Initialen. Theodore ist der Baum der Liebenden, und ich habe in meinem ganzen Leben noch nie etwas Schöneres gesehen.

Es freut mich, dass ich Thane Griffyn schließlich doch noch etwas zeigen konnte, was seine gesamte Aufmerksamkeit wert ist. »Die Legende besagt, wenn zwei verliebte Menschen am Tag ihres ersten Kusses an diesen Ort kommen und ein Zeichen ihrer Verbundenheit in den Baum schnitzen«, erkläre ich ihm, »werden sie für den Rest ihres Lebens zusammenbleiben.«

»Das ist eine sehr schöne Vorstellung.« Die Fingerspitzen immer noch an die Rinde gedrückt, dreht er den Kopf zu mir. »Ist dein Herz auch bereits irgendwo in den Stamm geritzt?«

Mein Blick fällt auf die Wurzeln, die teilweise aus dem Boden ragen. »Ähm, nein.«

Ich kann seinen durchdringenden Blick noch für einen weiteren langen Moment auf mir spüren. Jap, er fängt wohl langsam an, das volle Ausmaß meines scheiternden Liebeslebens zu erahnen. Weil der Augenblick schnell unangenehm für mich wird, drücke ich meine Mundwinkel hoch und trete näher an den Baum heran. Die Hände nach beiden Seiten wie ein Adler gestreckt, umarme ich den massiven Stamm und lege meine Wange an die Borke. »Aber das macht nichts. Ich weiß, dass Theo mich liebt. Wenn alles andere schiefgehen sollte, wird einfach *er* mein fester Freund.«

»Was könnte denn schiefgehen?«, fragt Thane mit aufrichtiger Neugier in der Stimme.

Tja, da wäre zum Beispiel die Party Freitagabend. Das ist meine letzte Chance, um vor meinem siebzehnten Geburtstag noch geküsst zu werden, und irgendwie kommt es mir sehr seltsam vor, dass es überhaupt so lange gedauert hat. Jeder aus meiner Klasse ist bereits in einer Beziehung oder trifft sich zumindest regelmäßig mit jemandem. Sogar Adrian hat schon ein paar Mädchen geküsst, obwohl er immer wieder betont, dass er noch nicht für eine feste Beziehung bereit ist.

»Vielleicht ende ich ja als bücherhortende und vogelzüchtende alte Jungfer«, werfe ich scherzhaft in den Raum, obwohl mindestens fünf Prozent davon todernst gemeint sind. Fast siebzehn und immer noch ungeküsst ... da gibt es schon Tage, an denen es sich so anfühlt, als würde ich mich bereits auf bestem Wege dorthin befinden.

»Du bist hübsch und klug.« Thane breitet seine Arme ebenfalls aus, umarmt den Baum und wendet das Gesicht dabei in meine Richtung. »Ich bin sicher, das wird nicht passieren.« Und dann schieben sich seine

Fingerspitzen ganz leicht über meine. Ich weiß nicht, ob er das absichtlich macht, doch bei dem warmen Kribbeln, das mir bei seinem sanften Blick und der unscheinbaren Berührung durch den Körper fährt, muss ich schlucken.

Mein Herz pocht heftig gegen den Baum. Es würde schon zwei mehr von unserer Sorte brauchen, um diesen elefantösen Stamm komplett zu umzingeln, aber für den Moment fühlt es sich gut an, einfach nur in dieser kleinen, besonderen Blase mit Theodor und dem Jungen zu sein, der mich gerade hübsch genannt hat.

Mit einem Lächeln schließe ich die Augen, weil ich es plötzlich schwer finde, Thane weiterhin anzusehen, und schließlich drücke ich mich von Theo weg, damit wir uns wieder auf den Heimweg machen können. Bevor wir den Marktplatz aber verlassen, husche ich noch kurz in den einzigen Lebensmittelladen der Stadt und hole ein Säckchen Vogelfutter aus der Kleintierabteilung. Während wir an der Kasse warten, steht Thane so nahe hinter mir, dass ich jeden seiner Atemzüge in meinem Haar spüren kann. Mein Nacken fängt dabei an zu prickeln.

Sobald wir an der Reihe sind, begrüßt mich die alte Carla Newman hinter der Kasse mit einem freundlichen »Hi, Sandy«, und schenkt dann auch dem jungen Mann, den ich mitgebracht habe, ein warmherziges Lächeln. Während sie das Vogelfutter über den Scanner zieht, schnappt sich Thane noch ein kleines Milky Way vom Regal über dem Förderband und legt es zu meinem Einkauf. Leicht überrascht, weil Milky Way inzwischen irgendwie so ein Ding zwischen uns geworden ist, blicke ich fragend zu ihm zurück. Er zieht nur einmal die Augenbrauen auf die beiläufigste und gleichzeitig anziehendste Weise hoch, die es nur gibt, und verschlimmert damit schlagartig das Kribbeln in meinem Nacken.

Thane holt zwei Dollar aus seiner Brieftasche und bezahlt für beide Sachen. Als wir den Laden verlassen, packt er die kleine Süßigkeit aus und verblüfft mich erneut, als er sie mir direkt vor den Mund hält. Ich mag Milky Ways. Und mit dieser einfachen, süßen Geste schafft er es beinahe, mein Herz von Theodore zurückzustehlen. Zaghaft beiße ich ein kleines Stück ab.

Thane stopft sich den restlichen Schokoriegel in den Mund und gibt beim Kauen ein hingebungsvolles Stöhnen von sich.

Da er einen Zoo erwähnt hat, als wir hergekommen sind, nehmen wir den Umweg durch den Wald trotzdem noch. Dort gibt es zwar keine schwarzen Panther oder Eisbären, dennoch glaube ich, dass ihm der Trick mit dem Vogelfutter gefallen wird. Zumindest, solange er keine Vogelphobie hat.

Sobald wir die Lichtung erreichen, die ich ziemlich oft besuche, halte ich an und öffne das Säckchen. »Halte deine Hand auf«, fordere ich ihn auf und schütte dann ein paar Körner in seine Handfläche. »Jetzt bleib still und warte.«

Ich blicke mich auf der Lichtung um und entdecke bald schon meine vielen gefiederten Freunde hoch oben in den Bäumen. Sie beobachten uns misstrauisch, doch hat keiner von ihnen den Mut, heute herunterzukommen. Minuten vergehen und nichts passiert. Das ist seltsam. Normalerweise reicht schon das Rascheln des Päckchens allein, um sie in den Sturzflug zu befördern.

»Manchmal, wenn ich hierherkomme, fühle ich mich richtig wie Schneewittchen, weil sie es kaum erwarten können, sich ihre Ration Futter zu holen«, erzähle ich Thane mit enttäuscht gerunzelter Stirn.

»Vielleicht haben sie heute Morgen ja schon bei den sieben Zwergen gefrühstückt«, stellt er eine Vermutung auf und bringt mich damit zum Lächeln. Aber das kann wohl kaum der Grund sein, darum versuche ich es anders. Ich schütte ein paar Körner in meine eigene Hand und halte sie hoch zu den Spatzen und

Rotkehlchen. Von da an dauert es exakt zweieinhalb Sekunden, bis die ersten paar von ihnen herabsegeln und auf meinen Fingerspitzen landen, um das Futter aufzupicken. Mit den Vögeln scheint alles in Ordnung zu sein.

»Okay, das ist jetzt echt fies«, grummelt Thane geknickt. Er verzieht das Gesicht wie der brummigste aller Zwerge, wodurch er umwerfend niedlich aussieht. Wie ein kleiner Junge, der heute noch keine Süßigkeiten bekommen hat.

Angestrengt versuche ich nicht zu heftig zu lachen, da ich sonst die Vögel aufschrecken würde. Erst, nachdem sie alle Körner aufgepickt haben, wische ich mir die Hand an meiner Jeans ab und neige den Kopf zu Thane. »Das kommt daher, weil sie dich noch nicht kennen. Du musst erst Freundschaft mit ihnen schließen.«

»Aha. Und wie genau stelle ich das an, Miss Cardington? Mir scheint, du hattest bereits dein ganzes Leben lang Zeit, das herauszufinden.«

Damit hat er vollkommen recht. Die Spatzen sind wie meine kleinen Haustiere und sie kennen mich. Wir sind schon ewig befreundet. »Nun, zuerst solltest du mal diesen *Ich bin der große, böse Wolf* Blick loswerden. Sei ...« Ich fische nach dem richtigen Wort und Thane hebt dabei herausfordernd eine Augenbraue an. »Liebenswert!«, platze ich schließlich heraus und streiche mir mit einer eleganten Handbewegung das unsichtbare Prinzessinnenhaar über die Schultern zurück. Thane spiegelt daraufhin mein breites Grinsen, sagt aber nicht, was genau ihn nun so amüsiert. Als Nächstes zeige ich auf sein Hockeyshirt. »Vielleicht fürchten sie sich aber auch nur vor dir, weil du hier das Riesenrotkehlchen bist und sie glauben, du hast alle ihre Freunde gegessen, damit du so groß werden konntest. Schließlich würdest du ja auch nicht freiwillig in die Hand eines Ungeheuers klettern, oder?«

Thane lässt seine Hand sinken und die Körner fallen zu Boden. »Du meinst also, es liegt am Shirt?«, raunt er. Sein verschlagenes Grinsen verschwindet kurz unter dem Eishockeydress, als er dieses über den Kopf zieht und mir anschließend zuwirft. Erstaunt fange ich es auf und mache dann einen misstrauischen Schritt nach hinten für jeden entschlossenen Schritt, den er auf mich zu macht.

Ein weißes T-Shirt streckt sich nun über seinen perfekt geformten Oberkörper. Als ich gegen einen Baum hinter mir stoße und gezwungen bin, stehenzubleiben, drücke ich das warme dunkelrote Shirt an meine Brust, während er viel zu nahe kommt. Mit einer Hand stützt er sich neben meinem Kopf am Baumstamm ab und plötzlich kann ich sogar seine Körperwärme spüren. »Was meinst du?«, murmelt er mir ins Ohr, wobei er sich zweifellos für mein Necken vorhin revanchiert. »Bin ich jetzt liebenswert genug?«

Ich habe mich getäuscht, als ich meinte, hier gäbe es keine Panther. Ganz offenbar steht einer direkt vor mir.

Mein Hals ist auf einmal staubtrocken, deshalb räuspere ich mich und muss sofort feststellen, dass es vergebens war, weil ich sowieso nicht weiß, was ich jetzt sagen soll. Den Blick in diesem surrealen Moment mit seinem verflochten, nicke ich nur ganz leicht.

In der Sekunde, als er Erbarmen zeigt und einen Schritt zurückmacht, erinnere ich mich auch endlich wieder daran, wie man atmet. »Okay«, meint er daraufhin und schüttet noch einmal ein paar Körner aus dem Päckchen in seine Hand, wobei einige Samen auf den Boden fallen. »Dann lass uns mal sehen, ob du recht hattest und es so besser geht.« Als er seine Hand ausstreckt, schweift sein verschlagener Blick zu mir zurück. »Wenn nicht, mache ich *dein* Sweatshirt dafür verantwortlich und du bist die Nächste, die hier etwas auszieht.«

Äh. Wie bitte? Mein Kinn klappt nach unten.

So wie seine Augen gerade funkeln, ist es schwer zu

sagen, wie ernst er das eben gemeint hat. Doch drei Sekunden später gleitet ein hübsches, kleines Rotkehlchen von einem nahen Ast in seine Hand und rettet mich. Thanes Augen werden vor aufrichtigem Erstaunen ganz weit. Ich wiederum schließe meine kurz aus purer Erleichterung. Es gehörte sicher nicht zu meinem Plan, im Wald mit einem Fremden Strip-Vogelfüttern zu spielen, als ich heute Früh aufgewacht bin.

Ich lasse ihm noch ein paar Minuten Zeit, um in Ruhe Kontakt zu den Tieren aufzunehmen, während meine Nerven sich auch langsam wieder entspannen. Nachdem die Vögel den gesamten Inhalt des kleinen Säckchens weggefuttert haben, werfe ich Thane aber sein dunkelrotes *Riot Robins* Shirt zurück und wir machen uns auf den Heimweg.

Es ist bereits Mittag, als wir zu Hause ankommen, und Cam ist inzwischen auch endlich aufgestanden, wenn man dem Scheppern der Töpfe in der Küche glauben kann. Entweder das, oder wir haben wirklich einen Einbrecher im Haus.

Cams verdutzter Gesichtsausdruck, sobald wir durch die Tür hereinkommen, wäre zum Schießen, wenn sein mürrisches Gebrummel im nächsten Moment nicht absolut nervtötend wäre. Er verschränkt die Arme über seinem schmutzigen Rockband T-Shirt. »Wo wart ihr zwei denn?« Der stählerne Blick trifft dabei Thane, obwohl seine Frage eindeutig an uns beide geht.

»Unterwegs«, antwortet Thane gleichgültig genug, um kein Drama aus der Sache zu machen.

Anscheinend ist mein Bruder da aber anderer Meinung. Seine Stimme nimmt ein ganz neues Level von Missbilligung an. »Gemeinsam?«

Lachend holt sich Thane eine kleine Flasche Mineralwasser aus dem Kühlschrank. »Bleib locker, Cam. Sie hat mir nur die Gegend gezeigt.« Er lehnt sich an die Theke, die Knöchel überkreuzt, und nimmt einen Schluck. »Außerdem ... wenn du zur Abwechslung mal etwas früher aufstehen würdest, hätte ich sie gar nicht erst fragen müssen, ob sie den Morgen mit mir verbringt.« Sein Blick schießt sich auf mich ein, als ich an den beiden vorbeigehe und durch den Mauerbogen aus der Küche verschwinden will. »Was ich im Übrigen absolut *liebenswert* fand«, fügt er noch so leise hinzu, dass nur ich es hören kann, und dazu schenkt er mir auch noch ein kleines, schiefes Grinsen.

Ich hasse es, dass ich bei dieser Anspielung sofort rot werde. Aber so wie mein Bruder es zustande gebracht hat, meine Laune in der Sekunde zu ruinieren, in der wir heimgekommen sind, so schafft es Thane, sie ebenso schnell wieder in den grünen Bereich zu heben. Es ist eigenartig, mit beiden Jungs in einem Raum zu sein. Seltsamerweise kommt mir beim Hochsteigen der Treppe der Gedanke, wie schön es doch gewesen wäre, wenn Cameron den ganzen Tag verschlafen hätte.

# Kapitel 4

## Die Sache mit Brüdern und Freunden

Ich räume gerade die Teller nach dem Essen mit den Jungs weg, als Adrian rüberkommt und Cam ihn hereinlässt. Ihre Stimmen, als sie sich an der Eingangstür auf ihre eigene lässige Art begrüßen, dringt zu Thane und mir in die Küche, kurz bevor die beiden hereinkommen. Kann sein, dass ich mich irre, aber es hat den Anschein gemacht, als wäre eine leichte Anspannung in Thanes Haltung gekrochen, als es vorhin an der Tür geklingelt hat. Ich würde schwören, er ist verdammt neugierig auf meinen besten Freund.

»Hi, Sands!«, ruft Adrian schon von weitem, kommt dann zu mir und drückt mir einen Kuss auf die Wange. Da sein blondes Haar vom Wind zerzaust ist, gehe ich davon aus, dass er nach unserem Telefonat heute Morgen mit Jamie und Gina, zwei Freunden, mit denen wir in der Schule gemeinsam Geschichte haben, im Wald mountainbiken war. Sein weißes Sweatshirt ist schmutzig, was darauf hindeutet, dass er wohl auch den einen oder anderen Crash gebaut hat. Was Sport angeht, so bin ich selbst eher der ‚Lass uns zum Strand gehen und tote Frösche spielen‘ Typ von Athletin. Darum freut es mich auch umso mehr, dass er die beiden hat, um seine Leidenschaft auszuleben, und nicht ständig auf die Idee kommt, mich überreden zu wollen. So was geht nie gut. Adrians Blick schweift zu Thane, der auf der Küchentheke sitzt und mir die letzten zehn Minuten lustige Geschichten über meinen Bruder und das Eishockeyteam erzählt hat. Er hat mich so oft zum Lachen gebracht, dass ich morgen ohne Zweifel einen Muskelkater im Bauch haben werde. »Thane, das ist Adrian«, stelle ich die beiden einander vor und lege dabei meine Hand leicht in Adrians Kreuz, während er seinen Arm locker um meine Schultern schlingt.

Ganze drei Sekunden lang bewegt sich Thane keinen Millimeter, sondern mustert Adrian einfach nur unverblümt. Was für ein seltsamer Moment. Ich habe fast das Gefühl, als würde er meinen besten Freund in einer Art Demonstration männlicher Dominanz abchecken, ehe er endlich von der Theke rutscht und ihm seine Hand mit einem freundlichen Lächeln entgegenstreckt. »Hi Adrian. Freut mich, dich kennenzulernen.«

Sobald Adrian seine Hand in Thanes schlägt, ist mir klar, dass mein bester Freund ihn auf Anhieb gut leiden kann. Es liegt an der Weise, wie er jemandem die Hand schüttelt. Zeigen seine Finger dabei nach oben — der Ghetto-Handschlag — hat man in ihm einen Freund fürs Leben gefunden. Ist es aber das typische, formale Händeschütteln, so schafft es derjenige vermutlich niemals in den innersten Kreis seiner Freunde.

Was aber Thane in diesen drei Sekunden für sich selbst herausgefunden hat, weiß der Teufel.

Obwohl Adrian im vergangenen Dezember selbst erst siebzehn wurde, kam er mir immer schon um einiges älter vor. Mehr auf einer Linie mit meinem Bruder als mit mir. Darum überrascht es mich auch nicht, dass die drei Jungs sofort anfangen, über Hockey zu quatschen, als wären sie schon seit Jahren im selben Team.

Vielleicht liegt es aber auch nur an seinem Interesse für den Sport. Er spielt zwar nicht selbst, aber er sieht sich liebend gerne die Spiele an. Als mein Bruder noch hier gewohnt hat, ist Adrian oft an den Wochenenden rübergekommen und sie haben sich gemeinsam ein Spiel angesehen. Mir andererseits geht dieser Sport absolut am Arsch vorbei und ich habe keinen Bock darauf, den restlichen Nachmittag lang ihren Diskussionen über die Stärken und Schwächen verschiedener Teams zuzuhören.

»Ja, ja. Sehr interessant«, unterbreche ich die drei trocken und schiebe dann Adrian mit meinen Händen gegen seine Schulterblätter gestemmt hinaus in den Flur. »Ihr könnt euch ein andermal darüber unterhalten. Wenn ich im College bin. Oder tot.« Er ist *mein* Freund. Und die Zeit mit ihm gehört mir und nicht ihnen.

Lachend gibt er meinem Starrsinn nach und verabschiedet sich von Cam und Thane über seine Schulter hinweg, dann gehen wir beide nach oben in mein Zimmer, wo er sich bäuchlings auf mein Bett wirft. »Und, wie war der Vormittag?«, fragt er, sobald wir vom Rest des Hauses abgeschnitten sind, und grinst mich wissend an. »Ich habe gesehen, wie du heute Morgen das Haus mit Cams Freund verlassen hast.«

»Ngh.« Die Augen verdrehend, sinke ich in den Drehstuhl an meinem Schreibtisch und streife mir die Stirnfransen zurück. »Das war so schräg.« Ich erzähle ihm, was bei Theodore und hinterher im Wald passiert ist. Da Adrian mein engster Vertrauter ist, eröffne ich ihm auch, wie merkwürdig sich diese Nähe zu Thane angefühlt hat.

Adrian steht kurz auf, nimmt meine alte Gitarre aus der Ecke und setzt sich damit wieder auf die Matratze, das Instrument auf seine verschränkten Beine gelegt. Dann streicht er mit den Fingern einmal über die Saiten, wobei er einen C-Akkord spielt, wenn ich mich recht daran erinnere, was ich in meinen Gitarrenstunden vor ungefähr hundert Jahren gelernt habe. Während er sich leicht vornüberbeugt und an den Schrauben dreht, um eine Saite nach der anderen zu stimmen, wirft er mir einen kurzen, herausfordernden Blick unter seinen langen Wimpern hervor zu und konzentriert sich dann wieder auf die Musik. »Klingt, als hätte er mit dir geflirtet.«

Stirnrunzelnd ziehe ich diese Möglichkeit in Betracht und stöhne schließlich: »Meinst du?« Der Gedanke ist mir ehrlich gesagt auch schon gekommen, aber es ist gar nicht so leicht zu unterscheiden, ob er mich nur aufgezogen oder wirklich mit mir geflirtet hat, wenn man mitten in der Situation gefangen ist. »Ich bin mir nicht sicher, ob ich das gut finden soll. Ich meine, er ist der Freund meines Bruders.«

»Na und?« Adrian zuckt mit den Schultern und spielt mit ein paar weiteren Akkorden das Intro zu dem Song *Stand By Me*. Wir haben beide zur selben Zeit in der Grundschule angefangen, Unterricht zu nehmen, nur bin ich bereits nach einem halben Jahr wieder ausgestiegen und er hat weitergelernt, bis er das Instrument nahezu perfekt beherrscht hat. Er macht immer alles so viel besser als ich. Oft beneide ich ihn für seinen Ehrgeiz, wenn es um Dinge geht, die er wirklich will. Wäre schön, wenn ich das von mir auch behaupten könnte. Dann wäre ich inzwischen bestimmt auch schon geküsst worden.

»Nichts na und. Das wäre einfach abartig«, antworte ich auf seine Frage.

Ohne mir dabei ins Gesicht zu sehen, gibt Adrian ein nachdenkliches Summen von sich. »Ich denke, in erster Linie wollte er nur nett sein, aber du bist es nicht gewohnt, diese Art von Aufmerksamkeit zu erhalten, weil du es bisher einfach nie zugelassen hast.«

»Das — Wie — *Hey!*«

»Was ist?«, lacht Adrian mich aus und blickt nun doch wieder von den Saiten hoch.

»Das stimmt doch gar nicht!« Irritiert verschränke ich die Arme vor der Brust. »Ich *würde* Dinge zulassen … *wenn* sie passieren würden.« Leider ist in dieser Hinsicht aber in den letzten siebzehn Jahren rein gar nichts geschehen.

Adrian legt die Gitarre beiseite und stützt seine Ellbogen auf die Knie, die Finger locker ineinandergeschlungen. Der Blick, den ich von ihm kassiere, schreit *soo* ‚Ich weiß es besser‘. »Nein, würdest du nicht. Ich kann dir mindestens sieben Situationen allein in den letzten zwei Monaten aufzählen, in denen ein Kerl versucht hat, dich in der Schule anzubaggern, und du hast sie einfach abblitzen lassen, als hätten sie dich gebeten, ihr Auto zu waschen.«

Was ist das denn für ein Bullshit? »Gar nicht wahr!«

»Thomas Bradley. Cafeteria. Vor zwei Wochen«, setzt Adrian an, mir das Gegenteil zu beweisen.

In Gedanken wandere ich zu jenem Tag zurück. Ich weiß genau, welchen Moment Adrian meint, da Thomas und ich bisher kaum sieben Sätze miteinander gesprochen haben. Dann grinse ich meinen Freund aber siegessicher an, weil er sich ganz klar geirrt hat. »Thomas Bradley«, erkläre ich ihm mit überdramatischer Selbstgefälligkeit in meiner Stimme, »hat sich in der Schlange am Buffet vorgedrängelt, weil er es eilig hatte, an sein Essen zu kommen.«

Es gefällt mir nicht, dass Adrian in diesem Augenblick anfängt, Tränen zu lachen. »Thomas Bradley«, erwidert er und greift dabei genau meinen Tonfall auf, »hatte sein Essen bereits hinten auf seinem Tisch stehen. Er war schon lange vor dir in der Cafeteria und hat nur auf dich gewartet. Mit Sicherheit hatte er keine Augen für das Buffet, sondern nur für dich, Sonnenschein. Wenn ich mich nicht irre, wollte er dich zur Abschlussparty seines Bruders einladen. Mit deiner Ansage hast du ihn binnen drei Sekunden in die Wüste geschickt.«

»Ich — *Nein!*« Die Furchen in meiner Stirn werden tiefer und tiefer. Kann es wirklich so gewesen sein? Agh. Eine unangenehme Hitze steigt mir den Nacken hoch. »Okay ... vielleicht habe ich mich da geirrt, aber das war definitiv eine Ausnahme. Normalerweise lasse ich keine Jungs einfach so abblitzen.«

»Douglas Carmichael.«

»Was ist mit ihm?«

»Er hat letzte Woche versucht, dich unten am Strand auf einen Eisbecher einzuladen.«

»Und?«

»Und du hast ihm gesagt, dass du gerade ein Eis mit mir hattest.«

Daran erinnere ich mich. Es war der Tag, an dem ich meinen neuen neongrünen Bikini zum ersten Mal anhatte. Adrian und ich sind gerade von der Eisdiele zurückgekommen und haben beschlossen, ein bisschen in der Sonne zu baden. »Stimmt ja auch. Wo liegt das Problem?«

Adrian blinzelt und grinst mich breit an. »Das Problem dabei ist, dass er nur ein bisschen Zeit mit dir verbringen wollte. Egal, ob bei einem Eisbecher, einer Cola oder beim Rumtollen im Wasser.«

»Oh.« Dieser letzte Vorfall verschlägt mir die Sprache. War das wirklich so? *Ngh.* Ich verziehe den Mund auf eine Seite und verenge die Augen zu Schlitzen. »Aber wieso hast du denn nie etwas gesagt? Ich meine ...« An dieser Stelle breche ich ab, weil ich nicht weiß, was ich sagen soll.

»Weil das einfach du bist, Sandy.« Sein Blick wird wärmer. »Du hattest kein Interesse an irgendeinem von diesen Typen. Und du bist eben kein Mädchen für halbe Sachen, schon gar nicht, wenn dein Herz nicht für diese Sache schlägt. Das warst du noch nie. Und das ist es auch, was dich so besonders macht. Nicht nur für mich, sondern auch für alle anderen.«

Aus seinem Mund klingt das wie ein Kompliment, nur fühlt es sich überhaupt nicht danach an.

»Also bin ich eine lahme Ente, wenn es ums Flirten geht.« Und anscheinend auch, wenn es darum geht, zu erkennen, wenn jemand Interesse an mir zeigt. »Aber ich will doch von einem dieser Jungs geküsst werden —«

»Vor Freitag um Mitternacht«, beendet Adrian meinen Gedanken.

»Ganz genau. Das wird niemals funktionieren, oder?«, winsle ich. »Freitagnacht steigt hier eine Party.« All diese Dinge verwirren mich plötzlich ohne Ende. »Wie soll ich denn jemals meinen ersten Kuss kriegen, wenn ich nicht einmal weiß, wie man richtig flirtet?«

»Tja, dann solltest du es lieber ganz schnell lernen«, antwortet er so sachlich und lacht dabei auch noch, dass ich ihm dafür am liebsten eine knallen möchte. Er zieht die Gitarre wieder auf seinen Schoß und legt die Finger der linken Hand an das Griffbrett. »Aber wenn du mich fragst, machst du dir viel zu viele Sorgen.« Mit den Fingern der rechten Hand entlockt er den Saiten eine sanfte Melodie. »Auf einer Party geküsst zu werden, ist relativ einfach. Niemand erwartet, dass du dein Herz dabei an jemanden verlierst. Und ein Kuss ist schließlich alles, was du willst.« Sein herausfordernder Blick trifft auf meinen. »Nicht wahr?«

So, wie er das bringt, ergibt es durchaus Sinn. Und dann auch wieder gar nicht. Frustriert fahre ich mir mit den Händen über dem Kopf und wische dabei die losen Haarsträhnen, die meinem Pferdeschwanz während des Tages entkommen sind, nach hinten. »Stimmt.«

Adrian wechselt zu einer Bon Jovi-Ballade. »Und wenn alles andere schiefgeht, ist ja immer noch der Freund deines Bruders hier, der dir bestimmt liebend gerne die Küss-Jungfräulichkeit stiehlt.«

Mir entweicht ein Grunzen, weil wir uns hier ganz offensichtlich im Kreis bewegen. Ich lasse Adrian für ein paar Minuten in Ruhe spielen, während meine Gedanken noch einmal den heutigen Morgen und den gestrigen Abend durchlaufen. Thane verursacht in mir alle möglichen Gefühle. Er ist witzig und nett. Und geheimnisvoll. Und zuvorkommend. Nicht zu vergessen, dass er in seinem dunkelroten *Riot Robins* Shirt umwerfend aussieht.

Aber er ist auch der beste Freund meines Bruders. Und ich würde lieber eine stinkende Thunfischpizza verdrücken, als ihn zu küssen.

*

Adrian und ich verbringen den Großteil des Nachmittags am Strand, jedoch im Schatten, weil er von gestern immer noch einen gewaltigen Sonnenbrand hat.

Als wir wieder nach Hause kommen, liegt eine Nachricht von Cam auf dem Esstisch. Offenbar sind er und Thane ausgegangen und ich soll nicht auf die beiden warten. Ich verdrehe die Augen, zerknülle das Blatt Papier und werfe es in den Mülleimer. Hah! Als ob ich wirklich aufbleiben und darauf warten würde, bis mein Bruder heimkommt. Ist mein Name neuerdings *Mom*, oder was?

Wie dem auch sei, es fühlt sich richtig gut an, das Haus endlich wieder für mich allein zu haben. Adrian und ich machen uns Abendessen für zwei und gehen danach hoch in mein Zimmer. Ich schlüpfe nebenan noch rasch in meine karierten Pyjamashorts und ein weißes Tank-Top, ehe wir es uns auf dem Bett gemütlich machen und über den Laptop einen Film ansehen. Es ist zwar immer noch warm in meinem Zimmer, aber rein aus Gewohnheit ziehe ich dazu auch noch dicke Wollsocken an. In ihnen fühle ich mich wohl. Genauso wohl wie in Adrians Arm, während wir uns auf den Bildschirm des Notebooks auf seinem Schoß konzentrieren.

Die Zeit verfliegt geradezu, und ich merke erst, dass es schon fast Mitternacht ist, als mir ein Gähnen die Augen zudrückt. Üblicherweise ist das das Stichwort für Adrian, nach Hause zu gehen, aber gerade als wir mein

Zimmer verlassen, geht unten die Eingangstür auf und wir hören, wie die Jungs heimkommen. Wir lassen ihnen noch dreißig Minuten Zeit für eine Dusche und um ins Bett zu gehen, ehe wir schließlich leise die Treppe hinunterschleichen.

Ich wage es nicht, irgendwo im Haus das Licht anzumachen, weil ich keinesfalls Camerons Aufmerksamkeit auf uns ziehen will. Wenn er mitkriegt, dass Adrian sich so spät hinausstiehlt, würde das nur eine Diskussion heraufbeschwören, auf die ich keine Lust habe.

»Kommst du morgen zum Essen?«, flüstere ich an der offenen Eingangstür, als wir uns verabschieden. »Cam sagte heute was von Barbecue.«

»Klar. Klingt gut«, antwortet er leise. Dann verzieht sich sein Gesicht skeptisch im Schein der Straßenlaterne. »Weiß er inzwischen von der Party?«

»Nein. Ich hatte noch keine Gelegenheit, ihm davon zu erzählen. Und ganz ehrlich, es wäre mir auch lieber, wenn wir einen Weg finden würden, um ihn an dem Abend komplett vom Haus fernzuhalten. Er muss nichts von meinem *First Kiss Project* wissen. Genaugenommen muss er gar nichts wissen, weil er sonst sowieso nur alles ruinieren oder meinen Eltern erzählen würde — damit sie es am Ende ruinieren können.«

»Dann solltest du dir aber ganz schnell einen guten Plan ausdenken. Die Party ist in zwei Tagen.«

In frustrierter Panik knirsche ich mit den Zähnen. »Ich weiß! Ich arbeite daran.«

»Übrigens lässt Gina ausrichten, du kannst vor der Party bei ihr vorbeikommen, dann kümmert sie sich um dein Makeup, wenn du möchtest.«

Dieses Angebot werde ich sicher annehmen, denn ich bin nicht nur mies im Flirten, sondern habe auch keinerlei nennenswerte Schminktalente.

Mit einer Hand in meinem Nacken zieht Adrian mich an sich heran und haucht mir einen Gutenachtkuss an die Schläfe. Dann schließe ich die Tür und schleiche ins Wohnzimmer. Vor zwei Stunden hat der Akku meines Handys den Geist aufgegeben und ich konnte mich nicht dazu aufraffen, herunterzukommen, um das Ladekabel zu holen.

Vorsichtig fühle ich entlang der Kommode und Regale, aber in der Dunkelheit ist es unmöglich, etwas zu finden. Ach, scheiß drauf. Cam schläft sowieso schon und Adrian ist inzwischen ja auch weg, also was mache ich mir Sorgen? Ich gehe zur schmalen Leselampe in der Ecke und mache das Licht an. Dann drehe ich mich um und fahre vor Schreck fast aus der Haut.

# Kapitel 5

## SCHMETTERLINGE UM MITTERNACHT

Ein heiserer Schrei platzt aus meiner Kehle, meine Hand fliegt an mein Herz und ich stolpere rückwärts gegen den breiten Couchsessel. Ein paar schwere Atemzüge später und sobald mein Herz wieder funktionstüchtig ist, fauche ich: »Was machst du hier?«

Thane liegt ausgestreckt auf dem Sofa, einen Arm hinter dem Kopf angewinkelt und ein Knie auf der Sitzfläche aufgestellt. Er trägt immer noch dieselben blauen Jeans und das Hockeyshirt, die er heute schon den ganzen Tag anhatte. Mit einem leisen Schmunzeln schieben sich seine Mundwinkel etwas nach oben. »Liegen und dir offensichtlich den Schrecken deines Lebens einjagen.«

Scheiße, da hat er recht.

»Warum bist du nicht im Bett?«, flüstere ich, die Hand immer noch an meine Brust gedrückt und mit verengtem Blick in sein Gesicht.

Er macht keinen Hehl daraus, wie sehr ihn das hier amüsiert. »Und warum schläfst *du* noch nicht?« Seine überaus neckende Stimme lässt keinen Zweifel daran, dass er meine Unterhaltung mit Adrian gerade eben mitbekommen hat.

Ich verschränke die Arme vor der Brust und entscheide mich für einen nichtssagenden Blick. »Ich habe nach dem Ladekabel für mein Smartphone gesucht.«

Thane greift zum Couchtisch, nimmt das Kabel und hält es mir entgegen. »Du hast es auf dem Sofa liegen lassen«, sagt er beiläufig.

»Danke«, grummle ich kaum hörbar und beuge mich vor, um es mir zu holen.

»Gern geschehen, Sandy.«

Agh. Was würde ich nicht darum geben, dieses

selbstgefällige Grinsen von seinen Lippen wischen zu können. Ich weiß, dass er uns an der Tür gehört hat. Und ich weiß, dass *er* weiß, dass *ich* es weiß. Es vergehen einige Sekunden und mit jedem weiteren Moment wächst der Schalk in seinen mitternachtsblauen Augen.

»So ...«, beginnt er schließlich in einem koketten Raunen.

So, *was*? Meine Zähne knirschen wie ein Mahlwerk. Es fühlt sich auch an, als hätten meine Beine Wurzeln geschlagen und es liegt allein in seiner Hand, ob er mich von dieser Folter erlöst, oder nicht. Ich setze mal ganz unvoreingenommen auf Letzteres.

»Bekomme ich auch eine Einladung zu deiner Party?«

Herr Jesus im Himmel, ich wusste es! Mit geschlossenen Augen lege ich den Kopf in den Nacken und seufze gequält. Warum muss denn plötzlich alles so kompliziert werden? »Eigentlich«, maule ich, als sich unsere Blicke wieder treffen, und beginne dabei, das Ladekabel um meine linke Hand zu wickeln, »wäre es mir viel lieber, wenn du meinen Bruder in dieser Nacht vom Haus fernhalten würdest.«

»Warum sollte ich das tun?«

»Als riesengroßen Gefallen vielleicht, weil ich heute

deine Reiseleiterin war?« Das Kabel sitzt bereits so fest um meine Finger, dass es mir die Blutzufuhr abschnürt. »Es macht die Sache bereits ziemlich schwierig für mich, dass ihr diese Woche überhaupt hier seid.«

Nun verschwindet der schlitzohrige Schimmer aus Thanes Augen und macht Platz für einen eher nachdenklichen Gesichtsausdruck. »Es scheint so.« Er steht von der Couch auf und geht in die Küche. Ich kann hören, wie der Kühlschrank auf- und zugeht, ehe er mit zwei Mineralwasserflaschen zurückkommt. Eine übergibt er mir. Mit der anderen setzt er sich wieder auf die Couch. »Tut mir leid, dass wir dir das Leben schwer machen. Aber ich verspreche, wir werden deine Party nicht boykottieren.«

Er klingt aufrichtig, was ein bisschen die Spikes aus meinem Frust nimmt. Leider hat er aber keine Ahnung, wozu mein Bruder in der Lage ist. Den Blick auf die Flasche in meinen Händen gerichtet, fange ich an, sie langsam zu drehen. »Du kennst meinen Bruder nicht so gut wie ich«, murmle ich bedrückt. »Er lässt mich das niemals durchziehen.«

»Ich kenne deinen Bruder gut genug«, antwortet Thane erstaunlich sanft und nickt dabei als Einladung zum Sessel hinter mir. »Und ich weiß, wie ich ihn dazu bringe, die Dinge aus meiner Sicht zu sehen. Oder in diesem Fall, aus deiner.« Er zieht leicht herausfordernd aber doch warmherzig die Augenbrauen hoch. »Vertraust du mir?«

*Kein Stück!* Aber was für eine Wahl habe ich denn? Die Unterlippe zwischen den Zähnen, sinke ich in den Sessel und ziehe die Beine auf die Sitzfläche hoch. Das Ladekabel stopfe ich inzwischen in den Spalt neben der Armlehne und hoffe, dass ich es nachher nicht vergesse. Weil mir bei der Vorstellung, was Thane plant, immer noch mulmig ist, fange ich wieder an, mit der Flasche zu spielen.

Die Stille zieht sich über ein paar unangenehme Sekunden, bis seine sachten Worte schließlich mein Herz zum Rasen bringen. »Das *First Kiss Project* ... klingt ... ziemlich spannend.« Sofort schießt mir eine grauenvolle Hitze in die Wangen. »Ich nehme mal an, es geht dabei um dich?«

Warum bin ich überhaupt noch hier? Das ist definitiv nichts, was ich mit irgendeinem Freund meines Bruders diskutieren möchte. Ich sollte endlich aufstehen und nach oben verschwinden.

Aber Thane wollte ganz offenbar, dass ich bleibe, als er mir das Wasser angeboten hat. Und es lässt sich auch unmöglich leugnen, dass seine sanfte Stimme eine fesselnde, wenn auch chaosverursachende Wirkung auf mich hat. Ich stoße einen langen Atemzug durch die Nase aus. Dann nicke ich.

»Du hast bisher also noch nie jemanden geküsst.« Das ist ein klares Statement und keine Frage.

Ich nicke noch einmal.

»Und das beschäftigt dich.«

Mehr, als ich ausdrücken kann. Langsam hebe ich den Blick wieder zu ihm, ohne mich zu bewegen oder auch nur ein Wort zu sagen.

Anscheinend deutet er mein Schweigen als ja und verengt neugierig die Augen. »Wieso?«

Wieso es mich beschäftigt? Blöde Frage. Liegt das nicht auf der Hand?

Thane hat sich nicht wieder hingelegt, nachdem er aus der Küche zurückgekehrt ist, sondern hängt nur schlaksig in der Couch und rutscht noch ein bisschen tiefer in den Sitz. Die Füße auf dem Boden weit auseinandergestellt, lässt er die Knie entspannt nach innen und außen kippen. Es geht mir tierisch auf die Nerven, dass er hier so gelassen ist, während ich innerlich ausflippe, weil wir gerade über meine Küss-Jungfräulichkeit reden.

Ich drehe den Schraubverschluss von der Flasche, trinke aber nicht. Es hilft, wenn ich mich auf etwas Anderes konzentrieren kann als Thane. »Das ist privat«, murmle ich.

»Tja, Sandra, wenn du meine Hilfe willst, musst du mir schon die ganze Wahrheit erzählen.« Thanes entschlossener Tonfall lässt mich aufblicken. Wie zur Hölle sollte er mir schon helfen können? Außer —

Ich schlucke.

Sein linker Mundwinkel schiebt sich zu einem anzüglichen Grinsen hoch, wobei seine Knie für zwei Sekunden aufhören, hin und her zu wackeln. »Wir könnten dein Problem auf der Stelle lösen.«

Ich glaube, mein Herz hat noch niemals zuvor so laut geschlagen. Kann er es hören? Kann *Cameron* es hören? Verdammt, so wie sich das anfühlt, muss es sogar Adrian im Haus nebenan noch hören können. Meine Kehle ist plötzlich so trocken wie ein Pool im Winter und meine nächsten Worte kommen in einem so kläglichen Krächzen aus mir heraus, dass eine Flut der Scham mein Gesicht zum Glühen bringt. »Danke. Aber ich glaube, das ist keine so gute Idee.«

Sein schiefes Grinsen ebbt in ein amüsiertes Lächeln und gibt mir das Gefühl, dass er mich wieder einmal nur aufgezogen hat. Oder doch nicht? »Weil ich nicht dein Typ bin?«, will er wissen.

Herr Jesus Christus, warum bin ich nicht ins Bett gegangen, als ich noch die Gelegenheit dazu hatte?

»Nein.« *Shit!* »Ich meine, ja! Ich meine —« *Agh!* Thane fängt an zu schmunzeln und macht damit mein Unbehagen nur noch schlimmer. Am liebsten möchte ich schreien! Stattdessen ziehe ich die Augenbrauen zu einem düsteren Funkeln nach unten und maule trotzig: »Weil es schon nach Mitternacht ist und sich das hier zu einer ziemlich schrägen Unterhaltung entwickelt.«

Thane beobachtet mich einen stillen Moment lang. Dann setzt er das Beineschwenken fort und meint: »Du bist richtig süß, wenn du schüchtern bist, weißt du das?«

»Und du bist fies, so etwas zu sagen, wo du genau weißt, dass ich dadurch nur noch schlimmer rot werde.«

»Aaw, sieh mal. Wir haben ihren Auslöser gefunden.« Weil er nun so richtig schamlos lacht, wenn auch leise genug, um niemanden zu wecken, greife ich nach dem Kissen hinter mir und schleudere es ihm ins Gesicht. Thane fängt es jedoch mühelos auf und drückt es an seine Brust. »Aber du musst dir keine Sorgen machen. So gerne ich auch heute noch mit einem Mädchen rumknutschen würde, so würde mich dein Bruder umbringen, wenn *du* dieses Mädchen wärst.« Sein Spott ist verschwunden, aber nicht das warme Leuchten in seinen Augen. »Und im Übrigen meinte ich vorhin nur Hilfe mit deiner Party. Wenn ich dir helfen soll, Cameron zu überzeugen, dann will ich auch wissen, wofür ich das mache.«

Er will die Wahrheit hören. Und er bietet mir seine Unterstützung an. Welches dieser beiden Dinge wird am Ende überwiegen? Ehrlich gesagt würde ich lieber zu Fuß nach China laufen, statt Thane mehr über mein Kuss-Problem zu erzählen. Aber über fünfzig Einladungen gingen bereits an meine Mitschüler raus und es wäre ein Horror und äußerst peinlich für mich, die Party so kurz vor Freitag noch abzusagen. Deshalb atme ich tief durch, nehme dann noch einen Schluck Wasser aus der Flasche und schraube den Deckel wieder drauf, während mein Blick quer über den Couchtisch kriecht, direkt in Thanes Augen.

Er bleibt still und gibt mir alle Zeit, die ich brauche, um mit meiner Geschichte zu beginnen, was erstaunlicherweise sogar funktioniert, und so finde ich auch meine Stimme wieder. »Vor zwei Monaten hat Alicia Adams eine Party veranstaltet. Wir haben dieses saudämliche Spiel ‚*Wahrheit oder Pflicht*‘ gespielt.« Mein Blick schweift zwischen Thane und der Flasche, die ich immer noch in meinen Händen drehe, vor und zurück. »Jemand hat mich gefragt, wer der erste Junge war, den ich geküsst habe.«

»Und du hattest darauf keine Antwort«, beendet er

die Geschichte für mich, weil ich es nicht schaffe, die Dinge laut auszusprechen.

Ich nicke. »Es war so krass peinlich, denn jeder in meiner Klasse hat schon mal mit jemandem rumgemacht. Und mehr. Als sie mich plötzlich alle so mitleidig angestarrt haben, als hätte ich ein Bein verloren, habe ich mir geschworen, dass ich im Abschlussjahr ganz sicher nicht das seltsame, ‚ungeküsste‘ Mädchen sein werde.« Meine Stimme wird immer mehr zu einem Murmeln. »Adrian hat mir geholfen, die Party für Freitag zu planen. Dort werde ich dann hoffentlich jemanden finden, der mich vor den Augen aller küsst, damit sie sehen können, dass ich auch eine ganz normale Abschlussklässlerin bin ... und kein Nerd.«

Nachdem ich ihm nun mein ganzes Herz ausgeschüttet habe, bleibt Thane noch eine Weile still. Es ist fast spürbar, wie ihm mein volles Dilemma bewusst wird. »Nur noch eine Frage«, sagt er schließlich. »Warum hast du Adrian nicht darum gebeten?«

»Mich zu küssen?«

»Mm-hmm. So wie er dich umkreist, als wärst du der Mittelpunkt seines Sonnensystems, würde ich schwören, er liebt dich. Bestimmt würde er dir auch mit deinem ersten Kuss aushelfen.«

Natürlich würde Adrian das für mich tun, denn es stimmt, er liebt mich. Und ich liebe ihn genauso sehr, aber das ist nicht die Art von Liebe, die man unter Paaren findet. »Wir stehen uns wirklich, wirklich nahe, und das ist auch genau der Grund, warum er nicht *derjenige welcher* sein kann«, eröffne ich Thane. »Wir sind eher so eine Art Seelenverwandte und kein Liebespaar.« Und wir haben uns beide vor langer Zeit darauf geeinigt, dass Dates und Küsse und dergleichen eine zu große Gefahr darstellen, unsere wunderschöne Freundschaft zu zerstören. Das wollen wir beide nicht riskieren.

Die nächsten Sekunden ticken wieder schweigend vorbei. Ich fange schon an zu glauben, dass Thane überhaupt nichts mehr zu dem Thema sagen wird, als er mich doch noch einmal überrascht. »Ich verstehe, was du meinst«, sagt er ruhig. »Und trotzdem denke ich, dass dein *First Kiss Project* eine schlechte Idee ist.«

Falls ich eine andere Antwort von ihm erwartet hatte, muss das daran liegen, dass ich müde bin und offensichtlich nicht mehr ganz bei Sinnen. »Warum?«, will ich dennoch wissen.

»Na ja, zum einen ... was kümmert es dich, was andere denken?«

»Du klingst, als wärst du selbst nie zur Highschool gegangen«, erwidere ich nun mit ein klein wenig mehr Stärke und Herausforderung in der Stimme. »Wo kommst du her? Vom Planeten Mars?«

Das entlockt ihm ein Schmunzeln. Er nimmt einen Schluck Wasser und schraubt die Flasche wieder zu. »Na schön, nehmen wir an, es *ist* wichtig, was andere denken ... in deinem Alter. Aber glaubst du nicht, dass du dich in ein paar Jahren, wenn du auf diese Zeit zurückblickst, lieber an einen verflucht genialen ersten Kuss erinnern möchtest, der dir den Verstand geraubt hat, statt an einen Projektkuss mit null Emotionen, nur um genauso zu sein, wie alle anderen in deiner Klasse?« Provokant zieht er eine Augenbraue hoch. »Und nur um eins klarzustellen, ich habe gehört, dass Mädchen sich gerne an alle *möglichen* ersten Male ihres Lebens erinnern.«

Jetzt bin ich diejenige, die zu lachen anfängt, weil er das total süß und beinahe glaubwürdig rübergebracht hat.

»Wenn du bisher noch niemanden geküsst hast, gibt es dafür bestimmt einen guten Grund. Und von dem bisschen, was ich inzwischen über dich weiß, würde ich sagen, es liegt daran, dass du noch nie verliebt warst. Oder vielleicht war auch derjenige, in den du verknallt warst, gerade nicht zu haben. Wie auch immer, ich finde, du schuldest dir selbst all die Schmetterlinge, die ein perfekter erster Kuss mit sich bringt.«

»Hattest du denn Schmetterlinge im Bauch, als du zum ersten Mal jemanden geküsst hast?«

»Ich glaube, da waren ein paar. Aber bei weitem nicht genug, um den Moment erinnerungswürdig zu machen.«

»Oh. Dafür gibt es eine bestimmte Anzahl?« *Argh!* Warum musste ich das denn jetzt fragen? Meine Küss-Jungfräulichkeit zeigt sich gerade von ihrer besten Seite.

»Und ob.« Thane nickt bedeutungsvoll. »Stell dir das Ganze wie ein Barometer vor. Zuerst einmal musst du deine persönliche Zahl der Perfektion bestimmen. Welche wäre das in deinem Fall?«

Automatisch fällt mein Blick auf die weiße Nummer auf seinem dunkelroten Trikot. »Siebzehn«, antworte ich abgelenkt, obwohl ich mit den Gedanken genauso gut bei den Kerzen auf meinem Geburtstagskuchen sein könnte.

»Okay. Siebzehn sollen es sein.« Er lächelt, weil er dabei vielleicht auch gerade an meinen Geburtstag denkt. Oder möglicherweise denkt er auch an etwas ganz Anderes, heraufbeschworen durch meinen abwesenden Blick auf sein Shirt. Ich will gar nicht weiter darüber nachgrübeln, deshalb schweige ich und halte auch meinen Blick für die restliche Nacht von seinem Hockeyshirt fern. »Wenn dein erster Kuss wirklich etwas Besonderes sein soll, musst du dir einen Moment Zeit nehmen, um herauszufinden, wo auf dem Schmetterlings-Barometer deine Gefühle gerade für diesen Kerl liegen. Wenn sie die Spitze erreichen, ist das dein Stichwort für grünes Licht.«

»Und wenn sie es nicht tun?«, hake ich nach und sehe mich dabei selbst schon zu dieser bücherhortenden alten Jungfer verwittern.

Thane fängt an, die Flasche wie ein Rad durch seine Finger zu drehen, worin er tatsächlich richtig gut ist. »Dann solltest du in Erwägung ziehen, den Kerl sausenzulassen und auf den richtigen Moment zu warten.«

Da wir diese Unterhaltung schon einmal führen, wage ich zu fragen: »Wie viele Mädchen hast du denn bisher schon geküsst?«

»Ähm ... ein *paaaaar*.« Ein lausbübisches Funkeln tritt in seine blauen Augen und er versucht, sein offenkundiges Unbehagen mit einem weichen Lachen zu kaschieren. »Aber schon lange nicht mehr mit Schmetterlingen.«

»Jetzt sag mir nicht, die sind dir wichtig!«

»Natürlich sind sie das. Schmetterlingsküsse sind die besten überhaupt.« Er zwinkert mir zu. »Aber ich verrate dir ein Geheimnis. Während für Mädchen jedes erste *irgendwas* einen Eintrag in ihr Tagebuch wert ist, bedeutet es für Jungs viel mehr, wenn sie der Erste für jemanden *sind*. Es gibt *uns* das Gefühl, etwas Besonderes zu sein.« Thane lässt mir Zeit, um diesen Brocken Wahrheit zu verdauen. Ich bin wie gefangen von seinem intensiven Blick und ein Teil von mir würde gerade töten, nur um herauszufinden, woran er in diesem Moment denkt. Doch dann nimmt seine Stimme einen abwesenden Hauch an. »Was das angeht, so würde ich übrigens mein Leben darauf verwetten, dass einige Jungs aus deiner Klasse gerade jetzt umso lieber mit dir ausgehen wollen, weil sie gehört haben, dass sie dein Erster sein könnten.«

In einem Wimpernschlag kreisen meine Gedanken zurück zu der Unterhaltung mit Adrian heute Nachmittag. Näher betrachtet sieht es wirklich so aus, als hätten sich diese Vorfälle mit Jungs nach Alicias Party vermehrt. Könnten Thane und Adrian mit ihren Behauptungen heute also recht haben?

Ich bin noch nicht vollständig überzeugt, und ganz sicher werde ich mein *First Kiss Project* deswegen nicht einfach in den Wind schlagen. Aber allein schon zu wissen, dass da wirklich ein paar Jungs in meiner Schule sein könnten, die mich gerne küssen würden — selbst wenn ich nicht an ihnen interessiert bin — beschert mir ein gutes Gefühl.

»Du planst immer noch, das Ding am Freitag durchzuziehen, nicht wahr?«, deckt Thane mich lachend auf, und erst da wird mir bewusst, dass ich die letzten paar Sekunden ins Leere gelächelt habe.

Ich drehe mich wieder zu ihm. »Jap.« Irgendwie kann ich dieses bescheuerte Grinsen gerade nicht abschütteln. »Hilfst du mir trotzdem mit Cameron?«

»Nachdem du mich gerade so liebevoll in deine ganz persönlichen Gedanken gelassen hast? Auf jeden Fall.«

Erleichtert seufze ich auf. Doch dann kommt mir etwas Anderes in den Sinn, und ich hebe betont das Kinn. »Ich habe dir mein Geheimnis verraten. Jetzt schuldest du mir eins von dir.«

Wenn Thane lacht, klingt das tatsächlich unglaublich schön. Dabei kippt sein Kopf nach hinten und er blinzelt an die Decke. »Dein Ernst?«

»Absolut.«

Die nächsten paar Sekunden wird es ganz leise im Wohnzimmer, während er anscheinend wirklich darüber nachdenkt. Dann senkt er den Blick wieder und fixiert meine Augen. Der leiseste Hauch von Anziehung sitzt in seinem kleinen Lächeln, als er aufsteht und langsam näherkommt. Mein Herz schlägt etwas schneller, sobald er sich zu mir herunterbeugt, beide Hände links und rechts neben meinen Schultern auf die Rückenlehne des Sessels gestützt. Zuerst befinden wir uns Nase an Nase und es fühlt sich an, als würde sein Blick aus diesen wenigen Zentimetern Entfernung Löcher in meinen Kopf brennen. Dann rutscht er mit seinen Lippen näher an mein Ohr und murmelt: »Ich habe Harry Potter gelesen, als ich zwölf war.«

Ich muss schlucken, weil diese Nähe ganz sonderbare Dinge mit mir macht. Sie setzt ein unerklärliches Kribbeln in meinem Bauch frei. Nach der Unterhaltung, die wir eben geführt haben, bin ich fast geneigt, es einen Schmetterling zu nennen. Verrücktes, kleines Ding, kitzelt total.

Ich verfalle in eine leichte Schnappatmung, als er sich zurücklehnt und sich unsere Blicke sofort wieder finden, als wären sie zwei Magnete, die aufeinander zufliegen. »Gute Nacht, Sandy«, raunt er und lässt mich dabei seinen warmen Atem auf der Haut spüren. Dann richtet er sich wieder auf und geht hinaus in den Flur, wo er schließlich im Badezimmer verschwindet.

Ein Seufzen lang bleibe ich noch reglos im Sessel sitzen und starre ihm verwirrt hinterher. Sobald ich mich aber wieder gefangen habe, springe ich auf und mache mich auf den Weg nach oben. Auf der untersten Stufe kehre ich jedoch noch einmal um und sause zurück ins Wohnzimmer. In der Truhe neben dem Fernseher ist eine Decke, die ich herausnehme und auf die Couch werfe. Keine Ahnung, ob Thane zurück in das Zimmer meines Bruders geht oder heute Nacht tatsächlich hier unten schlafen will, aber falls es so ist, soll er nicht frieren.

Nachdem ich die Leselampe in der Ecke wieder ausgeknipst und meine halb-leere Flasche zurück in den Kühlschrank gestellt habe, laufe ich hoch in mein Zimmer und drücke mich mit dem Rücken an die geschlossene Tür, um für einen kurzen Moment noch einmal alles zu durchleben, was gerade passiert ist. Dann fällt mir ein, dass ich das Ladekabel nun doch noch vergessen habe, und ich schlage mir mit der flachen Hand auf die Stirn, ehe ich unter die Bettdecke krieche.

# Kapitel 6

## FÜR OREOS GEFALLEN

Beißender Rauch und Reggae Musik wecken mich am späten Donnerstagvormittag. Ich reibe mir die Augen, während ich aufstehe und einen Blick hinaus in den Garten werfe, weil die Ruhestörung von genau dort herkommt. Stöhnend verziehe ich das Gesicht. Cam ist schon voll in seinem Element und spielt den Chefkoch am Grill. Sein Körper schiebt den gemütlichen Rhythmus der karibischen Klänge, während er Rippchen auf einem Teller mariniert.

Mir bleibt noch genügend Zeit für eine Dusche, ehe Cameron das Fleisch auf den Grill legen wird, deshalb schnappe ich mir ein paar frische Klamotten und trotte damit ins Bad. Unter dem warmen Wasserstahl entweicht mir ein genüssliches Seufzen und meine Gedanken driften zu einem ganz besonderen Moment vor ein paar Stunden zurück. Sofort zieht bei der Erinnerung an Schmetterlingsgespräche und die Geheimnisse, die Thane und ich miteinander geteilt haben, ein Lächeln über mein Gesicht.

Er hat also Harry Potter gelesen? Ich frage mich, warum er mir ausgerechnet dieses Stück an Information verraten hat. Wollte er damit auf unsere Unterhaltung in der Bibliothek anspielen, in der ich meinte, ich finde lesende Männer attraktiv? Zugegeben, ich brauche mir Thane nur mit der Nase in einem Buch vorzustellen und mir wird sofort etwas heißer. Da er außerdem erwähnt hat, dass Lesen nur etwas für Leute ohne Liebesleben ist, würde ich alles darauf setzen, dass er seinen ersten Kuss mit dreizehn hatte.

Nachdem ich fertig geduscht und mich abgetrocknet habe, hole ich die Regenbogen-Candy Bodylotion vom Regal und drücke mir eine kleine Portion in die Hand. Beim Auftragen entfaltet sich der süße Duft angenehm auf meiner Haut. Ich hebe den Unterarm an meine Nase und atme tief ein. Mmmh. Thane hatte recht. Der Duft erinnert wirklich an ein Milky Way.

Grinsend schlüpfe ich in meine Sachen: weiße Shorts und ein hellblaues T-Shirt mit einem Superhero Einhorn auf der Brust. Die Musik spielt noch, als ich in mein Zimmer zurückkomme, und der Rauch wird immer dicker. Uff. Ich möchte heute Nacht nicht in einer Räucherkammer schlafen, deshalb mache ich das Fenster zu. Thane ist inzwischen auch im Garten und lümmelt in einem Liegestuhl. Als könne er meinen Blick spüren, oder vielleicht hat er auch nur die Bewegung hier oben am Fenster wahrgenommen, dreht er langsam den Kopf in meine Richtung. Mein Herz trommelt ein kleines bisschen schneller, sobald sich unsere Blicke durch die Glasscheibe für einen endlosen Moment ineinander verfangen.

Weil ich nicht preisgeben will, in welches innere Chaos er mich immer öfter stürzt, halte ich alle Emotionen aus meinem Gesicht fern und drehe mich schließlich vom Fenster weg, womit ich diejenige bin, die den Blickkontakt zuerst unterbricht. Aber nur, um danach hinunter zu gehen und den beiden draußen Gesellschaft zu leisten.

In der Küche mache ich einen kurzen Boxenstopp, um mir eine Packung Oreos aus dem Schrank zu holen, weil ich heute noch kein Frühstück hatte, dann spaziere ich durch die Terrassentür hinaus in den Garten.

Als ich barfuß über den Rasen schlendere, reiße ich die Packung auf und rufe ein »Guten Morgen« zu beiden Jungs, die inzwischen ihre T-Shirts ausgezogen haben. Cam gibt ein »Hey« im Singsang über seine verschwitzte Schulter zurück, weil der Grill ihn anscheinend auch durchbrät. Thane hebt lediglich die Brauen auf süße Art und Weise an, als ich an ihm vorbeigehe. Ein hauchzartes Lächeln folgt darauf und lässt mich annehmen, dass er mich damit an unsere Unterhaltung von letzter Nacht erinnern möchte.

*Zu spät, Rotkehlchen.* Ich habe bereits unter der Dusche eine ganze Weile darüber nachgedacht. Aber irgendwie befällt mich das seltsame Gefühl, dass ich in nächster Zeit noch sehr oft an diese perfekt geformte Brust denken werde, die er heute so schamlos präsentiert. Es fällt mir echt schwer, wegzuschauen.

Um meine Gedanken wieder in eine andere Richtung zu bewegen, mampfe ich ein Oreo und frage meinen fleißigen Bruder: »Wie kann ich helfen?«

»Du könntest die Salate und Dips zubereiten«, schlägt er vor und deutet dabei mit dem Schürhaken zum Tisch. Anscheinend war er heute Früh schon einkaufen, während ich noch im Land der Träume herumgegeistert bin. Auf dem Tisch sind Tomaten, Gurken, Kopfsalat, Joghurt, Essig, verschiedenste Arten von Fleisch und was nicht sonst noch alles aufgereiht. Das clevere Kerlchen hat sogar schon ein paar Schüsseln herausgebracht, samt Schneidebrett und Messer.

Ich lege die Kekspackung neben die Maiskolben und mache mich ans Werk. Zuerst wird das Gemüse kleingeschnitten. Im Augenwinkel nehme ich währenddessen wahr, wie Thane sich aus dem Liegestuhl erhebt und zu mir herüberkommt. Ein bisschen Hilfe wäre schon nett hier, die er mir vermutlich anbieten will. Nur leider macht er vorher einen schweren Fehler und greift nach meinen Oreos.

»Wenn ich du wäre, würde ich die nicht anfassen«, warne ich ihn mit cooler und doch leicht verspielter Stimme, ohne dabei von den Tomaten aufzusehen, die ich gerade würfle, denn er ist immer noch halbnackt und das lenkt doch ziemlich von der Arbeit ab.

Als seine Hand mitten in der Bewegung erstarrt, kann ich seinen neugierigen Blick in meinem Gesicht spüren. »Das ist nicht dein Ernst«, gibt er schließlich halb lachend und halb ungläubig von sich.

»Willst du mich auf die Probe stellen?«

Ich weiß, das würde er gerade nur zu gern, doch etwas hält ihn zurück und das finde ich einfach nur niedlich. Während ich mich als Nächstes über die Paprika hermache, verschränkt Thane die Arme vor der Brust und wartet offenbar darauf, dass ich ihm meine Aufmerksamkeit schenke. Sobald ich mich zu ihm drehe, nimmt mich sein eindringlicher aber zugleich amüsierter Blick in Beschlag. »Habe ich gestern mein Milky Way mit dir geteilt oder nicht?«

Oh, das hat er. Und das war so lieb von ihm. Aber … »Das hier ist etwas Anderes.«

»Wie das?«

Ich lege das Messer weg, wische mir die Hände am Geschirrtuch ab und grinse ihn an, während ich damit beschäftigt bin gezielt *nicht* zu bemerken, wie tief seine Jeans sitzen. »Es ist *persönlich*.«

Thane lehnt sich etwas näher und seine Stimme sinkt eine halbe Oktave. »Ich werde gern persönlich.«

Okay, der Schuss ging nach hinten los, obwohl er mein Herz noch einmal zum Purzelbaumschlagen gebracht hat. Keine Ahnung, ob das seine Absicht war. Auf jeden Fall war es ziemlich unfair. Zeit, etwas Unterstützung herbeizuholen. »Cam!«, quieke ich und mime dabei ein hilfloses kleines Mädchen, während ich aber gleichzeitig versuche, mein Kichern im Zaum zu halten. »Sag Thane, dass er meine Oreos nicht haben kann!«

»Thane«, kommt es leidenschaftslos von Cameron zurück, der sich nicht wirklich in unseren kleinen Machtkampf verwickelt fühlt. »Du kannst ihre Oreos nicht haben.« Und das hat jetzt genau gar nichts geholfen. Oder warte. Wenn überhaupt, hat es Thane nur noch entschlossener gestimmt, diese Schlacht zu gewinnen.

Für einige Sekunden lang verwickelt er mich in ein Blickduell, ehe er seine Hand in Richtung meiner Kekse schiebt. Aber wenn er jetzt denkt, er hätte gewonnen, dann irrt er sich gewaltig. Ich habe noch ein Ass im Ärmel.

Mit einem freundlichen Lächeln nehme ich die Basisposition beim Aikido ein, die Knie leicht gebeugt und die flachen Hände kampfbereit angehoben. »Das ist deine letzte Chance, lebend davonzukommen«, säusle ich lieblich.

In diesem Augenblick platzt Thane vor Lachen. »Was wird das? Verwandelst du dich gleich in einen Oreo-Ninja? Wie lautet dein Superheldenname?« Kurz fällt sein Blick auf meine Brust und das Bild auf meinem T-Shirt. »Wicked Unicorn?«

Sobald sich seine Hand einen Zentimeter weiter auf meine Kekse zubewegt, packe ich ihn am Handgelenk, drehe mich unter seinem Arm durch und bringe ihn mit einer einfachen Hebelbewegung dazu, in einem Salto auf dem Rücken in der Wiese zu landen. Verdutzt suchen mich seine Augen und die Luft strömt in einem Ächzen aus seinen Lungen.

Tja, das hat er wohl nicht kommen sehen.

Einen Fuß auf seine Brust gestellt, nehme ich die Siegerposition ein und grinse zu ihm runter. »Jap, der Name hört sich gut an.«

»Pass auf!«, ruft ihm mein Bruder halbherzig und viel zu spät zu. »Sie hatte Aikido, als sie klein war.«

»Danke für die Warnung!«, stöhnt Thane zwischen husten und lachen. Schön, dass er seine Niederlage wie ein guter Verlierer hinnimmt. Oder zumindest dachte ich das, bis er mir in die Kniekehle fasst und kurz daran zieht. In einem unachtsamen Moment erwischt, knickt mein Bein ein und ich sacke über ihm zusammen. Doch Thane fängt meinen Sturz ab, indem er mich an den Hüften festhält. Ich stütze mich mit beiden Händen auf seiner *äußerst nackten* Brust ab, damit ich nicht vornüber kippe, während ich über seinem Bauch gegrätscht auf den Knien lande. Heiliger Strohsack! Seine Haut fühlt sich an wie Elfenbein — aufgewärmt durch die Sonne.

»Das war unfair...«, protestiere ich heiser, doch sein durchdringender Blick bringt mich im nächsten

Moment zum Schweigen.

»In der Liebe und im Krieg ist alles erlaubt«, gibt er dunkel zurück. Die folgenden Sekunden kommen mir vor wie eine Ewigkeit, in der mir nur allzu bewusst wird, in welcher Position ich mich hier gerade befinde. Mein Hals wird trocken und ich schlucke, wohl wissend, dass ich zum Teufel noch mal schnellstens von ihm runtersteigen sollte. Aber ich kann nicht und das ist allein seine Schuld, weil mich seine geheimnisvollen Augen nicht loslassen.

Keine Ahnung, wie lange Thane mich in diesem ungewöhnlichen Bann gefangen hält, ehe ein Schatten über uns beide fällt.

»Was ist mit dir, Sandy?«, ertönt Camerons spottende Stimme von oben. »Stehst du etwa auf meinen Freund?«

Innerlich schüttle ich mich, um endlich aus dieser merkwürdigen Starre freizukommen, und grummle dann abwehrend, mit beiden Wangen in Flammen: »*Nein?* Ganz sicher nicht!« Es erfordert einiges an Anstrengung, um wieder auf die Beine zu kommen und aus dem Zauber auszubrechen, mit dem Thane mich offenbar belegt hat. Fieberhaft versuche ich, die Augen des Jungen auf dem Rasen zu vermeiden, und konzentriere mich lieber auf meinen Bruder, während ich mein T-Shirt zurechtzupfe. »Du bist so ein Idiot.«

»Wieso?« Lachend reicht Cam Thane die Hand und zieht ihn auf die Beine. »Sieh dir diesen Körper an. Ich würde selbst auf ihn stehen, wenn er eine fucking Vagina hätte.«

Ich bemühe mich verbissen, *nicht* hinzusehen.

Thane verdreht die Augen und schüttelt den Kopf, als er Cameron auf die Schulter klopft. »Du würdest auch auf eine Milchkuh stehen, wenn sie eine fucking Vagina hätte.«

»Ähm, technisch gesehen hat eine Kuh —«

»Stopp!« unterbricht Thane meinen Bruder lachend und mit ausgestreckter Hand. »Es ist noch zu früh für diesen Scheiß.«

Cam gibt nach und hält die Klappe. Er lässt sich in einen Stuhl am Tisch fallen und macht offenbar eine kurze Pause vom Grill. »Aber wo wir gerade bei Vaginas sind«, brabbelt er ungeniert, während ich mich wieder ans Gemüseschnibbeln mache, »ich brauch was zum Vögeln.« Er fischt sein Handy aus der Tasche seiner knielangen Sweathose und schreibt irgendjemandem eine Nachricht. Es folgt auch sofort ein Antwort-Piep. »Perfekt!« sagt er grinsend. »Sarah kommt heute Nachmittag vorbei. Und sie bringt eine Freundin mit.«

Mir ist klar, dass Cam richtig obszön sein kann, aber

dass er es gleich mit zwei Frauen aufnehmen will, hätte ich ihm nicht zugetraut. Zumindest nicht so offenkundig und auch nicht, wenn er zu Hause ist. »Ein Mädchen reicht dir wohl nicht mehr, wie?«, ziehe ich ihn auf und grinse dabei. »Jetzt brauchst du schon zwei?«

Den Blick immer noch auf das Handy gerichtet, tippt er erneut etwas und antwortet unbekümmert: »Sind ja nicht beide für mich.«

Die Beiläufigkeit dieser wenigen Worte trifft mich wie ein Hieb in den Magen, als mir schlagartig bewusst wird, für wen die Freundin gedacht ist. Widerstrebend drehe ich den Kopf langsam zu Thane. Er schweigt an dieser Stelle und schwenkt mit dem nächsten Blinzeln nur den Blick zu mir. Einen Atemzug und drei Herzschläge lang starren wir uns nur gegenseitig in die Augen. Seine Miene bleibt dabei völlig ausdruckslos, obwohl ich das Gefühl habe, dass ihm selbst gerade einige intensive Gedanken durch den Kopf gehen. Gedanken über möglichen Sex mit diesem anderen Mädchen heute Nachmittag? Vielleicht auch Gedanken über mich und Oreos? Oder einfach nur darüber, wie taktlos mein Bruder sein kann? Ich habe keine Ahnung, denn ich kann gerade rein gar nichts in diesen dunklen Augen lesen.

Aber wenn ich mich nicht total irre, kann er gerade jede Menge in meinen lesen, weil ich bei weitem nicht so gut darin bin, meine Züge so cool zu halten wie er.

Ich hasse das. Und außerdem hasse ich es, wie mich diese Situation plötzlich überfordert. Was kümmert es mich, was Thane und mein Bruder heute noch treiben? Es geht mich einen verfluchten Dreck an.

Die Zähne heftig aufeinandergepresst, senke ich das Kinn und schneide ein paar Tomaten für den Salat. Mit jedem Fünkchen Willenskraft, das in mir steckt, halte ich meine Aufmerksamkeit auf meine Aufgabe gerichtet. Thane jetzt noch einmal in die Augen zu sehen, wäre ein grober Fehler, obwohl ich genau spüren kann, dass er mich immer noch anstarrt. Warum zum Teufel tut er das, wenn sie heute doch noch so schöne Pläne für später haben?

Letztendlich kommt er aber wieder an den Tisch, greift sich ein Messer und beginnt schweigend, mir beim Gemüseschneiden zu helfen.

Erst als Adrian über den Gartenzaun geklettert kommt, weil er meine Einladung von letzter Nacht angenommen hat, seufze ich erleichtert auf. Es ist richtig erfrischend, wie einfach er die Anspannung lockert, die sich in den letzten paar Minuten hier draußen aufgebaut hat, und das nur mit ein paar Worten und einem Witz über die Grillkünste meines Bruders. Am liebsten will ich ihn dafür umarmen, doch stattdessen schiebe ich ihm nur einen Oreokeks in den Mund und behalte den wahren Grund dafür für mich. Adrians verdattertes Gesicht ist in diesem Moment allerdings Millionen wert.

»Essen ist fertig!«, ruft Cam wenig später.

Als wir uns alle an den Tisch setzen und die Teller mit lecker duftendem Barbecue-Zeug beladen, haben die Jungs inzwischen auch ihre T-Shirts wieder angezogen. Dem Himmel sei Dank für gute Manieren! Es wäre für mich wohl eine ziemliche Herausforderung geworden, nicht auf den Tisch zu sabbern, wenn mir Thane die ganze Zeit halbnackt am Tisch gegenüber gesessen hätte. Aber selbst angezogen versuche ich nicht dauernd in seine Richtung zu schielen. Und das ist überraschenderweise gar nicht mal so schwer, denn Adrian lenkt mich gekonnt ab, indem er mir mit der Zehenspitze permanent gegen das Schienbein stupst. Mir ist klar, worauf er mich damit hinweisen will, aber ich wage es einfach noch nicht, das Thema Party vor meinem Bruder auf den Tisch zu bringen. Nicht während des Essens. Es wäre zu schade, die gute Stimmung gerade wieder zu ruinieren. Dass mir die Zeit davonläuft, ist mir aber sehr wohl bewusst, da muss Adrian mich nicht alle zwei Minuten daran erinnern.

Sobald alle satt sind und wir das Geschirr in die Küche tragen, gibt es aber keine Chance mehr, diese unausweichliche Unterhaltung noch länger aufzuschieben. Auf die Teller fokussiert, die mir Adrian nacheinander reicht, nachdem er sie unter dem Wasserhahn abgespült hat, und die ich in die Spülmaschine sortiere, räuspere ich mich und beginne vorsichtig: »Cameron?«

Er und Thane tragen gerade die letzte Ladung schmutziges Geschirr herein. »Was ist?«, fragt er.

»Ich, ähm …« An einem Geschirrtuch wische ich mir die Hände trocken und drehe mich zu ihm um. »Es gibt da etwas, worüber ich mit dir reden muss.«

Thanes Blick schwenkt zu mir, da er zweifellos ahnt, was jetzt kommt. In einer ermutigenden Geste presst er die Lippen aufeinander und nickt mir unscheinbar zu.

Cameron holt sich eine Limo aus dem Kühlschrank, bricht den Verschluss auf und nimmt einen Schluck, wobei er sich mit einer Schulter an die Kühlschranktür lehnt. »Was bedrückt dich, Schwesterchen?«

Okay, jetzt oder nie! Ich hole tief Luft und teile ihm dann mutig mit: »Ich lasse morgen eine Party steigen. Und Mom und Dad dürfen davon nichts wissen.«

Mein Bruder guckt mich stillschweigend an und ich kann in seinen Augen erkennen, wie er die richtige

Schlussfolgerung zieht und jedes mögliche Szenario, das sich morgen Nacht zutragen könnte, in seinen Gedanken durchspielt. Dann fängt er an zu lachen und sagt: »Nein.«

»Echt jetzt?«, platzt es aus mir heraus. Für etwas mehr Fassung greife ich an die Thekenkante hinter mir. »Das ist alles? Einfach nur *Nein*?

»Jap.«

»Komm schon, Cam. Es ist ihr siebzehnter Geburtstag. Du hattest damals doch sicher auch eine Party«, kommt Thanes beschwichtigende Stimme von der anderen Seite der Kücheninsel. Nur leider scheint das wenig Wirkung auf meinen Bruder zu haben.

»Das spielt keine Rolle. An diesem Wochenende wird hier keine Party stattfinden«, sagt Cameron zu Thane, doch die Endgültigkeit seiner Aussage trifft mich. »Hast du auch nur die geringste Ahnung, in welche Schwierigkeiten du mich damit bringen würdest? Und dich. Und alle anderen auch!«

»Weißt du was?« Ich fluche so gut wie nie in diesem Haus, und auch sonst nirgendwo, aber mit so viel Sturheit kann ich heute echt nicht umgehen. Ganz besonders nicht von meinem Bruder, der selbst nie etwas hat anbrennen lassen, solange er noch auf die Highschool ging. »Leck mich doch! Es ist mir scheißegal, was du dazu sagst.«

Da sich das ganz offensichtlich zu einem Geschwisterstreit entwickelt, zieht Adrian den Kopf ein und flüchtet aus dem Kreuzfeuer, um sich an den Tisch zu setzen. Ich weiß, dass er bei sich zu Hause schon mit genug Geschrei konfrontiert ist, darum verurteile ich ihn auch nicht dafür.

Aber Cameron ist ein Vollidiot. Ich stapfe auf ihn zu und explodiere in sein Gesicht: »Das ist mein Leben! Du hast darin nichts zu melden!«

Der Arsch lacht mich einfach aus. »Oh, und ob.«

Ich hole gerade Luft für meinen nächsten Ausbruch, doch Thane kommt mir zuvor, ruhig und besonnen wie eben. »Jetzt sei nicht unfair. Das ist wichtig für deine Schwester. Sie will ein paar Dinge ins Laufen bringen, und eine Party ist dafür die perfekte Gelegenheit.«

»Was denn für Dinge?« Camerons kalter Ton tut weh, aber mehr noch trifft mich sein herablassender Blick, als er annimmt: »Willst du etwa deine Unschuld verlieren?«

»Mmm, ganz so weit sind wir noch nicht ...«, stellt Thane die Sache richtig und zieht dabei ein knautschiges Gesicht.

»Was dann? Rumknutschen?« Die Frage ging diesmal zwar an Thane, aber in der nächsten Sekunde zuckt sein

Blick zu mir zurück. »Hofft das Mauerblümchen etwa auf ihren ersten Kuss?« Die abfällige Art, in der er mit mir spricht, ist so verletzend, dass mein Herz in schmerzvollen Flammen aufgeht. Besonders, da wir Zuschauer haben. Meine Stimmbänder blockieren plötzlich auf unlösbare Weise, meine Hände ballen sich zu Fäusten und ich will meinen dämlichen Bruder nur noch quer durchs ganze Land boxen. Doch alles, was ich tun kann, ist fassungslos in sein Gesicht zu starren, während mir das Atmen schwerfällt.

»Cam. Komm schon, es reicht jetzt«, versucht Thane die Situation zu entschärfen. Er stützt sich mit beiden Händen auf die Kochinsel, die Schultern immer noch entspannt. Ich weiß nicht, ob ich ihm dafür dankbar bin oder mich noch beschämter fühle, weil er hier den Kampf für mich austragen muss.

»Wieso?« Cameron stellt die Limo beiseite. »Glaubst du wirklich, sie wird jemandem auf einer Party voll betrunkener Pappnasen auffallen, wenn sie es bisher in all den Jahren auf der Highschool nicht geschafft hat?«, wirft er gedankenlos in den Raum und beendet seine Ansage mit einem Blick zu mir. »Schau sie dir doch an!«

*Schau sie dir doch an.* Fünf so unscheinbare Worte. Doch in Wahrheit ist es genau die Bedeutung dieser Worte, die mir in diesem Moment das Herz brechen und mir Tränen in die Augen treiben.

Und Thane scheint der Einzige zu sein, dem das auffällt. »Cameron, jetzt halt verflucht noch mal die Fresse!«

Aber es ist bereits zu spät. Ich weiß, dass ich die Tränen nicht mehr lange zurückhalten kann, und Thane ist der letzte Mensch auf der Welt, der sie sehen soll.

»Ich hasse dich«, krächze ich mit dem letzten bisschen, was ich an heiserer Stimme noch zusammenkratzen kann, und schiebe mich an meinem Bruder vorbei.

Während ich nach oben laufe und mir dabei wild die Tränen von den Wangen wische, sind Thanes eiskalte Worte, das Letzte, was ich aus der Küche höre.

»Verdammt noch mal, Cam! Was zur Hölle stimmt mir dir nicht?«

# Kapitel 7

## Eine unerwartete Umarmung

Ich trockne meine Tränen mit einem Taschentuch und lasse mich aufs Bett fallen. Hinten ans Kopfende gelehnt, drücke ich mein Kissen fest an meine Brust. In unserer Kindheit hat mich mein Bruder schon einige Male zum Weinen gebracht, aber noch niemals vor anderen und auch niemals auf so demütigende Weise, wie er es heute getan hat.

Hierbei ging es nicht darum, dass ich morgen eine geheime Party veranstalten will, während meine Eltern in einer anderen Stadt sind. Das war persönlich. Ich weiß nicht, was ihn dazu veranlasst hat, all diese schrecklichen Dinge zu sagen, aber für einen kurzen Augenblick ertappe ich mich dabei, wie ich mir wünsche, er wäre nie geboren.

Zwanzig Minuten später habe ich mich einigermaßen beruhigt und kann wieder ohne dieses grausame Stechen in der Brust atmen, als jemand an meine Tür klopft. Mein bester Freund ist der Einzige, der jetzt zu mir kommen würde, darum rufe ich mit immer noch etwas heiserer Stimme: »Es ist offen, Adrian.« Ich bin nur froh, dass er mir nicht sofort nach dem Streit nach oben gefolgt ist, sondern mir ein paar Minuten gegeben hat, um mich wieder zu sammeln. Ich hasse es, vor anderen zu weinen. Da ist er keine Ausnahme.

Mit einem leisen Klick geht die Tür auf und jemand steckt vorsichtig seinen Kopf herein. Allerdings nicht Adrian.

»Darf ich reinkommen?«, fragt Thane und versetzt mein Herz durch die frisch aufsteigende Verlegenheit und auch Überraschung seines Besuchs ins Stottern.

Ich nicke nur, woraufhin er leise eintritt, die Tür schließt und dann ums Bett herumkommt, um sich vor mich auf die Matratzenkante zu setzen. Seine Hände sind in seinem Schoß verschränkt und sein bedauernder

Blick trifft meine Augen. »Muss ich mich entschuldigen?«

Das ist eine recht seltsame Frage. Ich nehme mir einige Sekunden Zeit, um darüber nachzudenken, doch am Ende schüttle ich den Kopf. Obwohl meine Stimme immer noch bei jedem Wort bricht, ist mein Murmeln laut genug, dass er es hören kann. »Nein. Nichts von alledem war deine Schuld.« Ich ziehe meine Knie höher und senke den Blick auf das Kissen in meinen Armen. »Cameron ist einfach nur ein Arsch.«

»Ja, manchmal kann er wirklich einer sein. Aber ich verrate dir jetzt mal was.« Thane legt seine Hände leicht um meine Fußknöchel. Seine Finger sind warm auf meiner Haut, und trotz der dicken Wolke, die gerade über unserem Haus hängt, schenkt er mir mit dieser zarten Berührung ein wenig Trost. »Er hat kein einziges Wort von dem ernst gemeint, was er unten gesagt hat.«

»Wirklich?«, schnappe ich. »Denn für mich hat es sich sehr ernst angefühlt.«

»Tja, große Brüder sind schon sehr eigenartig.« Er hält meinen Blick mit seinen mitfühlenden Augen fest, während seine Daumen langsam über meine inneren Knöchel streicheln. »Sie sagen nie, was sie fühlen, und sie meinen nie, was sie sagen.«

Ich bin verwirrt.

Auf mein Stirnrunzeln hin seufzt Thane leise. Das angenehme Streicheln hört auf, aber seine Hände bleiben trotzdem auf meinen Beinen liegen. »Ich habe Cam als einen sehr beschützenden Menschen kennengelernt. Er sorgt sich um seine Freunde, sein Team … und auch sehr stark um dich.«

Keine Ahnung, welchen Teil des Streits er *genau* als beschützend bezeichnen würde, aber ich starre ihm weiterhin in die Augen und höre zu.

»Du musst dir das in etwa so vorstellen: Cameron war schon vor dir hier. Und als du geboren wurdest, hat man dich ihm praktisch in die Arme gelegt, um auf dich aufzupassen. Als du noch klein warst. Als du älter geworden bist. Er hatte gar keine andere Wahl.« Thane lässt sich nach hinten quer über mein Bett fallen und blickt an die Decke, die Arme dabei hinter seinem Kopf verschränkt. »Ich habe die gleiche Situation schon so oft bei anderen Freunden und deren kleinen Schwestern beobachtet, und ich bin sicher, es ist ein verflucht harter Job. Ob sie wollen oder nicht, vom Tag eurer Geburt an sind sie dazu gezwungen, in die Rolle eines Superhelden zu schlüpfen. Und wenn ihre Geschwister aus dem Alter rauswachsen, in dem sie sie immer noch brauchten, neigen diese Jungs gerne dazu, ein wenig auszuflippen. Sie wollen nicht, dass andere Kerle die Beschützerrolle übernehmen, die sie so viele Jahre für euch innehatten.«

»Und deswegen nennt er mich hässlich?«, schnaube ich.

»Paradox, ich weiß. Aber die meisten dieser Kerle würden sich lieber einen Arm abschneiden, bevor sie ihren kleinen Schwestern sagen, wie gern sie sie wirklich haben. Zum Glück bin ich ein Einzelkind, sonst würde ich vermutlich zu derselben Art von Arschloch werden.« Sein Kopf kippt zu meiner Seite und in seinen Augen setzt sich ein warmes Lächeln ab. »Auch wenn es unten ganz anders geklungen hat, hält dich Cameron für ein sehr hübsches Mädchen. In Wahrheit ist er sogar der Meinung, dass du leicht die halbe Stadt zu deinen Füßen liegen haben könntest.«

Ein ungläubiges Lachen platzt aus mir heraus, denn jetzt mal ernsthaft, das ist doch kompletter Bullshit. »Wie kommst du darauf?«

Ein verschmitztes Grinsen umspielt seine Lippen. »Weil er mich in dem Moment davor gewarnt hat, dich anzufassen, in dem ich zum ersten Mal dieses Haus betreten habe. Mehrmals sogar. Und mit sehr anschaulichen Beschreibungen davon, was er mit mir machen wird, wenn ich seine Warnung ignoriere, möchte ich betonen.« Sein weiches Schmunzeln gibt diesen Worten so viel mehr Bedeutung und füllt auf merkwürdige Weise die Leere, die mein Bruder in meinem Herzen hinterlassen hat. Stimmt das alles wirklich?

Durch ein kurzes Anspannen seiner Bauchmuskeln kommt Thane zurück in eine sitzende Position und legt seine Hände noch einmal um meine Knöchel. »Vielleicht kannst du deinem Bruder ja verzeihen, dass er hin und wieder so ein Kotzbrocken ist, denn er ist wirklich um dich besorgt und er würde Berge versetzen, nur um dich glücklich zu sehen.« Er steht auf und hält mir seine Hand entgegen. »Also ... möchtest du jetzt vielleicht wieder mit mir runterkommen? Dein Freund sitzt immer noch in der Küche und ist ziemlich aufgelöst, weil ich ihn nicht zu dir heraufkommen lassen habe und auch nicht nach Hause gehen.«

Ich lasse all die Dinge, die er mir gerade erzählt hat, noch für ein paar weitere Herzschläge sacken, ehe ich schließlich seine Hand nehme und mich von ihm aus dem Bett ziehen lasse. Das schwere Gefühl ist inzwischen aus meiner Brust verflogen, weil ich ihm wirklich glauben möchte.

Nur in einer Sache hat Thane sich geirrt: Er wäre bestimmt niemals zu einem dieser Arschloch-Brüder geworden.

Er hält mir die Tür auf und ich murmle im

Vorbeigehen leise: »Danke«, für das, was er gerade für mich getan hat. Draußen im Flur schwanken jedoch meine nächsten Schritte. Cameron ist nach oben gekommen, und wenn ich mich nicht irre, wollte er in mein Zimmer. Er bleibt ebenfalls stehen, als er mich sieht, und reibt sich mit schuldbewusstem Blick den Nacken.

»Ich warte dann unten bei Adrian«, sagt Thane entspannt, nachdem er die Tür geschlossen hat. Wahrscheinlich will er keiner weiteren Konfrontation zwischen Geschwistern beiwohnen. Als er an uns vorbeigeht, klopft er meinem Bruder noch kurz auf die Schulter, dann ist er verschwunden.

Sobald wir alleine hier oben sind, räuspert sich Cam und macht einen zögerlichen Schritt auf mich zu. »Hör zu, Sandy«, fängt er an, während ich wie angewurzelt dastehe, immer noch ein wenig verletzt, aber auch neugierig. »Keine Ahnung, was in mich gefahren ist, aber ich war ein ziemlicher Idiot vorhin. Ich hab das alles nicht so gemeint. Und ich wollte dir damit auch nicht wehtun.«

Ich habe seine Stimme noch nie so kratzig gehört, und Scheiße noch mal, zappelt er etwa echt gerade verlegen von einem Bein aufs andere? In all den Jahren, die wir zusammen in diesem Haus gelebt haben, hat er noch niemals einen so verlorenen Eindruck gemacht. Und das ist der Grund, weshalb ich mir sicher bin, dass es ihm wirklich leidtut.

Weil ich nicht weiß, was ich sonst tun soll, nicke ich und nehme seine Entschuldigung an. Und dann wird es mir ganz plötzlich klar. »Du warst immer mein Superheld, Cam.«

Seine dunklen Augen knicken ahnungslos über seiner Nase zusammen. »Was?«

»Ach nichts.« Für mich ergibt es einen Sinn, und das ist alles, was zählt.

Ein betretenes Grinsen schleicht sich in sein Gesicht, als er zaghaft näher kommt. Plötzlich schlingen sich seine Arme um mich und er zieht mich fest an seine Brust. »Ich wollte dir nur sagen, dass du die Geburtstagsparty geben kannst. Und wenn nichts kaputtgeht und niemand in Schwierigkeiten gerät, müssen Mom und Dad auch nichts davon wissen.«

»Danke, Cam.« Ich vergrabe mein Gesicht in seinem T-Shirt, das immer noch nach Rauch und marinierten Schweinerippchen riecht, und lege meine Arme um ihn. Das haben wir noch nie gemacht, aber auf eigenartige Weise fühlt es sich an, als wäre diese Umarmung längst überfällig gewesen.

Mir wird klar, dass wir das Maximum aus unserem

neugeknüpften Geschwisterband ausgeschöpft haben, als mein Bruder ein unangenehmes Raunen von sich gibt und der Druck in seinen Armen rapide schwindet. Vermutlich wird das für sehr lange Zeit nicht wieder passieren, aber das ist okay.

Cameron läuft wieder nach unten, mit mir direkt hinter ihm. In der Küche sitzt Adrian immer noch am Tisch und Thane hat sich auf die Kochinsel platziert. Worüber auch immer die beiden gerade gesprochen haben, ist in dem Moment vergessen, als wir zur Tür reinkommen.

»Alles okay?«, formt Thane lautlos mit den Lippen und hebt dabei nachdrücklich die Augenbrauen an. Ich nicke kurz und schenke ihm ein Lächeln dazu.

Dann suche ich Adrians Blick und neige den Kopf leicht in Richtung Treppe als Aufforderung. »Willst du mit rauf in mein Zimmer kommen?« Da wir heute schon Zeit genug mit meinem Bruder und seinem Freund verbracht haben, will ich mein Glück nicht noch weiter herausfordern.

Offenbar glücklich über meine Einladung, springt Adrian regelrecht vom Stuhl auf und schiebt mich aus der Tür zurück in den Flur. Oben in meinem Zimmer sackt er dann in den Drehstuhl und wirbelt einmal im Kreis. Als der Sessel nach der zweiten Runde zum

Stillstand kommt, drückt er sich vom Schreibtisch weg und rollt näher ans Bett, wo ich mich wieder in der gleichen Position wie vorhin mit dem Kissen in den Armen ans Kopfende gelehnt habe. Die Füße auf der Bettkante und die Knie aufgestellt, verschränkt er die Hände vor seinem Bauch und gibt ein dramatisches Seufzen von sich. »Du weißt, wie gern ich in deinem Haus bin, weil hier nicht dauernd rumgeschrien und gestritten wird, so wie in meinem.« Sein Gesicht wird von flehentlichen Zügen heimgesucht. »Bitte nimm mir das nicht weg.«

»Die Eskalation vorhin tut mir leid. Das war nicht Teil meines Plans.« Obwohl ich teilweise doch mit so einer Reaktion von Cam gerechnet hatte. Nur nicht mit so einer überraschend schönen Wendung am Schluss.

Da das Barbecue für heute vorbei ist und auch kein Rauch mehr vom Grill aufsteigt, stehe ich noch einmal auf und öffne das Fenster. Mein Bruder und Thane hängen inzwischen bei der großen Linde in unserem Garten ab. Cameron liegt halb auf einem Liegestuhl, während sein Freund die Arme locker über einen der niederen Äste auf Stirnhöhe baumeln lässt. Sie sind zu weit weg, um verstehen zu können, worüber die beiden reden, aber dem verhärteten Gesicht und den verschränkten Armen meines Bruders nach zu urteilen, ist es eine ziemlich ernste Unterhaltung. Scheint, als wären sie gerade nicht einer Meinung. Allerdings dürfte Thane die besseren Argumente haben, denn wenige Momente später wirft Cameron resignierend die Arme in die Luft und verdreht die Augen. Ein sehr deutliches: »Na schön!«, ist das Einzige, was ich klar von seinen Lippen lesen kann.

»Thane ist jemand, den du behalten solltest«, sagt Adrian leise, als er ganz plötzlich neben mir steht und mit mir die Szene im Garten beobachtet. Meine Güte, ich hab ihn gar nicht kommen hören.

»Was meinst du damit?«, frage ich nach, ohne den Blick von den Jungs zu nehmen.

»Du hättest ihn vorhin in der Küche hören sollen, nachdem du verschwunden bist. Er hat sich so unglaublich für dich eingesetzt.«

Jetzt drehe ich mich sehr wohl zu ihm um. Eine unausgesprochene Frage steht in meinen schmalen Augen, aber er sieht nur weiter zum Baum in unserem Garten, die Hände hinter seinem Rücken verschränkt. »Wir wissen beide, wie dein Bruder ist«, setzt er in einem bedeutungsschwangeren Ton fort. »Cam lässt sich nicht leicht etwas gefallen. Von niemandem.«

Das stimmt. Cameron war immer schon ein Kämpfer, auf dem Eis und auch abseits davon.

Mit einem einzigen Blinzeln schwenkt Adrians Blick zu mir. »Ich glaube, er hat endlich jemanden gefunden, der ihm ebenbürtig ist.«

In diesem Moment wünschte ich, ich wäre vorhin unten geblieben und hätte zumindest noch kurz gelauscht. Was könnte Thane zu Cameron gesagt haben, dass dieser überhaupt nach oben gekommen ist und sich bei mir entschuldigt hat? Mein Blick schweift in die Ferne und findet erneut zu den Jungs, wobei sich ein warmes Gefühl in meiner Brust ausbreitet.

Doch bereits drei Sekunden später platscht mein Glück auf den Boden. Zwei Mädchen kommen um die Hausecke herum und überqueren den Rasen auf dem Weg zu meinem Bruder und seinem Freund. Ich kenne die beiden, allerdings habe ich in über fünf Jahren kaum zehn Sätze mit ihnen gesprochen.

Sarah, die dunkelblonde Schönheit in weißem Minikleid, ging mit meinem Bruder zur Schule und war in all der Zeit sein Gelegenheitsbetthäschen. Sie waren zwar nie wirklich ein Paar, aber ich schwöre, sie hatten öfter Sex als ein richtiges Paar je haben würde. Ihre beste Freundin Claudia mit dem kurzen dunkelbraunen Bob, die gerade mit dem Absatz ihrer hochhackigen Sandalen in unserem Rasen steckengeblieben ist und fast auf die Nase gefallen wäre, ist letzten Winter aus dem

College ausgestiegen, um für ein aufsteigendes Modelabel zu modeln, soweit ich weiß. Ich hab sie seit über einem Jahr nicht mehr in der Stadt gesehen.

Cameron schlingt einen Arm um Sarahs Hüften und kippt sie für einen heißen Kuss nach hinten. Sobald sie wieder fest auf beiden Beinen steht, kichernd wie eine Vorschülerin, stellt Cam die beiden Mädchen Thane vor. Natürlich geht es mich nichts an, aber ein Teil von mir hofft gerade inständig, dass Thane Claudia nicht auch gleich auf derartige Weise begrüßt. Cameron hat vorhin darüber gesprochen, dass er jemanden zum Druckabbau braucht, und dass sein Betthäschen eine Freundin für Thane mitbringt. Er kann machen, was immer er will. Und trotzdem verkrampfen sich gerade all meine Muskeln, während unten Hände geschüttelt werden und die Mädels sich auf die Zehenspitzen stellen, um Thane mit erwartungsvollem Lächeln einen Begrüßungskuss auf die Wange hauchen.

Er legt seine Hand auf Claudias Kreuz, als die Jungs ihre Gäste zu den Gartenstühlen auf der Terrasse führen. Leider kann ich von hier aus nicht mehr sehen, was dort unten passiert, weil es zu nahe am Haus ist und ich mich schon weit aus dem Fenster lehnen müsste, um noch weiter zu spionieren. Doch nach allem, was über die nächsten paar Minuten zu hören ist, verstehen sich Thane und Claudia auf Anhieb. Er macht Scherze, sie lacht, ich knirsche mit den Zähnen. Cameron bietet ihnen etwas zu trinken an, und irgendwann schlägt Sarah vor, dass sie alle an den Strand gehen und sich später einen Film in Cams Zimmer ansehen.

»So viel zu: *er ist jemand, den ich behalten sollte*«, maule ich und knalle das Fenster mit mehr Schwung als nötig zu. Adrian sieht mich verblüfft an, doch mein düsterer Gesichtsausdruck hält ihn davon ab, rauszuhauen, was auch immer er gerade denkt.

Gut. Denn ich will es nicht hören.

# Kapitel 8

## DARF ICH BITTEN?

Das Haus gehörte den ganzen Nachmittag nur Adrian und mir. Auch als Adrian gegangen ist, waren Cameron und seine Freunde noch unterwegs. Ich mache mir ein Sandwich zum Abendessen, aber selbst wenn ich mich beschäftige, kreisen meine Gedanken um Thane und Claudia, und das geht mir gehörig auf die Nerven. Was sie tun, ist nicht mein Problem, dennoch stelle ich mir immer wieder vor, was sie gerade am Strand miteinander machen. Warum zum Teufel kann ich nicht einfach an etwas anderes denken? Diese ganze Angelegenheit verursacht mir inzwischen ein richtig flaues Gefühl im Magen. Und das macht mich wahnsinnig.

Wieder in meinem Zimmer, lasse ich die Tür offen, weil ich das immer so mache, wenn ich allein zu Hause bin. Einbrecher, ihr wisst schon. Besser, man hört sie kommen, als man wird im Schlaf von ihnen überrascht.

Erst lange nach zweiundzwanzig Uhr ist unten schließlich ein Geräusch zu hören, als die Jungs heimkommen. Und sie haben ihre Begleiterinnen mitgebracht. Den Kopf raus in den Flur gesteckt, lausche ich ihren Stimmen, die aus der Küche dringen, doch als sie lauter werden, weiß ich, dass sie die Treppe hochkommen, und mache schnell die Tür zu.

Das Letzte, was ich höre, ist das Gekicher der Mädchen und dann Cams Tür, die zugeknallt wird.

Ich versuche, mich mit Lesen abzulenken, denn an Schlaf ist im Augenblick sowieso nicht zu denken, aber es klappt nicht. Ich wünschte, ich könnte behaupten, dass Thane nichts damit zu tun hat. Aber das hat er. So circa dreißig Prozent. Der Rest besteht aus Vorstellungen von mir, wie ich mit einem bis dato unbekannten Jungen auf meiner Party knutschen werde.

Wie wird es wohl sein, endlich geküsst zu werden? Und von wem? Gott, ich hoffe, er riecht gut!

Während ich an die Decke starre, das Buch auf meine Brust geklappt, entweicht mir ein Seufzen. Ich habe schon in tausend Liebesromanen über den ersten Kuss gelesen. Trotzdem ist es seltsam, wenn ich mir mich selbst in dieser Situation vorstelle.

Was ist, wenn sich herausstellt, dass es nicht einmal annähernd so schön ist, wie es in all den Büchern beschrieben steht? Immerhin könnte Thane mit den Schmetterlingen ja recht haben. Wird es ohne ätzend sein?

*Argh!* Ich rolle mich auf den Bauch und drücke mir das Kissen fest auf den Kopf. Wenn doch nur schon Samstag wäre und ich alles hinter mir hätte. Ich will ein ganz normales Abschlussjahr erleben. Keine mitleidigen Gesichter mehr von meinen Freunden, keine seltsamen Blicke vom Rest der Menge. Das ist alles. Wer braucht schon Schmetterlinge? Ich nicht!

Meine Güte, wer hätte geahnt, dass das Leben als Teenager so kompliziert werden könnte?

Durch einen Spalt unter dem Kissen schiele ich zum Wecker auf meinem Nachttisch. 23:38 Uhr. In weniger als einer halben Stunde beginnt für mich der letzte Tag, bevor ich siebzehn werde. Dass ich davor noch einschlafe, steht inzwischen wohl außer Frage, deshalb kann ich auch genauso gut noch mal aufstehen und etwas gegen dieses befremdliche Gefühl in meinem Bauch unternehmen. Ein paar Oreos und ein Glas Milch helfen bestimmt.

Ich schwinge meine Beine aus dem Bett und schleiche nach unten, bedacht darauf, *nicht* zu Camerons Zimmer am Ende des Flurs zu schielen, wo ein bläuliches Licht, vermutlich vom Fernseher, unter dem Türspalt durchfällt. Okay, ich bin gescheitert.

*Gooott*, was ist das plötzlich mit mir und dieser Fixierung auf Thane? Ich habe mir noch nie viel aus den Freunden meines Bruders gemacht, warum also jetzt? Ich sollte nicht einmal darüber nachdenken, was er hinter verschlossenen Türen macht. Oder mit wem. Und ich weigere mich auch!

Oreos. Das ist alles, was ich im Moment will.

In meinen Wollsocken husche ich runter in die Küche und knipse das kleine Licht über dem Ofen an. Dann hieve ich mich auf die kühle Granitplatte und lehne mich mit dem Rücken an die Seite des Kühlschranks, ein Glas Milch neben mir und die offene Kekspackung in meinem Schoß.

Ich bin bei Keks Nummer drei angelangt, als jemand die Treppe herunterkommt. Es ist das Knarren der fünften Stufe, das immer schon da war, wodurch sich der Ruhestörer verrät. Den Kopf so weit es geht zur Seite gedreht, warte ich ab, wer so spät noch in die Küche kommt.

»Hey ...« Thanes leicht verwunderte doch warme Stimme hüllt mich ein wie eine Decke, die diesen Mitternachtsimbiss perfekt machen würde.

»Hi«, erwidere ich im gleichen leisen Ton, während er nach vorn kommt.

»Kannst du nicht schlafen?«

Zögerlich schüttle ich den Kopf.

»Nervös?«, fragt er, als er sich zwei Schritte von mir entfernt in den Winkel der Küchenplatten lehnt. Mit den Händen umschlingt er die Kante neben seinen Hüften und das weiße Jack Daniel's Logo auf seinem schwarzen T-Shirt dehnt sich dabei über seine Brust. »Morgen ist deine große Nacht.«

Die Lippen aufeinandergepresst, zucke ich mit den Schultern. Das wird es wohl sein. Ich drehe den Kopf noch einmal nach rechts, um nachzusehen, ob er jemanden mit nach unten gebracht hat.

»Die anderen sehen sich gerade einen Film an«, klärt mich Thane auf, der wohl meine Körpersprache lesen kann. »Ich bin nur heruntergekommen, um etwas zu trinken zu holen.« Als würde er sich gerade an seine vergessene Mission erinnern, drückt er sich von der Theke weg und kommt näher, um dann den Kühlschrank hinter mir aufzumachen.

So viel ist doch nicht in dem verdammten Ding drin, warum also starrt er so endlos lange hinein?

Oder könnte es sein, dass er gar nicht in die Kälte starrt? Ein leichtes Kribbeln in meinem Nacken lässt mich glauben, dass sein Blick stattdessen auf mich gerichtet ist, aber ich bin zu feige, um den Kopf zu drehen und es herauszufinden. WARUM ... *zum Teufel?*

Nachdem er schließlich doch noch etwas herausgenommen und die Tür wieder zugemacht hat, kehrt er an denselben Platz wie vorhin zurück und hält dabei zwei Limodosen in einer Hand. »Du und Cam ... Ist inzwischen wieder alles in Ordnung?«

Zwar hat er das bestimmt schon von Cameron selbst erfahren, aber es ist schön, dass er noch ein wenig hier unten bleibt und fragt. »Mm-hmm. Er hat mich sogar umarmt. Kannst du dir das vorstellen?«

Thane stellt die Limos beiseite und verschränkt die Arme lächelnd vor der Brust. »Ja, das kann ich.«

Plötzlich scheinen die Oreos in meinem Schoß meine gesamte Aufmerksamkeit zu verlangen. Oder vielleicht brauche ich auch nur eine Zuflucht vor der Abgrundtiefe seiner blauen Augen. »Adrian hat erzählt,

dass du heute ziemlich heftig für mich gekämpft hast.«
Ich mache eine kurze Atempause, ehe ich leise
hinzufüge: »Danke schön.«

»Gern geschehen, Sandy.« Plötzlich steht Thane
direkt vor mir und hebt mein Kinn mit seinem
Fingerknöchel an. Hilflos falle ich wieder in das
bodenlose Blau. »Und ich hab dir ja gesagt, dass ich gut
mit deinem Bruder umgehen kann«, meint er sanft. »Er
kann zwar manchmal ein echter Dickschädel sein, aber
er weiß, wann er zuhören muss.«

Ich bin mir nicht sicher, ob es an seiner sanften
Berührung, seiner Stimme oder seinem Blick liegt, aber
für den Moment bin ich vollkommen von seiner Präsenz
gefangen und kann nicht einmal den leisesten Mucks
von mir geben. Mein Herz hat beschlossen, dass es für
eine Weile in meinem Hals weiterschlagen möchte und
nach einigen Sekunden trocknen meine Augäpfel aus,
weil ich vergessen habe, zu blinzeln.

Um mich nicht an einem Ort zu verlieren, von dem
es kein Zurück mehr gibt, schüttle ich mich innerlich
aus meiner Erstarrung und räuspere mich. »Übrigens ...
es tut mir leid, dass ich dich heute Morgen auf die
Matte gelegt habe.« Das ist das einzig Brauchbare, das
mir in den Sinn kommt, um die Stille zu unterbrechen.
»Ich hoffe, du hast keine blauen Flecke davongetragen.«

Lachend streift sich Thane mit der Hand, die eben noch unter meinem Kinn war, durchs Haar. »Keine Sorge, du hast mich nicht verletzt.« Dann fällt sein Blick auf die Kekspackung in meinem Schoß und ein neckischer Unterton schleicht sich in seine Stimme. »Allerdings könntest du zur Wiedergutmachung deinen Schatz mit mir teilen.«

Könnte ich. Und selbst wenn er gar keinen Keks bekommen sollte, weil er sie mir heute Vormittag stehlen wollte, so hat er auf jeden Fall eine Belohnung verdient, weil er sich nach dem Essen so sehr für mich eingesetzt hat. Langsam ziehen sich meine Mundwinkel zu einem Lächeln nach oben und ich halte ihm die Oreo-Packung hin.

Seine funkelnden Augen sagen so viel mehr als nur Danke für den Keks, aber ich weiß wirklich nicht, was ich darin lesen soll. Obwohl Thane die meiste Zeit total entspannt und offen ist, kann er in manchen Momenten doch zu einer magischen Schachtel voller Rätsel für mich werden. So wie jetzt gerade, als er sich wieder in die Ecke der beiden Granitarbeitsplatten zurückzieht und mich anzüglich mustert.

»Es war eine ziemlich interessante Erfahrung, dich über mir knien zu haben«, zieht er mich auf und bringt mich damit zum Lachen.

»Ja, darauf wette ich.«

»Also, was genau an der Party macht dich denn so nervös?«, will er als Nächstes wissen und lockert dadurch die eigenartige Spannung, die er aufgebaut hat. Dabei dreht er den Deckel vom Keks und isst zuerst die Hälfte, an der die Füllung kleben blieb. »Ist es das Ding mit den Schmetterlingen? Oder das Ding mit der Zunge.«

Sollte ich jetzt beleidigt sein, weil er andeutet, ich *wüsste* nicht einmal, wie man richtig küsst? Tja, vielleicht wäre ich es sogar, wenn da nicht direkt vor mir dieses schiefe Grinsen in seinem Mundwinkel sitzen würde.

»Keins von beiden«, gebe ich letztlich zu.

»Was denn dann?«

Ich hebe das Glas mit der Milch an meine Lippen und murmle gegen den Rand: »Vielleicht kommt es ja nicht einmal zu einem richtigen Kuss.« Ohne zu trinken, senke ich das Glas wieder ab und ziehe flach den Atem ein. »Was ist, wenn ich gar nicht merke, wann der richtige Moment gekommen ist?«

»Oh, den Moment erkennst du bestimmt. Und wenn nicht, dann wird dein Partner die Sache schon in die Hand nehmen.« Er isst die zweite Hälfte des Oreos und klingt mal wieder so absolut gelassen, dass ich wünschte, ich könnte ein wenig von seinem Selbstvertrauen für morgen in einer Flasche abfüllen. »Aber wenn du wirklich solche Bedenken hast, gibt es da ein paar ganz einfache Dinge, die dir gleich mal in die richtige Ausgangsstellung helfen.«

»Was denn für welche?«

Die Lippen verschlossen, zuckt er beiläufig mit einer Schulter. »Na ja, tanzen zum Beispiel. Wenn er dich schon mal so eng an sich drückt, ist das die perfekte Position für einen Kuss.«

Nun schießt mir die Röte in die Wangen, während ich den Kopf hängen lasse. »Ich kann nicht tanzen.« Fantastisch. Er muss ja langsam denken, er hat es hier mit einem kompletten Schwachkopf zu tun.

Einige Sekunden lang ist es still. Ich bereite mich gerade auf sein spöttisches Lachen vor, als er überraschend feststellt: »Das sollte kein Problem sein, denn tanzen ist nichts, worüber man nachdenkt. Es ist etwas, das du einfach tust.« Er kommt auf mich zu und stiehlt einen weiteren Oreo aus meiner Packung. »Komm, ich zeig's dir«, meint er und schiebt sich den Keks in den Mund.

»Hah?«

Thane ignoriert meine erstaunte Zurückhaltung und holt erst einmal sein Smartphone aus der hinteren

Hosentasche seiner Jeans. Auf das Display konzentriert, wischt er ein paarmal mit dem Daumen in verschiedene Richtungen darüber. Und plötzlich haben wir Musik. Eine sehr langsame Version des Songs *All Through The Night* erklingt leise in der Küche.

Nachdem er das Handy auf die Theke gelegt hat, nimmt er mir das Glas Milch aus der Hand und stellt es beiseite. Mein Herz spielt gerade ein wenig verrückt, weil ich keine Ahnung habe, was als Nächstes auf mich zukommt, doch Thane gibt mir gar nicht lange Zeit, um darüber nachzudenken. Er nimmt meine Hand und zieht auffordernd daran.

Den Blick mit seinem verflochten, rutsche ich von der Granitplatte, bis ich die Bodenfliesen unter meinen Füßen spüren kann. Ihm so nahe, muss ich das Kinn etwas anheben, um weiter in seine Augen schauen zu können.

»Nicht nachdenken«, warnt er mich noch einmal in sanftem Ton. »Spür nur den Rhythmus und lass mich die Führung übernehmen.«

Es klingt wie die einfachste Anweisung der Welt und doch trägt sie noch etwas Anderes in sich, das ich nicht benennen kann, was aber einen kleinen Sternenschauer in meinem Inneren auslöst.

Ich *möchte*, dass er die Führung übernimmt …

Thane dreht meine Hand leicht in seiner, bis er seine Finger darum schließen kann. Dann nimmt er meine andere Hand und legt sie an seine Schulter, ehe er seinen Arm zart um meine Taille schlingt und mich näherzieht. *Viel* näher. Unsere Körper sind praktisch aneinandergepresst und ich kann nicht nur seine Wärme spüren, sondern auch wie sich seine Brust mit jedem Atemzug sanft hebt und senkt.

Mein eigener Atem kommt in kleinen Schüben und etwas zu schnell. Da er dies zu bemerken scheint, gibt er mir alle Zeit, die ich brauche, um mich an ihn zu gewöhnen, bevor er in eine langsame Bewegung fällt. Nur ganz zart für den Anfang. Ein Wiegen von links nach rechts und wieder zurück, alles zum Rhythmus der Musik. Sein rechtes Knie rutscht dabei leicht zwischen meine Beine und bleibt in Kontakt mit der empfindlichen Innenseite meiner nackten Oberschenkel.

Darauf war ich nicht vorbereitet.

Alles kribbelt in mir. Mein Hals ist knochentrocken und ich habe das permanente Bedürfnis, meine Nervosität hinunterzuschlucken, aber das bringt genau gar nichts. Seine Nähe löst eigenartige Wonneschauer in mir aus, die über meinen Rücken laufen und sich dort sammeln, wo seine Hand liegt.

»Alles okay?«, flüstert Thane und als ich schüchtern

nicke, gehen wir in einen berauschenden, fließenden Tanz über, der von außen vielleicht kaum erkennbar sein mag, doch der meine innere Welt zum Beben bringt.

Während die Melodie sanft weiterspielt und die Augenblicke in dieser schwach beleuchteten Küche vorüberziehen, werde ich auch langsam wieder Herr über meine Atmung und plötzlich ist alles, was ich noch wahrnehmen kann, er. Thane duftet unglaublich. Schnee, der in der Morgensonne schmilzt. Das hier ist wunderschön. Alles daran. Seine Berührung, seine Umarmung, der Blick, mit dem er mich aus wenigen Zentimetern Entfernung gefangen hält.

Sein Atem federt leicht gegen meine Haut, als er leise zu mir sagt: »Na? Ist doch gar nicht so schwer, oder?«

Ich schüttle den Kopf und lasse ein kleines Lächeln über meine Lippen huschen. Es ist überhaupt nicht schwer mit einem so einfühlsamen Partner wie ihm. Auf seltsame Weise fühlt es sich so an, als wäre mein Körper einzig und allein dafür gemacht worden, sich perfekt an seinen zu schmiegen, weil es unsere Bestimmung war, dass wir uns irgendwann in diesem Leben treffen würden, nur um diesen einen besonderen Tanz zu vollführen.

Ein neues und sehr intensives Gefühl macht sich in

diesen Sekunden in meinem Bauch breit und füllt den gesamten Raum bis zu meiner Brust hinauf. Wenn ich ihm einen Namen geben müsste, würde ich vermutlich behaupten, es ist ein Schmetterling. Und nicht nur einer. Es sind mehrere, mindestens fünf oder sechs. Und sie alle tanzen.

Erst der wunderschöne Höhepunkt des Songs macht mir bewusst, wie lange wir uns schon in dieser sinnlichen Umarmung befinden. Minuten kommen mir wie Stunden vor. Stunden in einer Welt, die nur uns beiden gehört. Gerade als ich denke, es kann unmöglich noch intimer zwischen uns werden, legt Thane meine zweite Hand an seinen Nacken. Seine Finger laufen zärtlich über meinen Arm und hinterlassen auf dem Weg einen Hauch von Gänsehaut, bis seine Hand schließlich auf meinem unteren Rücken liegenbleibt.

Er zieht mich noch ein ganz kleines Stück fester an sich. Und ich lasse es zu, weil das Gefühl so unbeschreiblich schön ist. In meinen ganz eigenen Traum versunken, lehne ich meinen Kopf an seine Schulter, während er mich durch das gesamte Lied hindurch führt. Thane drückt seine Wange leicht an meine Braue. Sein ruhiger Atem bewegt meine Stirnfransen bei jedem Zug wie ein liebevolles Streicheln. Ich glaube, ich möchte nicht, dass das hier jemals aufhört.

Aber wie alles Schöne auf dieser Welt geht der Song viel zu schnell zu Ende und das sanfte Wiegen unserer Körper lässt nach, bis wir uns nur noch schweigend in den Armen halten. Ich hebe den Kopf von seiner Schulter, weil ich es irgendwann sowieso tun muss, und Thane lehnt sich ein kleines Stück zurück. Sein zärtliches Lächeln zieht mühelos meine gesamte Aufmerksamkeit auf sich.

»Siehst du?«, raunt er mit so rauer Stimme, wie ich sie noch nie zuvor von ihm gehört habe. »Die perfekte Position für einen Kuss.«

Er hat recht. Das ist sie.

Wir sind während des Tanzens praktisch miteinander verschmolzen und ich weiß genau, sobald ich ihn loslassen muss, wird mir seine einnehmende Wärme fehlen.

Aber vielleicht muss ich ihn ja noch nicht sofort loslassen.

In der absoluten Stille der Nacht und im Schein der kleinen Lampe über dem Herd hält Thane mich immer noch fest an sich gedrückt. Ganz langsam wandert sein Blick von meinen Augen nach unten ... über meine Nase ... zu meinen Lippen —

Plötzlich jagt das verräterische Knarren der fünften

Treppenstufe einen grausamen Realitätsschock durch meinen Körper.

Er zuckt im selben Moment zusammen und wir schnellen auseinander.

»Thane?«, dringt Claudias unsichere Stimme durch das stille Haus in unsere kleine Welt. »Bist du hier unten?«

Ein panischer Anflug von Scham scheucht mich zurück auf die Theke hinter dem Kühlschrank. Ich rutsche so weit nach hinten wie nur möglich, ziehe die Beine auf die kühle Granitplatte und die Knie an die Brust. Ich weiß nicht, was passiert wäre, wenn sie nicht heruntergekommen wäre, aber ich möchte auch nicht, dass irgendjemand in diesem Haus es jemals herausfindet. Der Augenblick war so unbeschreiblich intim und perfekt. Niemand hat ein Recht dazu, ihn für mich kaputtzumachen. Das war mein allererster Tanz. Mit einem Jungen, der unerwartete Schmetterlinge in meinem Bauch zum Leben erweckt.

Eine Sekunde später bricht meine Welt aus schönen Gefühlen jedoch vehement auseinander. Von allen möglichen Menschen zertrampelt ausgerechnet Thane unseren — nein, *meinen* ganz persönlichen Moment voller Wunder. Er hat ihn anscheinend schon längst vergessen, denn ohne ein weiteres Wort zu mir, schiebt er das Handy wieder in seine Hosentasche, greift sich die beiden Limos von der Ablage und knipst das Licht über dem Ofen aus. »In der Küche«, antwortet er Claudia mit fester Stimme, während er bereits in den Flur geht und mich wie einen kleinen Vogel mit gebrochenen Flügeln hinter sich lässt. »Tut mir leid, ich musste noch kurz einen Anruf annehmen. Eine Freundin hatte ein Problem.«

In der Spiegelung der dunklen Fensterscheibe kann ich erkennen, wie er Claudia im Flur mit einem Arm auffängt, ehe sie in die Küche kommen kann. Sie hakt einen Arm durch seinen, als sie nach oben verschwinden und nur noch ihre Stimme zu mir dringt: »Oh. Konntest du ihr helfen?«

Das Knarzen der fünften Stufe ertönt ein letztes Mal, zusammen mit Thanes flacher Antwort: »Ja. Jetzt ist alles in Ordnung.«

Ein grausames Stechen verengt meine Brust. Denn das ist alles Andere als wahr.

# Kapitel 9

## KEINE WEITEREN FRAGEN, EUER EHREN.

In dieser Nacht schlafe ich mit Kopfhörern auf und Musik in den Ohren. Ich muss nicht hören, wann die beiden Mädchen endlich unser Haus verlassen — oder mitkriegen, falls sie tatsächlich über Nacht bleiben.

Es geht mich verdammt noch mal nichts an!

Adrian kommt früh am Freitagvormittag zu mir, weil wir uns zum Kochen verabredet haben. Ich bin heilfroh, dass er in meiner Nähe ist und mich ein wenig ablenkt.

Es ist schon beinahe elf, als Cam und Thane auch endlich die Treppe herunterpoltern und in die Küche kommen, todmüde aber offenbar allein. Kein Zeichen weit und breit von ihren Play-Bunnies.

»Machst du Spaghetti?«, fragt Cam nach einem lauten Gähnen und kratzt sich an der Brust, während er die Zutaten inspiziert, die wir auf der Theke aufgereiht haben.

Mom hat mir letztes Jahr das Kochen beigebracht und Spaghetti mag ich am liebsten. »Jap. Wenn ihr Jungs auch was davon wollt, dann seid besser in dreißig Minuten hier.« Ich kann nichts dafür, dass ich gerade wie ein Brummbär klinge, wenn Thane nur ein paar Schritte hinter mir steht. Seine Anwesenheit — oder welchen Zauber er auch immer über mich gelegt hat — sollte mich nicht so derart aus der Fassung bringen. Aber nach vergangener Nacht ist das alles so verwirrend und neu für mich und ehrlich gesagt habe ich nicht den blassesten Schimmer, wie ich all diese Gefühle in mir im Moment sortieren soll. Ein Teil von mir wünscht sich, er hätte niemals einen Fuß in dieses Haus gesetzt. Aber zumindest fahren er und Cam ja morgen zurück nach Portland, das sollte mein Leben wieder einigermaßen in Ordnung bringen, oder?

»Aye, Ma'am!« Cameron salutiert und schaltet dann

die Kaffeemaschine an, um sich seinen Koffeinschub für den Tag zu holen.

Ungestört von seinem Hantieren neben mir, gebe ich Adrian Anweisungen, wie er die Nudeln zu kochen hat, während ich mir schon mal eine Zwiebel aufs Brett hole, sie schäle und dann für die Soße kleinschneide. Sofort brennen meine Augen wie die Hölle und Tränen laufen im nächsten Moment über meine Wangen. Habe ich schon einmal erwähnt, wie sehr ich Zwiebel schneiden hasse? Schniefend presse ich mir die Handballen, über die ich die Bündchen meines Sweatshirts gezogen habe, auf die Augen. Grundgütiger, tut das weh!

Sobald ich meine Arme wieder runternehme, erschüttert mich eine unerwartete Berührung in meinem Gesicht zutiefst. Ich starre in Thanes tiefblaue Augen, während er mit dem Fingerrücken den Lauf einer Träne von meiner Wange wischt. »Keine Tränen vor Mitternacht«, neckt er mich mit vertraut sanfter Stimme, die mich daran erinnert, wie ich mich noch vor wenigen Stunden in seinen Armen gefühlt habe.

Kurz bevor er zu Claudia zurückgekehrt ist.

Durch ein Räuspern hole ich mich selbst aus der Welt von Schmetterlingen und Herzschmerz zurück, ehe ich mein Gesicht von ihm wegdrehe. »Bei Zwiebeln passiert mir das immer«, erwidere ich frostig und zwinge mich dazu, ihn zu ignorieren, indem ich mich auf die Arbeit vor mir fokussiere.

Am Rande meines Sichtfelds tritt er nach hinten und lehnt sich gegen die Theke, von wo aus er mich mit einem, ich würde sagen, *verwunderten* Gesichtsausdruck beobachtet. Dachte er wirklich, ich würde mich über seine anzügliche Berührung freuen, wenn er doch offenbar so großzügig damit umgeht? Ich komme auch sehr gut ohne sein Mitleid klar, danke.

Es dauert ungefähr drei Sekunden, bis er rafft, dass unsere Unterhaltung damit zu Ende ist — jedenfalls für mich — und schließlich folgt er meinem Bruder hinaus in den Garten.

Sobald nur noch wir beide in der Küche sind, trifft mich Adrians fragender Blick. »Ist alles in Ordnung?«

»Klar. Warum?«

»Keine Ahnung.« Er zuckt bedeutungsvoll mit den Schultern. »Kommt mir nur so vor, als wäre die Temperatur hier drinnen schlagartig abgefallen, als die Jungs vorhin hereingekommen sind.«

»Wirklich?« Ich weiche seinem Blick aus und hacke lieber den Rest der Zwiebel klein. »Hab ich nicht gemerkt.«

Lachend schüttet Adrian die Spaghetti ins kochende Wasser und rührt mit dem hölzernen Kochlöffel um.

»Ja, genau.«

Ich kann mich an keine Zeit unserer Freundschaft erinnern, wann ich Adrian einmal nicht alle meine Geheimnisse verraten hätte, doch über das, was gestern hier unten passiert ist, will ich mit niemandem reden. Weder mit ihm noch mit sonst wem. Niemals.

Zu meiner Erleichterung wechselt Adrian respektvoll das Thema zu Partyvorbereitungen, anstatt weiter dumme Fragen zu stellen, und bereits nach wenigen Minuten hat er mir wieder ein Grinsen ins Gesicht gezaubert. Der Tanz mit Thane war schön, keine Frage, aber heute Nacht werde ich zum ersten Mal geküsst und das ist so viel wichtiger.

Als die Jungs wieder aus dem Garten kommen und uns über die Snackliste für die Party diskutieren hören, tritt Thane noch einmal näher. Mit einem innigen Lächeln bietet er an: »Um all die Sachen nach Hause zu bringen, brauchst du bestimmt einen Wagen. Ich kann dich fahren, wenn du möchtest.«

»Danke, aber nein danke«, antworte ich in zuckersüßem Tonfall. Vielleicht etwas zu süß. »Adrian hat einen Wagen und er wird mich fahren.« Tatsächlich haben wir zwar noch nicht darüber gesprochen, aber das versteht sich zwischen uns von selbst. »Du siehst also, ich brauche deine Hilfe nicht.«

Während das triefend süße Lächeln immer noch in meinem Gesicht klebt, schieben sich Thanes dunkle Augenbrauen zu einem prüfenden Blick zusammen. Er kriegt genau die Zeit, um absolut gar nichts in meiner Miene lesen zu können, ehe ich mich wieder umdrehe und ihn ohne ein weiteres Wort links liegen lasse. Bald darauf verschwindet er aus meinem Sichtfeld und geht rüber zum Tisch, wodurch ich endlich wieder atmen kann.

Verstohlen neigt Adrian den Kopf in meine Richtung. Unter den blonden Strähnen, die ihm verschmitzt in die Stirn fallen, zieht er herausfordernd eine Augenbraue hoch. Meine Lippen bleiben für einen Moment verschlossen und ich zucke nur mit den Schultern. Dann murmle ich: »PMS«, und erdolche ihn mit einem Blick, der eindeutig sagt: *Lass es gut sein.*

Da hebt Adrian unmerklich die Hände an und formt lautlos mit den Lippen: »Keine weiteren Fragen, Euer Ehren.«

Während die Soße bereits köstlich duftend vor sich hin köchelt und Adrian mit meinem Bruder über Sport diskutiert, wage ich es kurz einmal, heimlich zum Tisch hinüber zu schauen. Thane hat sein Smartphone in der Hand, doch es scheint, als könnte er meinen Blick in dem Moment spüren, als er ihn trifft, und seine Augen heben sich langsam zu meinen. Überflutet von deren Intensität, erstarre ich mitten in der Küche zur Eisskulptur und schlucke. Seine Lippen öffnen sich einen Spaltbreit, weil er mit Sicherheit gleich etwas sagen will, doch dazu gebe ich ihm keine Chance. Blitzartig kehre ich ihm den Rücken zu und gehe zu den anderen beiden.

Und dann kann ich sein Seufzen hören.

»Hab einen in Oceanside gefunden. Lass uns gehen!«, füllt seine eiskalte Stimme nur Sekunden später jeden leeren Zentimeter in diesem Raum. Wir alle drei wirbeln automatisch herum, als Thane bereits vom Tisch aufsteht. Er schiebt das Handy in seine Hosentasche und geht zur Tür, ohne mir diesmal auch nur den kürzesten Blick zu erübrigen.

»Und was ist mit Mittagessen?«, protestiert Cam wie ein trotziges Kleinkind, dem man gerade das Fläschchen gestohlen hat, und dackelt seinem Freund hinterher. »Ich bin am Verhungern.«

»Wir besorgen dir was unterwegs.« Thanes Tonfall lässt keinen Raum für Widerworte. Das Nächste, was wir zu hören kriegen, ist die zufallende Eingangstür, sobald er und Cameron das Haus verlassen haben.

»Scheint, als würde Thanes Periode synchron mit deiner verlaufen«, kommentiert Adrian den Abgang trocken.

Mit offenem Mund starre ich ihn unverblümt an, dann platze ich vor Lachen.

*

Nach dem Essen Partysnacks mit Adrian einkaufen gehen macht Spaß. Er pflanzt mich in den Einkaufswagen und schiebt mich gemächlich durch den ganzen Laden, wobei ich alles von den Regalen räumen darf, was ich will. Irgendwann muss ich meine bequeme Kutsche allerdings verlassen, weil es in dem Wägelchen zu eng für mich und zwanzig Limonadenflaschen wird. Ganz zu schweigen von den vielen Chips- und Brezelpackungen.

Nachdem wir alles heimgebracht und das Haus für heute Nacht vorbereitet haben, setzt mich Adrian noch bei Gina ab, die sich ja freiwillig für mein Makeup angetragen hat. Ich mag Gina. Sie hat mit uns Chemie, treibt sehr viel Sport und ist wohl das schönste Mädchen, das ich kenne. Ihr dunkelrotes Haar hat sie heute in einen lockeren Dutt am Hinterkopf zusammengerafft, aus dem schon hunderte Haarsträhnen entflohen sind. Sie nennt das ihren Arbeitsknödel und ich habe sie schon unzählige Male in der Klasse damit gesehen, wenn wir im Chemielabor Experimente durchgeführt haben.

Gina ist keine Einserschülerin, aber dafür hat sie ihren eigenen Beautykanal auf YouTube und ihre Makeup-Künste sind unübertroffen. Sie schafft es mühelos, wie ein Model auszusehen, das mit provokanten Farbakzenten im Gesicht über den Laufsteg spaziert, oder einen smarten Look zu kreieren, so, als hätte sie überhaupt kein Makeup verwendet.

Als sie mich nach meinen Wünschen für heute Nacht fragt, bitte ich sie, irgendetwas zwischen auffällig und natürlich zu zaubern und vielleicht meine Augen etwas mehr zu betonen. Sie zeigt mir unzählige Bilder in einem Magazin, aus dem ich mir den perfekten Style aussuchen darf.

Zwei Stunden später starre ich in ihren Spiegel und staune über ein Wunder. Ich sehe tatsächlich wie das Model aus, das ich gewählt habe; wilde Haare, Schminke und alles, was sonst noch dazugehört. Nachdem sie von meinen Plänen, endlich den Kusszauber zu brechen, gehört hat, hat sie mich sogar in eines ihrer megaheißen Outfits gesteckt: ein schwarzes Korsett, das einen breiten Streifen Haut zwischen dem unteren Saum und den Hotpants freilässt, untermalt mit einem Paar schwarzer Raulederstiefel, die bis über die Knie reichen.

Bisher war ich nie das Mädchen, das aus der Menge herausgestochen ist, aber an diesem Nachmittag fühle ich mich wie Megan Fox, bereit, es mit der ganzen Welt aufzunehmen.

»Herzchen, wenn dir das keinen Kuss einbringt«, zwitschert Gina und haucht mir an der Eingangstür einen Kuss auf die Wange, »dann weiß ich nicht, was sonst.«

»Danke!« Breit grinsend winke ich zum Abschied. »Ich sehe dich später auf der Party!«

Auf dem Heimweg, den ich zu Fuß zurücklege, weil es ja nur ein paar Straßen sind, frage ich mich, welchen Eindruck ich wohl auf meine Gäste machen werde. Hübsch genug, dass mich irgendjemand küssen möchte? Den anzüglichen Blicken nach zu urteilen, die ich von einer Gruppe junger Männer erhalte, als sie an mir vorbeigehen, könnte es definitiv in den Sternen für mich stehen.

Ich kann kaum erwarten, was Adrian zu Ginas Meisterwerk sagen wird. Da ich ihm vorhin die Schlüssel überlassen habe, sollte er bereits wieder in unserem Haus sein und die Stereoanlage aufbauen, die er mir für die Party leiht. Sie ist viel besser als meine und kann ganz leicht über seinen Laptop gesteuert werden.

Dem Lachen folgend, das aus der Küche dringt, als ich nach Hause komme, versuche ich angestrengt, mein erwartungsvolles Grinsen im Zaum zu halten. Sobald ich jedoch die Küche betrete und die Blicke von allen drei Jungs zu mir fliegen, enden sämtliche Gespräche jäh, als wäre in der Tür gerade eine Bombe explodiert. Thane spuckt den Schluck Wasser, den er gerade genommen hat, in einem weiten Sprühregen über die Kücheninsel. Meinem Bruder klappt die Kinnlade runter und er gibt die Sicht auf ekelhaft zerkaute Snacks frei. Und Adrians Augen werden so groß wie seine runden Lippen, die ein unhörbares »Whoa!« formen.

Erstarrt durch die einschlägige Wirkung ihrer entsetzten Gesichter, bin ich mir nicht sicher, ob das wirklich die Reaktion ist, die ich wollte. Während Thane die Schweinerei aufwischt, die er verursacht hat, fängt sich auch mein Bruder wieder und erklärt um das Essen in seinem Mund herum: »Du wirst das heute Abend sicher *nicht* anziehen.«

*Was zum Teufel?* Das kann nicht sein Ernst sein!

»Seit wann entscheidest du über die Kleidungsvorschriften in diesem Haus?«, werfe ich ihm an den Schädel zurück und stemme dabei meine Fäuste in die Hüften.

»Seit Mom mich gebeten hat, heimzukommen und

ein Auge auf dich zu haben.« Und dann nimmt seine Stimme die Schärfe einer Messerschneide an. »Jetzt zieh dir gefälligst etwas Anständiges an, oder die Party ist abgesagt.«

Mein frustrierter Blick zischt zu Adrian, doch keiner der anderen beiden scheint meinem Bruder in dieser Sache widersprechen zu wollen. Was stimmt denn bitte mit ihnen allen nicht?

Sobald ich Thanes Augen begegne, weiß ich aber, dass ich diesen Kampf verloren habe, denn sein fassungsloser Blick kratzt schon fast an eiskalter Rage. »Tut mir leid, Sandy«, knurrt er und schraubt dabei die Flasche zu, »aber dieses Mal hat dein Bruder recht.« Und dann überrumpelt er mich komplett damit, als er um die Kochinsel herumkommt, meine Hand packt und mich hinter sich aus der Küche zerrt.

»Wohin bringst du mich?«, protestiere ich laut, weil ich seiner Kraft nichts anderes entgegenzusetzen habe.

»Nach oben, um passendere Klamotten für dich zu finden. Du willst geküsst werden und nicht entjungfert.«

Warum um alles in der Welt ist er denn so wütend? Er ist mit Abstand der Letzte, der mir hier irgendetwas zu befehlen hat. Und doch werde ich gerade von ihm in mein Zimmer geschleift und zucke zusammen, als er die Tür zuknallt und uns damit vom Rest des Hauses isoliert. Vor dem Bett wirble ich zu ihm herum und verschränke die Arme rebellisch vor der Brust.

»Und jetzt was?«, schnappe ich.

»Jetzt ziehst du diese Stiefel aus.«

Ein zynisches Lachen entweicht mir. »Meine Stiefel gehen dich einen Dreck an.«

Als Thane einen kompromisslosen Schritt auf mich zukommt, kühlt die Luft durch sein düsteres Funkeln plötzlich rapide zwischen uns ab. »Entweder *du* ziehst sie aus, oder *ich* werde es tun. Du hast drei Sekunden.«

Grundgütiger!

Aufgrund der spürbaren Anspannung, die zwischen uns knistert, zweifle ich keine Sekunden an seiner Drohung und lasse mich auf die Bettkante sinken, um mit verbissener Miene den ersten Reißverschluss an der Innenseite meines Beins hinunterzuziehen. Für ganze zehn Sekunden führen wir ein Blickduell. Mir war nie bewusst, dass es so lange dauern könnte, einen Stiefel auszuziehen. Oder dass es eine so heftige Gänsehaut verursachen kann.

Während ich den zweiten Stiefel abstreife, entlässt mich Thane aus seinem Bann und geht stattdessen zu meinem Kleiderschrank. Eine Warnung, dass er meine Sachen nicht anfassen soll, wäre vermutlich angebracht, aber ich habe ja auf dem Weg hier herauf bereits gelernt, wie fantastisch mein Protest heute bei ihm wirkt. Nämlich gar nicht. Wenn er jetzt aber einen gestrickten Rollkragenpulli mit langen Ärmeln herausholt und vorschlägt, ich soll ihn zur Party anziehen, muss ich ihn leider mit dem Teil erwürgen.

Er braucht eine Weile, um durch all meine Klamotten zu stöbern, T-Shirts wie Kleider. Am Ende dreht er sich mit einem Paar geradegeschnittener Jeans zu mir um, die dunkelblau genug sind, um als schwarz durchzugehen, und hält dazu ein Stricktop in einem warmen Cremeweiß in der Hand. Es hat kurze Ärmel und vorne eine Reihe Knöpfe, die erst ziemlich tief ansetzen und somit ein schönes Dekolletee bilden. Der einzige Grund, warum ich keine weitere Diskussion mit Thane beginne, ist, dass er tatsächlich zwei meiner Lieblingsteile ausgesucht hat. Das schraubt meine Wut etwas runter.

Ich nehme ihm das Outfit ab und werfe es auf die Matratze, ehe ich damit beginne, Ginas Korsett zu öffnen. Da Thane mich aber weiterhin unverblümt anstarrt, höre ich mittendrin auf und brumme: »Würdest du dich vielleicht umdrehen?« Die Aufforderung liegt eher im drastischen Hochziehen meiner Brauen als in meiner Stimme.

Als würde er gerade von einem Weltraumflug

zurückkehren, räuspert er sich und macht, was ich sage. Mit diesem bisschen Privatsphäre verwandle ich mich schließlich von Megan Fox in mich selbst zurück. Zumindest endet das süße Top knapp über meinem Bauchnabel und lässt somit trotz allem ein bisschen Haut frei. Und durch den geraden Schnitt der Jeans sehen meine Beine nahezu endlos aus.

»Sandy?«, beginnt Thane, während ich mir noch die Jeans zuknöpfe, und seine Stimme klingt dabei merkwürdig unsicher nach der intimen Konfrontation von eben. »Habe ich heute irgendetwas falsch gemacht?«

*Nicht heute im Speziellen.*

»Du meinst, abgesehen davon, dass du mich in so unspektakuläre Kleidung für meine eigene Party zwingst?«, knurre ich.

Er dreht sich zwar nicht um, sieht aber über seine Schulter zu mir. In dem Moment, als sich unsere Blicke treffen, regnet ein Sternenschauer über meinen Rücken. »Ja, ich meine abgesehen davon«, antwortet er sanft.

Gleich darauf dreht er sich aber doch zu mir und ein dunkles Funkeln tritt in seine Augen. »Und du liegst falsch.« Seine Stimme klingt nun fast eine Oktave tiefer. »An deiner Kleidung ist absolut nichts unspektakulär.«

Damit wirft er mich komplett aus der Bahn und der Frosch, der sich gerade in meinem Hals eingenistet hat, gibt mir keine Chance, etwas zu erwidern. Da ich mich aber sowieso weigere, über vergangene Nacht zu sprechen, bleibe ich still und flüchte zum Spiegel an der Außenseite der Schranktür, um dort das Top zurechtzuzupfen.

In der Spiegelung sehe ich, wie Thane hinter mir zu einem meiner Regale geht, in dem ich all meine Halsketten und Ohrringe schön sichtbar aufbewahre. Neugierig beobachte ich, wie er mit den Fingerspitzen über ein paar der Schmuckstücke streicht und schließlich eines auswählt. »Es kam mir so vor, als wärst du heute Morgen ziemlich böse auf mich gewesen«, greift er mit beiläufigem Ton das Thema von eben wieder auf.

Das war ich. Und irgendwie bin ich es noch. All die Gefühle, die er in den vergangenen Minuten in mir hervorgerufen hat, kommen mir total fehl am Platz vor, wenn man bedenkt, mit wem er nach unserem Tanz die Nacht verbracht hat.

Andererseits weiß aber auch nur der Teufel, was wirklich passiert ist, nachdem er in Camerons Zimmer zurückgegangen ist. Vielleicht haben sie alle ja nur einen Film angesehen und die Mädchen sind hinterher nach Hause gegangen. Könnte doch sein, oder?

Egal, was letzten Endes wirklich passiert ist, Thane ist

der Freund meines Bruders und ich sollte nichts von ihm erwarten. Er kann tun und lassen, was immer er will — mit *wem* auch immer er will. Ich muss endlich aufhören, so irrational zu sein. Genaugenommen hat er gestern ja nichts Falsches getan. Es ist nur die ganze Sache mit dem Küssen und den Schmetterlingen, die mir langsam echt zu Kopf steigt.

»Tut mir leid«, murmle ich schließlich. »Die Dinge bringen mich inzwischen einfach durcheinander.«

»Tun sie das?«

Als ich mich zu ihm umdrehe und wieder einmal in seinem durchdringenden Blick versinke, schlucke ich schwer und frage mich, was wohl seine eigene Interpretation dieser *Dinge* ist.

Thane akzeptiert mein Schweigen. »Kannst du deine Haare hochbinden?« Er kommt vom Regal herüber und bleibt direkt hinter mir stehen. »Zu einem Pferdeschwanz?«

Wie in einer leichten Trance folge ich seiner Bitte und fasse mein Haar an meinem Hinterkopf zusammen, um es mit einem Haarband, das ich mir vom Handgelenk ziehe, zu fixieren. »Warum?«

Thane legt mir eine silberne Kette mit einem kleinen Topas-Sternanhänger um den Hals. Automatisch hebe ich die Hand, um den funkelnden Stein zu streicheln.

Die Kette ist von meiner Großmutter, ein Weihnachtsgeschenk vor drei Jahren. Merkwürdig, wie er heute mühelos all meine Lieblingssachen auswählt.

Ich beobachte im Spiegel, wie er sich auf den filigranen Verschluss konzentriert. Dabei steht er nahe genug, dass ich seine Wärme spüren kann, und immer, wenn seine Fingerspitzen über meine Haut streichen, jagt ein aufregendes Kribbeln durch meine ganzen Körper.

»Weil du einen sehr schönen Nacken hast«, antwortet er schließlich in kaum mehr als einem Flüstern auf meine Frage. »Es wird die Jungs wahnsinnig machen.« Und dann hebt sich sein feuriger Blick, um meinen im Spiegel einzufangen.

Im Bruchteil einer Sekunden wird mein leicht trockener Hals zu Schleifpapier. Meint er das wirklich so? Und was mich noch viel mehr beschäftigt: könnte er vielleicht sogar einer dieser Jungs sein?

Für einen endlos langen Moment sehen wir uns nur gegenseitig an. Wenn er die Stimmung in meinem Zimmer noch vor wenigen Minuten in Richtung Gefrierpunkt hat sinken lassen, so hebt er die Temperatur nun mit nichts als seinem intensiven Blick auf Kernschmelze an. Oder vielleicht liegt es auch nur an mir allein, weil ich neuerdings an einem seltsamen

Fieber leide.

Ein Fieber mit Schmetterlingssymptomen.

Gerade als das Knistern zwischen uns unerträglich wird, lehnt sich Thane näher an mein Ohr und raunt, ohne dabei den Blickkontakt über den Spiegel zu unterbrechen: »Unterschätze niemals die anziehende Wirkung von unscheinbarer Kleidung.« Seine tiefe, raue Stimme stürzt meine Gedanken ins Chaos, während sein Atem über meine Haut streichelt.

Wie ein Reh im Scheinwerferlicht stehe ich reglos und ohne zu blinzeln da. Im nächsten Augenblick dreht sich Thane um und geht aus meinem Zimmer.

# Kapitel 10

## Wohin mit den Schmetterlingen?

Ich sitze auf meinem Bett und starre schon viel zu lange mein Spiegelbild auf der anderen Seite des Zimmers an. Thane hat meine Welt durcheinandergebracht und ich weiß überhaupt nicht, was ich mit den zunehmenden Schmetterlingen in meinem Bauch anstellen soll. Vergangene Nacht hat er mich so wütend gemacht, als er mich alleingelassen und Claudias Gesellschaft meiner vorgezogen hat, dass ich mir sicher war, er hat sie alle getötet.

Doch in Wahrheit brauchte es nur ein kleines Flüstern von ihm, um sie wieder zum Leben zu erwecken und zum Tanzen zu bringen.

In meiner Kehle poltert ein Stöhnen, während ich mein Gesicht in meinen Händen vergrabe. Thane bringt mich so durcheinander. Wenn ich könnte, würde ich die Party schwänzen und mich für die nächsten fünf Tage in meinem Zimmer verkriechen, um meine Gefühle zu sortieren.

Ein Klopfen ertönt an der Tür, gefolgt von Adrians Frage, ob er hereinkommen darf. Ich ziehe meine Hände vom Gesicht und rufe: »Ja, es ist offen!« Ein bisschen Gesellschaft wird mir guttun.

Mein bester Freund betritt den Raum. Anscheinend war er in der Zwischenzeit ebenfalls zu Hause und hat sich für die Party umgezogen. Sein üblicher Hoodie-Style ist einem strahlend orangen Hemd mit kurzen Ärmeln und schwarzen Knöpfen gewichen, das seine wilden, blonden Haare krass zur Geltung bringt.

»Hey, Sands. Die ersten Gäste sind —« Seine Miene ändert sich so schlagartig, dass mir eine unangenehme Schockwelle durch Mark und Gebein fährt. »Was zur Hölle hast du mit deinem Gesicht angestellt?«

»Wieso — Ich ... *Gar nichts!*« Automatisch schwenkt

mein Blick noch einmal zum Spiegel und dann trifft mich der Blitz. *Was zur Hölle, in der Tat?*

Fette schwarze Panda-Kleckse prangen unter meinen Augen, meine künstlichen Wimpern hängen herunter und ich trage das hässliche, unförmige Grinsen des Jokers. Während ich innerlich kreische, eilt Adrian zu mir und packt meine Handgelenke. Wir beide schauen auf meine Handflächen, wo sämtliche unwiderlegbaren Beweise des grausamen Verbrechens zu sehen sind.

»Schätze, das kommt davon, wenn man nicht an Makeup gewöhnt ist«, stelle ich schon fast lachend fest, überrascht, dass ich in so einer verzwickten Lage immer noch Ruhe bewahren kann.

Adrian hingegen wirkt so panisch, wie ich eigentlich sein sollte. »Kriegst du das wieder hin?«

Seufzend schüttle ich den Kopf. Da ich aber bereits dazu gezwungen wurde, mein heißes Modeloutfit in den Wind zu schießen, sollte es die Dinge nicht mehr viel schlimmer machen, wenn ich mir nun auch noch die Farbe vom Gesicht schrubbe.

Ich schlüpfe in ein Paar flache Sandalen und schiebe ihn aus der Tür. »Ich versuche, das mit Moms Makeup-Entferner loszuwerden.« Von unten dringen bereits Stimmen und Musik und erinnern mich daran, weshalb Adrian eigentlich heraufgekommen ist. »Wird nicht lange dauern.«

Mit einem Nicken lässt er mich allein, damit ich das Unheil in meinem Gesicht beseitigen kann. Hoffentlich bewahrt meine Mutter ihr Schminkzeug immer noch im Bad auf.

Die Katastropheneindämmung dauert nur ein paar Minuten und ich nutze auch gleich die Gelegenheit, um meine Haare zu einem ordentlichen Pferdeschwanz nach hinten zu kämmen — weil Thane nämlich gesagt hat, dass er meinen Nacken schön findet. Sein Kompliment zaubert mir ein kleines Lächeln ins Gesicht.

Sobald alles erledigt ist, stütze ich mich mit den Händen auf die Kante des Waschbeckens und betrachte mich einen Moment im Spiegel. Das ist so ein krasser Unterschied zu der Person, die ich war, als ich von Gina nach Hause gekommen bin.

Das hier bin ich.

Kann es sein, dass Thane vielleicht die natürliche Version von mir lieber mag als die aufgedonnerte? Die zusätzlichen drei Schmetterlinge in meinem Bauch verraten mir, wie sehr ich mir tatsächlich wünsche, dass das wahr wäre.

Ich gehe raus in den Flur und bleibe oben an der Treppe für einige tiefe Atemzüge lang stehen. Jemand dreht die Musik lauter. Es kommt mir vor, als würde der

Alan Walker Beat mich auf meiner eigenen Party willkommen heißen. Diese Nacht verspricht eine ganz besondere Magie.

Denn Thane Griffyn ist irgendwo da unten.

Beim Hinuntergehen frage ich mich, was Adrian wohl sagen wird, wenn er hört, dass ich lieber von einem ganz bestimmten Eishockeyspieler geküsst werden würde als von irgendeinem Unbekannten.

Es ist schon später als erwartet und das Haus füllt sich bereits mit Leuten. Sobald sie mich entdecken, beginnt eine schier endlose Runde aus Umarmungen und Küssen auf meine Wange.

Einige der Jungs, die wir eingeladen haben, würden sich definitiv für das geplante Projekt qualifizieren, doch je mehr ich darüber nachdenke, umso fester komme ich zu dem Entschluss, dass ich heute Nacht nur noch die Lippen eines Einzigen kosten möchte.

Die Erinnerung daran, wie Thane so nahe hinter mir gestanden hat — seine raue Stimme und die Art, auf die er mich angesehen hat — bringt mein Herz sogar jetzt noch zum Rasen. Kein anderer Kerl hat mich jemals diese Dinge fühlen lassen, die er mich fühlen lässt, seit er vor ein paar Tagen dieses Haus betreten hat.

Ich kämpfe mich durch die Menge in Richtung Küche, weil Adrian hoffentlich irgendwo dort zu finden ist und wir dringend eine neue Strategie für mein Projekt besprechen müssen. Doch leider ist weit und breit nichts von ihm zu sehen. Wahrscheinlich ist er draußen im Garten, der heute Abend durch unzählige Lampions wunderschön erleuchtet ist.

Bevor ich jedoch einen Fuß hinaus auf die Terrasse setzen kann, packt mich eine starke Hand am Arm und zieht mich beiseite. Plötzlich werde ich von meinem Bruder in die Enge getrieben, die Kante der Küchenzeile spürbar in meinem Rücken.

»Was willst du?«, meckere ich leicht erschöpft, nachdem ich in den letzten paar Minuten mindestens dreißig Gäste begrüßt habe.

Cameron macht einen Schritt nach hinten, wodurch ich wieder atmen kann, und verschränkt die Arme vor der Brust. »Regeln für heute Nacht«, verkündet er und steht wie ein Rausschmeißer vor mir.

»Echt jetzt? Noch mehr Regeln?«, winsle ich. Aber so, wie die Jungs auf mein Outfit reagiert haben, zweifle ich keine Sekunde daran, dass mein Bruder eine ganze Liste an Instruktionen für mich aufgestellt hat. Und wenn ich mich nicht daran halte, bedeutet das mit Sicherheit: *Die Party ist beendet.* Er hält immer noch den Mom-Trumpf in der Hand, weshalb ich gezwungen bin, ihm zuzuhören.

»Erstens.« Cam nagelt mich mit scharfem Blick fest. »Du wirst heute Nacht keinen Alkohol trinken.«

Das stört mich nicht. Ich hatte zwei Vodka-Lemon auf Alicias Party, die sich den Weg meinen Hals hinunter gebrannt haben. Darauf kann ich verzichten, um ehrlich zu sein. »Okay. Was noch?« Je schneller wir die Liste durchgehen, umso früher komme ich von hier weg.

Dass ich so kooperativ bin, wirft meinen Bruder offensichtlich aus der Bahn, und er entspannt sich schließlich doch ein wenig. »Nimm keine Drinks von Fremden an, egal, was sie dir anbieten!«, befiehlt er als Nächstes. »Du wirst dir deine Getränke selbst holen und nur aus Flaschen trinken, die noch niemand vor dir geöffnet hat.«

Was ist das denn für eine bescheuerte Regel? Ich runzle die Stirn, da taucht Thane neben Cameron auf. In dem weißen Hemd und hellblauen Jeans, die er angezogen hat, sieht er wie ein geheimnisvoller Engel aus, wodurch ich wiederum komplett den Faden in der Unterhaltung mit meinem Bruder verliere. »Bist du in letzter Zeit etwas paranoid geworden?«, murmle ich abgelenkt.

Camerons Gesichtszüge werden in diesem Moment steinhart und er knurrt: »Hast du verstanden?«

Das holt mich wieder zurück zum Thema. Ich verdrehe die Augen. »Verstanden.«

»Gut. Dann eins noch ... Du wirst auf keinen Fall von der Party verschwinden, ohne mir zu sagen, wohin du gehst oder mit wem!«

»Um Himmels willen, Cam!« Geladen werfe ich die Hände in die Luft. »Ich werde schon nicht gleich mit jemandem ins Bett steigen!« Und selbst wenn, geht ihn das einen feuchten Dreck an. Aber mit meiner mangelnden Erfahrung was Küssen betrifft und meiner einzigen Hoffnung, dass sich wenigstens *das* heute Nacht ändern wird, braucht er sich wirklich keine Sorgen um mich zu machen.

Da er mit den Lippen stur aufeinandergepresst stehenbleibt und offenbar auf meine Bestätigung von Regel Nummer drei wartet, tue ich ihm letztendlich den Gefallen und murmle: »Ich werde das Haus nicht verlassen, ohne es dir zu sagen.« Dann verschränke ich die Arme vor der Brust und kann nicht widerstehen, voll süßer Provokation zu blinzeln. »Willst du auch über meine Klopausen informiert werden?«

Mein Bruder seufzt schwer, doch das Thema ist damit beendet. »Bring dich einfach nicht in Schwierigkeiten — oder mich — okay?«

Das habe ich definitiv nicht vor.

»Übrigens«, fügt er dann noch etwas entspannter hinzu, »ich habe ein paar meiner eigenen Freunde eingeladen. Wenn du uns an einem Freitagabend schon ans Haus fesselst, will ich zumindest nette Gesellschaft haben.«

Die Worte treffen mich mit so einer Wucht, dass sich mir der Magen umdreht. »Sarah und Claudia?«, frage ich mit plötzlich kaum hörbarer Stimme. Mein Blick wandert zu Thane, ohne dass ich es wollte.

»Jap, und noch ein paar andere«, antwortet Cameron, doch ich schenke ihm keinerlei Beachtung mehr.

Die Hände in die Hosentaschen gesteckt, starrt mich Thane schweigend an. Ich kann absolut gar nichts in seinem Blick lesen, doch ich spüre, wie gerade einem Dutzend Schmetterlingen in meinem Bauch das Herz bricht. Ihr fröhlicher Tanz endet abrupt, weil sie alle sterben.

Heiße Tränen brennen hinter meinen Augen. Was zum Teufel dachte ich denn, dass passieren würde? Ich hätte mich von ihm oben nicht so derart in die Irre führen lassen sollen.

*Atme, Sandy. Atme einfach weiter und geh.* Denn das ist nicht der richtige Moment, um zu zerbrechen.

Mit erhobenem Haupt und durchgestrecktem Rücken kämpfe ich darum, die Kontrolle über meine Gefühle wiederzuerlangen und blinzle die Tränen weg. »Schön«, schnappe ich sie beide an, doch das wahre Gift meiner Stimme richtet sich an Thane. »Dann hoffe ich, ihr genießt die Party.«

Mit diesen letzten Worten schiebe ich mich an ihnen vorbei und stapfe hinaus in den Garten. Dachte ich wirklich, mein erster Kuss könnte mit Thane passieren? Da hatte ich wohl eine Schraube locker.

In diesem Haus befinden sich heute Nacht jede Menge anderer Jungs. In zwei Tagen ist er nichts weiter, als das Echo einer schwindenden Erinnerung und ich werde von jemand anderem geküsst worden sein. Also zur Hölle mit Thane Griffyn. Und zur Hölle mit den Schmetterlingen.

Lasst das *First Kiss Project* beginnen.

# Kapitel 11

## MURPHYS GESETZ

Es stellt sich heraus, dass mein Bruder mit ,*ein paar seiner Freunde*' in Wirklichkeit zwei Dutzend davon meinte. Vor dem Haus parken Autos, in deren Kofferräumen sich Bier und andere Getränke stapeln. Und zwei Jungs, die mir noch von Cams Highschool-Zeit bekannt vorkommen, tragen einen Bier-Pong-Tisch in unseren Garten. Bald schon platzt das Haus aus allen Nähten und die Leute hier betrinken sich schneller, als jemand »Ausweis, bitte!« sagen kann.

Oh, dafür wird er mir morgen aber sowas von helfen, wenn es ums Aufräumen geht!

Irgendwo in diesem ganzen Chaos muss auch Adrian stecken, doch ich laufe alle paar Schritte in Leute, die mich von der Suche abhalten. Ginas offensichtliche Enttäuschung, als sie mein verändertes Outfit, den Pferdeschwanz und das nicht mehr vorhandene Makeup entdeckt, schmerzt für einen Moment, doch als sie hört, wie die Jungs vorhin reagiert haben, kugelt sie sich vor Lachen. »Adrian ist übrigens im Wohnzimmer«, verrät sie mir noch, als wir draußen auf der Terrasse schließlich in unterschiedliche Richtungen weiterziehen. »Er hat dich vorhin gesucht.«

Endlich finde ich meinen Freund bei der Soundanlage, wo er auf seinem Laptop gerade eine coole Playlist für die kommenden zwei Stunden zusammenstellt. Er strahlt sobald er mich sieht und drückt Enter, um die neue Musikauswahl zu starten. »Alter Schwede, Sands! Diese Party ist etwas größer, als wir sie geplant haben.«

Das ist sie. Und ich weiß bis jetzt noch nicht, ob ich mich darüber freuen soll. »Ich kenne kaum die Hälfte dieser Gesichter.«

»Genau darum geht's doch auf Collegepartys: neue Leute kennenlernen.« Er legt mir die Hände auf die

Schultern. »Und wenn du mich fragst, hat Cam dir damit einen großen Gefallen getan. Schau dich nur um. Hier findest du bestimmt einige gutaussehende Burschen, die einen ersten Kuss wert wären, meinst du nicht?«

Von Adrians Enthusiasmus motiviert, lasse ich den Blick durchs Zimmer schweifen. Leider bleibt er ziemlich schnell an Thane hängen, der sich in der Nähe des Fensters mit ein paar jungen Leuten unterhält. Er hält eine Fantadose in einer Hand und hat die andere in die Hosentasche gesteckt. Claudia steht auch bei ihnen — in ein schwarzes Minikleid gequetscht, das wenig Spielraum für die eigene Fantasie lässt. Warum hat denn heute niemand *ihr* Outfit zensiert?

Für die Weiten des Wohnzimmers, die ihr offen stehen, drängt sie sich viel zu nahe an Thane. Und an dem Glitzern in ihren Augen lässt sich leicht erkennen, dass sie genau das von ihm will, was ich mir vor kurzem auch noch gewünscht habe. So entspannt und lässig, wie er sich aber gibt und sich dabei mit *allen* von ihnen unterhält, wirkt das nicht unbedingt wie die Einladung, auf die sie hofft. Und trotzdem wischt er ihre Hand nicht von seinem Arm, als sie ihn viel zu oft berührt und permanent über etwas kichert, das er erzählt.

Als könnte Thane spüren, dass ich ihn schon einige

Sekunden lang anstarre, bewegt sich sein Kopf ganz leicht und unsere Blicke verschlingen sich im nächsten Moment auf ungewöhnlich intensive Weise ineinander. Plötzlich verschwimmt die ganze Party rund um uns herum. Keine Musik, keine Menschen, nur er und ich. Ich hasse, wie er das nur mit einem einzigen Blick zu mir anstellen kann. Aber mehr noch hasse ich, dass sich in dieser Sekunde meine Brust zuschnürt.

»Außer, du hast deine Wahl bereits getroffen ...?«, dringt Adrians provokante Stimme in meine stille Welt, nachdem er offenbar mitbekommen hat, wo meine Aufmerksamkeit hängengeblieben ist.

Ich blinzle mich selbst aus dem Bann von Thanes Augen frei und wende mich wieder meinem Freund zu. »Ja, ich habe mich entschieden«, teile ich ihm entschlossen mit. »Thane Griffyn ist der letzte Kerl auf Erden, den ich küssen würde.«

Mit unübersichtlicher Enttäuschung sacken Adrians Schultern ab. »Immer noch das *Freund-deines-Bruders* Ding?«

Das *Bruder* Ding. Das *Claudia* Ding. Das *er-hat-nur-so-getan-als-ob* Ding. »Es existiert eine ganze Liste an Gründen, warum ich Thane nicht näherkommen möchte. Such dir einen aus.«

Adrian fokussiert sich noch einmal auf die Gruppe

beim Fenster. Sein argwöhnisches Stirnrunzeln gefällt mir dabei überhaupt nicht. »Könnte es sein, dass du eifersüchtig bist, Sandy?«

Und das ist ganz genau *die* Schlussfolgerung, die er nicht ziehen sollte. »Sicher nicht!« Augenverdrehend schnappe ich ihn am Ärmel und ziehe ihn hinter mir aus dem Wohnzimmer. »Ich brauch was zu trinken.«

Adrian lacht mich nur aus, doch nach ein paar Schritten pellt er meine Finger von seinem Shirt. »Hol du dir was zu trinken, Sonnenschein. Ich muss die Playlist noch fertigstellen. Wir sehen uns dann nachher.«

Na schön.

Ich stapfe in die Küche, schaffe es aber kaum, mir eine Cola von der Theke zu holen, ehe zwei Klassenkameradinnen ihre Arme durch meine haken und mich mit nach draußen ziehen. »Du musst unbedingt eine Runde Bier-Pong mit uns spielen!«, fleht mich Mira Townsend an und steckt mich bereits in ein Team mit einem Typen, der aussieht, als würde er aufs College gehen. Sicher ein weiterer Freund von Cam.

Mit so vielen Gesichtern um mich herum, fühle ich mich tatsächlich bald wie ein Fremder in meinem eigenen Zuhause.

Der Typ mit dem kurzen, blonden Pferdeschwanz

streckt mir seine Hand entgegen. »Hi, mein Name ist Rusty.« Er trägt einen coolen Undercut und seine grünen Augen funkeln im Licht der Lampions.

Wir schütteln uns zwar die Hände, doch dabei lächle ich verlegen und stelle gleich mal meinen Anfängerstatus klar, was dieses Spiel angeht. »Ich bin Sandy und mit Sicherheit der schlimmste Bier-Pong-Partner, den du dir wünschen kannst. Denn erstens habe ich das noch nie gespielt und zweitens ...«, ich verziehe das Gesicht, »hat mir mein Bruder heute ein strenges Alkoholverbot auferlegt, damit ich überhaupt ein paar Leute in mein Haus einladen durfte.«

Bei diesen Worten blitzt etwas in den Augen des sportlichen Typens auf. »Du bist Cam Cardingtons kleine Schwester, nicht wahr?« Als ich nicke, fügt er hinzu: »Ich habe gehört, das hier ist eigentlich *deine* Party. Geburtstag?«

»Jap. Morgen.« Während wir uns immer noch unterhalten, fängt das andere Team bereits zu spielen an und versenkt den kleinen weißen Ball in einem unserer Becher. Ich spüre Schwierigkeiten aufkommen ... Unbehaglich starre ich auf den Drink, der sehr nach Vodka mit Orangensaft aussieht.

»Keine Sorge«, reagiert Rusty auf mein Zögern und nimmt den Becher vom Tisch. »Dann trinke ich eben für uns beide.« Er kippt den Vodka in einem Zug nach hinten und reicht mir anschließend den Ball, um den ersten Treffer für unser Team zu landen. Wie sich aber leider herausstellt, habe ich die Zielgenauigkeit einer Taube, die im Flug kackt.

Zum Glück weiß aber Rusty, wie man einen Pingpongball versenkt, und so liegen wir bald drei Becher vor dem gegnerischen Team. Wir klatschen ab und ich muss dabei feststellen, was er eigentlich für ein niedliches Lächeln hat. Es bleibt auf seinen Lippen präsent. Vielleicht war das Spiel ja doch gar keine so schlechte Idee.

Ich bin wieder an der Reihe. Mit der Motivation, im Siegerteam zu sein, fokussiere ich einen der roten Plastikbecher am anderen Ende des Tisches und bereite mich auf den nächsten Wurf vor. Doch im nächsten Augenblick schleudert mich eine dunkle Stimme total aus meiner Welt.

»Hey, Russel. Versuchst du, die Gastgeberin ins Bierkoma zu versetzen?«

Gottverdammt, er musste unbedingt hier auftauchen, oder? Und auch noch ausgerechnet dann, wenn ich endlich meinen Frieden damit gemacht habe, jemand anderen für meinen ersten Kuss zu finden.

Den Ball fest in meiner Faust verschlungen, drehe ich

mich um. Obwohl Thanes Worte sicherlich als Scherz gemeint waren, ist in seinen Augen kein Funken Humor zu erkennen.

Rusty scheint vollkommen unbeirrt von der plötzlichen Kälte zu sein, die sich über diesen Teil des Gartens gelegt hat. »Keine Angst, Griffyn. Ich verspreche, die hübsche Kleine hier bleibt nüchtern und ihr passiert nichts in meiner Gegenwart.« Er schenkt mir ein schiefes Grinsen und zieht mich mit einem Arm um meine Schultern an seine Seite. Ohne dass es jemand sehen kann, zwinkert er mir zu, und seine Stimme wird etwas leiser. »Wir sind ein großartiges Team.«

Ich mag das Gefühl, das er in mir hervorruft, weil ich mir nämlich sehr gut vorstellen kann, dass Rusty mich vielleicht am Ende der Nacht sogar küssen würde.

»Gut zu wissen.« Wieder klingen Thanes Worte freundlich, doch die Atmosphäre um uns herum gleicht inzwischen der Antarktis. »Wie geht's übrigens deiner Freundin? Ist sie heute auch hier?«

Und das ist der Moment, als mir alles Blut aus dem Gesicht weicht. Mit weiten Augen starre ich zu Thane. Was hat er gerade gesagt?

Rustys Arm rutscht langsam von meinen Schultern und er reibt sich verlegen den Nacken. »Nein. Tamara ist zur Junggesellinnenfeier ihrer besten Freundin nach Ohio geflogen.«

»Ah. Klingt nach Spaß. Grüße sie von mir, wenn sie wieder heimkommt, okay?« Es scheint, als wäre Thane gar nicht an einer weiteren Antwort von Rusty interessiert. Sein flacher Blick schwenkt zu mir und er zieht nur einmal kurz die Augenbrauen hoch, ehe er verschwindet.

Warum zum Teufel hat er das getan? Natürlich wäre es mir lieber, von einem Kerl geküsst zu werden, der mich nicht als Seitensprung für seine Freundin benutzt ... *Aber trotzdem!* Das ist nicht sein Problem.

Das schöne Gefühl hat sich inzwischen komplett aus meinem Bauch verzogen, als ich mich wieder dem Tisch zuwende. Ich bin immer noch am Zug und lande diesmal sogar einen Treffer, doch das restliche Spiel fühlt sich seltsam an. Rusty und ich klatschen nach den Treffern nicht mehr ab, nicht einmal, als wir gewinnen. Und das Einzige, was er nach Thanes Abgang noch zu mir sagt, ist: »Gutes Spiel, Sandy.«

Wir machen Platz für neue Spieler und ich nutze die Gelegenheit, um noch kurz mit Mira und meinen Freundinnen zu plaudern, ehe ich mich wieder auf die Suche nach Adrian mache. Ist schon irgendwie seltsam, heute Abend so wenig Zeit mit ihm zu verbringen, wo wir die Party doch wochenlang gemeinsam geplant haben. Ich könnte hier wirklich etwas Unterstützung von meinem besten Freund gebrauchen, um meinen nächsten Anlauf zu starten, einen Froschkönig für den ersten Kuss zu finden.

Oder bin in Wahrheit vielleicht sogar ich der Frosch in dieser Metapher? Mit einem Stirnrunzeln schüttle ich diese Vorstellung ab, weil sie mich langsam kirre macht, je länger ich darüber nachdenke.

In der Nähe des großen Baumes in unserem Garten, abseits des Partygetümmels, zieht ein grelloranges Hemd schließlich meine Aufmerksamkeit auf sich und ich eile rüber zu Adrian. Nach ein paar Schritten bleibe ich jedoch wie angewurzelt stehen, denn auf den ersten Blick ist mir der Kerl in dem weißen Shirt gar nicht aufgefallen, der dort im Schatten bei ihm steht.

Thane und Adrian dürften gerade eine private Unterhaltung führen, die meinem Freund anscheinend etwas unangenehm ist, wenn seine angespannte Haltung und der kritische Ausdruck in seinem Gesicht irgendein Anhaltspunkt sind. Die Musik ist hier hinten zwar nicht so laut wie drinnen, aber mit den vereinzelt platzierten Lautsprechern überall ist es unmöglich für mich, zu verstehen, worüber die beiden reden.

Sobald sich Adrians Züge etwas entspannen, bin ich

mir sicher, dass Thane gerade bekommen hat, was auch immer er von ihm wollte. Was das ist, werde ich aber erst später herausfinden, denn ich gehe jetzt ganz sicher nicht zu den beiden rüber.

Stattdessen kehre ich ins Haus zurück und nehme mir von einem der Teller ein Minisandwich, das ich verdrücke, während mir Paula Morrison von ihrer kürzlich notwendigen Blinddarmoperation erzählt. Sie hat dadurch die letzten zwei Schulwochen verpasst und so, wie sie mir die dramatischen Ereignisse mit der Rettung und der Not-OP schildert, erschaudere ich und mir vergeht der Appetit.

Wir stehen an der Wand im Wohnzimmer, das Adrian und ich am Nachmittag freigeräumt haben, um ein bisschen Platz zum Tanzen zu schaffen, und beobachten die paar Leute, die sich im Halbdunkeln zur Musik räkeln. Gerade beginnt ein etwas langsamerer Song, als Abschlussklässler Max Fergusson wie aus dem Nichts auftaucht, meine Hand nimmt und mich auf die Tanzfläche zerrt. Zu Tode erschrocken stolpere ich gegen seine Brust, wo er mich für die nächsten drei Minuten mit seinen starken Armen gefangen hält.

»Na, du?«, säuselt er und stößt mir dabei seinen Bieratem ins Gesicht. Ein anzügliches Grinsen sitzt ihm auf den Lippen, als er seine verschwitzte Stirn an meine lehnt. »Gina meinte, du suchst heute Nacht jemanden zum Knutschen.«

Vor lauter Entsetzen stellen sich meine Nackenhärchen auf. Schon klar, ich habe den schwarzhaarigen Mädchenschwarm selbst eingeladen — hauptsächlich deswegen, weil er viele Freunde mitbringen würde — aber inzwischen muss ich mich fragen, ob ich dabei noch alle Tassen im Schrank hatte. Nicht einmal als Champion unseres Eishockeyteams und vermutlich begehrtester Junge an unserer Schule hat Max es jemals auf meine Liste der ‚kusstauglichen Jungs‘ geschafft. Dennoch war mir klar, dass sich der Herzensbrecher sofort freiwillig melden würde, wenn er von meinem Problem erfährt.

»Ähm ...« Wie sagt man jemandem freundlich, dass man seine Zunge nicht im eigenen Hals stecken haben will?

Je näher er rückt, umso weiter lehne ich mich nach hinten von ihm weg. Sein erdbeerrotes T-Shirt ist triefnass und stinkt, als hätte er zwei Drittel der Getränke, die er sich bisher einverleibt hat, wieder ausgeschwitzt — hauptsächlich Bier. Wääh. *Kann mich bitte jemand retten!*

Meine Reflexe treten in Aktion, als die letzte Person, an die ich mich wenden würde, den Raum durchquert und in die Küche marschiert. Sofort setze ich ein falsches Lächeln auf. »Ah, dort drüben ist Cameron«, rufe ich laut genug, dass Max mich in seinem betrunkenen Zustand wahrnimmt. »Hör zu, ich muss gerade *gaaanz* dringend mit ihm reden. Das ist echt wichtig.« Natürlich ist das kompletter Bullshit, aber wozu hat man schon einen Bruder, wenn nicht, um ihn als Ausrede in einer so misslichen Lage zu benutzen?

Ich kämpfe mich aus Max' Armen wie aus einem viel zu engen Overall und sause ohne ein *Tschüss* davon. Erst außerhalb seiner Sichtweite wage ich es, mich an die Wand in der Küche zu lehnen und wieder zu Atem zu kommen. Puuh, das war knapp.

Hier drüben ist es etwas heller, da wir hier die ganzen Snacks aufgelegt haben und die Leute ja sehen sollen, was sie essen, darum zoomt mein Blick auch mühelos auf Cam und Thane, die an der Kaffeemaschine stehen, sobald ich mich von der furchtbaren Situation erholt habe. Innerhalb einer Millisekunde steigt in mir die Rage von vorhin wieder hoch, als Thane mein Spiel mit Rusty unterbrochen hat — und nein, es macht dabei keinen Unterschied, dass Rusty in Wahrheit ein Vollpfosten ist, der vermutlich seine Freundin betrügen würde. Thane und ich haben noch eine Rechnung offen.

Gerade sind nicht überwältigend viele Leute in der Küche, was mir ausnahmsweise einmal das Gefühl gibt, als würde ich wirklich hier wohnen. Es ist genau diese Vertrautheit, die mich an die Kochinsel stapfen lässt, wo ich meine Hände auf die Granitoberfläche stemme und Thane, der mir den Rücken zugewandt hat, anschnauze: »Denkst du wirklich, du hättest mir vorhin einen Gefallen getan?«

Cameron ist der Erste, der sich zu mir umdreht, die Augen verwundert aufgerissen, da er offenbar keine Ahnung hat, auf wen von ihnen beiden ich gerade so eine Wut habe. Mein Blick auf Thanes Hinterkopf fixiert, sollte ihm allerdings den nötigen Hinweis liefern.

Und dann antwortet Thane auch noch mit all der Ruhe eines Yogalehrers, der sich gerade aus einer entspannten Pose aufrichtet: »Ja, das denke ich.« Die Ratte schüttet sich erst noch Milch in den Kaffee, bevor ich ihm schließlich die Mühe wert bin, sich in meine Richtung zu drehen.

»Was geht denn hier ab?«, will mein Bruder wissen, der immer noch völlig ahnungslos danebensteht.

Ich weigere mich, ihm die Geschichte zu erzählen, doch Thane, der inzwischen gemächlich sein Heißgetränk mit einem Löffel und gesenktem Blick umrührt, informiert ihn beiläufig: »Russel Hollister hat sich an sie rangemacht und ich habe ihn nach seiner Freundin gefragt.«

Mehr braucht Cameron offenbar nicht zu wissen, um in einen mit Tränen einhergehenden Lachanfall zu explodieren. Er klopft Thane dabei auf die Schulter. »Aus dem Dilemma kann ich dir leider nicht helfen, Kumpel.«

Sobald Thane nun doch endlich den Kopf hebt, gehen sein erster Blick und das trockene Lächeln an meinen Bruder, als wäre das ein Witz für Insider — keine Ahnung, worüber. Herrgott nochmal! Könnte mich der fiese Arsch wenigstens ansehen?

Cameron verdampft aus der Küche, doch ich bin nicht gewillt, das Thema dadurch einfach unter den Tisch fallen zu lassen. Thane schuldet mir eine Erklärung. Oder zumindest eine Entschuldigung.

»Warum. *Zum Teufel.* Mischst du dich den ganzen Abend in meine Entscheidungen ein?« Meine Stimme trägt ein Gift in sich, welches daher rührt, dass er mich erst genötigt hat, etwas *Unauffälligeres* anzuziehen, und sich dann trotz allem dafür entschieden hat, lieber mit einer Sexbombe abzuhängen als mit mir. Und außerdem, weil er Rusty für mich ruiniert hat.

Es dauert noch eine weitere nervige Sekunde, bis sein Blick endlich auf meinen prallt. Und dann bleibt mir kurz das Herz stehen. Heilige Scheiße, auf diese Wucht war ich nicht vorbereitet.

»Weil du ohne Ende dumme Entscheidungen triffst«, antwortet er auf so ruhige und sanfte Weise, dass mich seine Stimme mit Sicherheit noch für den Rest der Nacht verfolgen wird. Mit beiden Händen hebt er den Kaffee an seine Lippen, doch seine Augen lassen mich selbst über den Rand des Bechers hinweg nicht los.

*Gott, gib mir Geduld mit diesem Mann!* »Ich habe dich nicht darum gebeten, mein Ritter in schillernder Rüstung zu sein«, knurre ich. Ich bin alt genug, um meine eigenen Entschlüsse zu fassen, gute wie schlechte. Das geht ihn absolut nichts an.

Thane senkt den Blick wieder auf die Theke. »Das brauchst du auch nicht.«

Ernsthaft? »*Argh!*« Was für ein Sturkopf! Zähneknirschend drücke ich mich von der Kochinsel weg und stürme aus der Küche, weil jedes weitere Wort sowieso nur Zeitverschwendung wäre.

Von einem der Bistrotische auf der Terrasse greife ich mir eine kleine Flasche mit Mineralwasser, um meinen Ärger herunter zu kühlen. Wäre doch schade, wenn ich zulassen würde, dass Thane meine Chancen auf einen ersten Kuss noch vor Mitternacht ruiniert, was in — ich schiele kurz auf das Handy, dass ein Mädchen neben mir aus der Tasche gezogen hat — genau einer Stunde und fünfunddreißig Minuten ist.

Die frische Abendluft fühlt sich angenehm auf meiner erhitzten Haut an. Doch sie macht mir außerdem bewusst, wie erschöpft ich wirklich nach all den Dingen bin, die in den vergangenen zwei Stunden schiefgingen. Mein trockener Hals schreit nach Wasser. Wenn ich doch nur diesen blöden Schraubverschluss aufbekommen würde! Meine Hände zittern nach der Konfrontation mit Thane immer noch und ich bringe einfach nicht die nötige Kraft auf. Herr im Himmel! Muss ich wirklich auf meiner eigenen Party verdursten?

»Hey ...«, ertönt eine einfühlsame Stimme vor mir und lässt meinen verbissenen Blick von der Flasche der Verdammnis hochzucken. »Ist alles in Ordnung?«

Es war wohl mein verzweifelter Anblick des Jammers, der Jamie Randell zu meiner Hilfe eilen ließ. Er ist einer der bodenständigen Jungs aus meiner Klasse, gutaussehend und immer hilfsbereit. Er und Adrian wurden über die letzten zwei Jahre richtig dicke miteinander, seitdem sie angefangen haben, gemeinsam mountainbiken zu gehen, deshalb wurde es auch zu einer unausgesprochenen Regel, dass wir in der Schule immer zusammen am selben Mittagstisch sitzen. Vom ersten Tag an, als wir in dieselbe Klasse gesteckt wurden, hat mich Jamie an einen Charakter aus meiner animierten Lieblingsserie *Miraculous* erinnert. Wenn seine Haare jetzt auch noch blau und nicht hellbraun wären, könnte er als perfektes Double durchgehen. Zumindest trägt er heute ein kornblumenblaues T-Shirt, was die Sache mit den Haaren fast wieder aufwiegt.

Ich weiß, dass ich Jamie so ziemlich alles sagen kann, ohne dafür von ihm ausgelacht oder verurteilt zu werden, deshalb ziehe ich eine Grimasse und wimmere: »Nein ... nicht wirklich. Meine Füße tun weh. Ich hatte gerade eine hässliche Debatte mit einem Freund meines Bruders. Und ich bin anscheinend zu tollpatschig, um diese blöde Flasche aufzukriegen.«

Mit einem Schmunzeln nimmt mir Jamie die Flasche aus den Händen. »Bei allem Anderen kann ich zwar leider nicht behilflich sein, aber ...« Es bedarf nur einer kleine Drehung seiner Hand und der Verschluss ist offen. Er reicht mir das Wasser zurück. »Bitte schön.«

Erst nehme ich einen großen Schluck, dann strahle ich ihn dankbar an. »Du wurdest gerade meine Lieblingsperson auf dieser Party.«

»Wow. Du setzt die Messlatte ja nicht gerade hoch, wie?« Sein Necken löst augenblicklich meine angespannte Stimmung. »Willst du mir verraten, worum es in der hässlichen Debatte ging?«

Es kommt mir in Ordnung vor, Jamie zumindest einen Teil der Wahrheit zu erzählen. »Dieser Kerl denkt ernsthaft, er kann mir vorschreiben, wen ich küssen darf und wen nicht.«

»Ah ... die Sache mit dem ersten Kuss«, erwidert er darauf und verblüfft mich total.

»Woher weißt du —?«

Es gibt nur eine Person, die ihm davon erzählt haben könnte, und inzwischen bedaure ich fast, dass ich unserer gemeinsamen Freundin mein Geheimnis verraten habe.

»Gina«, platzen wir beide mit dem Offensichtlichen heraus und fangen an zu lachen.

»Dann hattest du bisher noch kein Glück damit?«, möchte Jamie wissen und weil ich den Kopf schüttle, fügt er hinzu: »Das ist schade.« In der nächsten Sekunde wandeln sich seine mitleidigen Züge zu einem frechen Grinsen. »Aber wenn du meine Hilfe noch bei etwas anderem benötigst, als nur beim Öffnen einer Flasche ...« Den Rest lässt er dahingestellt und zwinkert stattdessen.

Ein Kichern entweicht mir. »Ja, genau.« Sein Angebot war derart offensichtlich und total untypisch für Jamie, dass es sich dabei nur um einen Scherz handeln kann. Richtig? Doch plötzlich bin ich mir da gar nicht mehr so sicher. Verdammt! Es *muss* ein Witz gewesen sein. Jamie würde niemals —

In diesem Moment schleudert ihn ein Erdbeben vorwärts. Das kalte Wasser aus der Flasche tränkt mein Stricktop, als er in mich reinkracht.

*Herrgott, nein!*

Jamie reagiert blitzschnell und stützt mich an den Ellbogen, sodass ich nicht auf dem Hintern lande, dann glotzen wir beide auf meinen Busen, der unter Wasser steht. Jetzt mal ehrlich, hat heute Morgen eine schwarze Katze meinen Weg gekreuzt?

Adrian schiebt sich in der nächsten Sekunde zwischen uns und entschuldigt sich in einem schier endlosen Wortschwall für das Missgeschick. Dann war er also für das Erdbeben verantwortlich. Fantastisch.

»Es tut mir echt leid, Leute! Hast du dir wehgetan, Sandy? Oh ... sieh dir deine Brust an. Ganz nass. War ich das?«, plappert er, ohne auch nur ein einziges Mal dazwischen Luft zu holen. Als er dann auch noch seinen Arm um meine Schultern legt und mich fest an seine Seite zieht, funkle ich ihn mit schmalen Augen an. Was zum Geier geht hier vor?

»Aber, hey, gut dass ich euch beide hier gefunden habe«, quasselt Adrian in einer Geschwindigkeit weiter, die Lewis Hamilton stolz gemacht hätte. »Jamie,

Radfahren war genial diese Woche. Wir müssen unbedingt mit Gina reden und das wiederholen. Geile Rennstrecke!« Er beginnt, mich mit einer Vehemenz nach hinten zu ziehen, der ich nichts entgegenbringen kann. Ist er jetzt vollkommen durchgeknallt? Jamie und ich starren ihn komplett fassungslos an, doch Adrian ist nicht aufzuhalten. »Ich ruf dich demnächst an, James. Bald. Morgen. Wir sehen uns!«

Da es keine Möglichkeit mehr gibt, die Situation noch zu retten, lasse ich mich von Adrian ins Haus zurückführen. »Hat dich jemand gezwungen, Red Bull zu trinken?«, platzt es schließlich aus mir heraus und ich starre meinen ausgeflippten Freund an. Das ist die einzig logische Erklärung, die mir für sein Duracell-Hasen-Verhalten in den Sinn kommt, denn auf diesen speziellen Energydrink hat er noch nie sonderlich gut reagiert.

»Nein. Aber ich muss mit dir reden.« Und einfach so ist seine Stimme wieder ganz normal, als wäre gerade überhaupt nichts Schräges vorgefallen. Der Bursche ist wie ausgewechselt. Nur sein Arm bleibt um meine Schultern geschlungen und hält mich unerbittlich an seine Seite getackert.

Jetzt mache ich mir wirklich Sorgen. »Ist alles in Ordnung?«

»Nein. Ja ...« Er zieht ein verlegenes Gesicht und reibt sich den Nacken. »Irgendwie.«

So seltsam, wie er sich gerade benimmt, kommt mir der Gedanke, es könnte etwas mit der Unterhaltung zu tun haben, die er und Thane vorhin geführt haben.

Adrian lenkt mich durch die Küche und das Esszimmer ins weniger beleuchtete Wohnzimmer. »Hör zu, es gibt da etwas —«

Als er mitten im Satz abbricht, blicke ich hoch und stelle fest, dass wir auf Thane und meinen Bruder getroffen sind. Ein übles Gefühl, dass ich mit meiner Annahme richtig liegen könnte, macht sich in meinem Magen breit. Oder vielleicht ist es auch nur etwas so immens Persönliches, dass Adrian vor niemand Anderem darüber reden will.

Grinsend lässt Cameron seinen Blick einmal an uns beiden gemeinsam nach unten und wieder hinauf wandern. »Hast du jetzt endlich die verrückte Vorstellung, mit einem Fremden zu knutschen, aufgegeben und bleibst doch bei Adrian?«, spottet er.

Sofort verkrampft sich mein bester Freund neben mir und lässt langsam seinen Arm von meinen Schultern rutschen. Eigentlich sollten wir das nicht, aber natürlich gehen wir nach dem unqualifizierten Kommentar meines Bruders einen Schritt auseinander.

»Ganz sicher nicht«, maule ich als Antwort.

Allerdings ist es der angespannte Blick zwischen Adrian und Thane, der mich im Moment wirklich verwirrt. Keine Ahnung, was da gerade für ein absurder Datenstrom hin- und herläuft, aber mir ist klar, dass ich nichts herausfinden werde, solange wir vier hier beisammenstehen.

Ich brauche Zeit allein mit Adrian. Was auch immer er mir gerade noch erzählen wollte, schien enorm wichtig zu sein. Hoffentlich geht es dabei nicht um schlimme Nachrichten von seiner Familie. Er musste in diesem Jahr schon mit genug Bullshit zurechtkommen.

Wir bekommen aber keine Gelegenheit, um uns von den anderen wegzustehlen, weil Gina gerade freudestrahlend zu uns herüberkommt. Aufgrund der lachenden Leute, die sich gerade um die Couch versammeln, weiß ich genau, was sie will, noch bevor sie überhaupt ein Wort sagt.

»Los, kommt mit!«, quietscht sie und schnappt Adrian und mich bereits an den Armen. »Ihr müsst *Sieben Minuten im Himmel* mit uns spielen!«

Ein ziemlich hilfloses Lachen platzt aus mir heraus. Auf gar keinen Fall! Gekonnt entwinde ich mich ihren Fingern und teile ihr mit: »Sorry, Gina, heute nicht.«

»Warum nicht?«, fordert sie und verzieht enttäuscht

das Gesicht. »Gerade *du* solltest heute dabei sein.«

Mir ist klar, warum sie das denkt. Das wissen wir alle. Aber das ist einfach nicht der richtige Weg. »Falls ich heute Nacht geküsst werde, dann soll es, wenn möglich, mit einem Jungen sein, den ich leiden kann. Aber vor allem sollte dieser Junge mich auch wirklich küssen *wollen*, und es nicht nur tun, weil es ihm von einer Flasche befohlen wird.«

Darüber schmunzelt Thane und sieht ausnahmsweise wieder richtig süß dabei aus. Es nervt, dass mir das auffällt.

Zum Glück versteht Gina meinen Standpunkt und hört auf, weiter zu betteln. Stattdessen schnappt sie sich eine Faustvoll von Camerons Shirt. »Na schön, dann musst *du* eben mitspielen.« Sie schleift ihn und auch Adrian mit sich, der von der Sache nicht besonders begeistert wirkt, doch er hat seine Chance auf Flucht vertan.

Mit einem letzten vielsagenden Blick über ihre Schulter ruft Gina Thane zu: »Du solltest auch mitmachen! Du bist hübsch genug, um haufenweise Mädchen anzulocken.« Sie ist immer auf der Jagd nach mehr Mitspielern für dieses furchtbare Theater.

Lachend wehrt Thane mit erhobenen Händen ab. »Keine Chance!«

Ich frage mich, warum er nicht mitspielen will, vor allem weil wir beide gerade beobachten, dass sich auch Claudia zu den anderen setzt. Mit schmalen Augen drehe ich mich wieder zu Thane, doch sein freundlicher Blick gibt nicht das Geringste preis.

»Solltest du nicht rübergehen und versuchen, Claudia davon abzuhalten, jemand anderen zu küssen?«, murre ich trotzig.

Er spiegelt mein Stirnrunzeln. »Ich denke nicht, nein.«

Ja, was auch immer. Die Uhr tickt und ich habe keine Zeit, mich mit seinen Problemen zu beschäftigen, deshalb wirble ich herum und stapfe in die Küche.

»Sandy ...«, folgt mir Thanes ruhige Stimme, aber ich ziehe es vor, ihn für den Moment zu ignorieren. Seine nächsten Worte kommen von sehr viel näher und auch etwas eindringlicher. »Sandy, könntest du *bitte* mal stehenbleiben?«

»Nein«, fahre ich ihn an, weil ich mich um ein Projekt kümmern muss. Und ich lasse nicht zu, dass er mir dabei noch einmal in die Quere kommt.

Mein nächster Schritt fühlt sich jedoch an, als wäre der Küchenboden wie ein See zugefroren, und mir rutscht der Fuß unter meinem Körper weg, total außer Kontrolle. Jemand hat hier einen Jello-Shot fallen lassen und fand es offensichtlich nicht der Mühe wert, die Schweinerei aufzuwischen.

Es gibt da diesen einen furchtbaren Moment, wenn etwas Schreckliches passiert und sich all die grausamen Konsequenzen bereits im eigenen Kopf abspielen, noch während man fällt ...

*Mein Bein rutscht so schnell unter mir weg, dass ich nach hinten kippe, mit dem Kopf auf dem Boden aufschlage und mir höchstwahrscheinlich dabei den Schädel breche. Überall ist Blut. Cam bringt mich ins Krankenhaus. Mom kommt heim und findet dieses riesige Chaos in unserem Haus vor. Ich bekomme auf Lebenszeit Hausarrest. Ganz zu schweigen von der Zeit, die ich wegen der Gehirnerschütterung kotzend auf dem Klo verbringen werde. Und dazu auch noch all die vielen Nadeln, die sie mir in die Arme stechen ...*

*Und ich werde siebzehn und bin immer noch ungeküsst.*

Aber nichts davon trägt sich wirklich zu, weil mich zwei starke Hände auffangen und mich mit einer Behutsamkeit wieder auf die Beine stellen, auf die ich nicht vorbreitet war.

Thane lässt seine Hände noch so lange an meinem Körper, bis ich mich mit wild pochendem Herzen zu ihm umdrehe und ihm beweise, dass ich allein stehen kann. Endlose Sekunden lang starren wir uns gegenseitig in die Augen. Ich weiß, ich sollte ihm dankbar sein und ihm das auch sagen. Aber ich schaffe es gerade nicht, die Worte auszusprechen, da ich immer noch so fürchterlich wütend auf ihn bin und mir dieses Gefühl die Luft abschnürt.

»Hörst du mir vielleicht *jetzt* zu?«, fragt er schließlich und unterbricht die Stille, die uns eingeholt hat.

Ich schlucke laut. In Wahrheit bin ich mir nicht sicher, ob ich wirklich hören will, was er zu sagen hat, solange die Dinge so merkwürdig zwischen uns sind; angespannt und voller Wut.

»Vielleicht. Wenn du dich entschuldigt hast«, biete ich mit etwas weniger giftiger Stimme an, die aber trotz allem noch meine Kränkung durchklingen lässt. Dann stapfe ich davon und mache dabei einen sicheren Bogen um die Pfütze auf dem Fußboden.

Den Mist werde ich später beseitigen. Zuerst brauche ich Zeit, um das Chaos in meinem Inneren zu sortieren.

# Kapitel 12

## NASENBLUTEN

Nach der Konfrontation mit Thane und meiner Nahtoderfahrung laufe ich hoch ins Badezimmer und ziehe meine Sandalen aus, um die klebrigen Reste des verschütteten Jello-Shots von den Sohlen zu waschen. Barfuß gehe ich schließlich in mein Zimmer und suche mir ein neues Paar Schuhe aus dem Schrank. Das immer noch feuchte Top ist mir in dem Moment egal, es wird schon trocknen.

Ich setze mich auf die Bettkante, um mir erst noch

frische Socken anzuziehen, da erscheint eine Person in der offenen Tür. »Hi. Kann ich dir helfen?«, frage ich den Fremden.

Seine Statur eines Footballspielers füllt fast den ganzen Türrahmen aus. Das glattrasierte Gesicht gibt ihm ein jugendliches Aussehen, aber ich kann mich nicht erinnern, ihm schon irgendwann einmal in meiner Schule über den Weg gelaufen zu sein.

Der Typ nimmt das schwarze Cap ab, das er verkehrt herum auf dem Kopf trägt, und streift sich die kurzen roten Haare nach hinten, ehe er es wieder aufsetzt. »Ich suche das Badezimmer«, antwortet er mit leicht kanadischem Akzent.

Obwohl seine Worte deutlich über seine Zunge kommen, lässt der zartrote Schleier über seinen Augäpfeln vermuten, dass er schon mehr als genug Alkohol intus hat. Oder vielleicht auch etwas Anderes. Ich erinnere mich daran, dass Jonas Austin aus meiner Matheklasse ziemlich ähnlich ausgesehen hat, nachdem er und sein Bruder Gras geraucht haben.

Keine Ahnung, ob es nur an den komplett schwarzen Klamotten liegt, oder daran, wie er mich ansieht, aber irgendwas an diesem Kerl bereitet mir ein flaues Gefühl im Magen. Ich stehe auf und werfe die Socken aufs Bett. »Das Badezimmer ist den Gang runter, letzte Tür rechts.«

Er dreht den Kopf in die Richtung, die ich ihm genannt habe, und nickt. Dann kommt er in mein Zimmer und macht die Tür zu.

*Was zur Hölle!*

Ein kalter Schauer jagt über meinen Rücken und ich weiche nach hinten aus. »Hör zu, die Party findet unten statt. Würdest du bitte mein Zimmer verlassen? Das hier ist privat.«

»Privatsphäre ist genau das, was wir brauchen«, erwidert er mit einem Lächeln voll Hohn und kommt näher.

Mein Herz klopft auf einmal so schnell wie ein Maschinengewehr. Ich mag ja vielleicht nicht viel Erfahrung mit Küssen und Collegepartys haben, aber ich weiß definitiv, wann ich in Schwierigkeiten stecke. Durch den ganzen Lärm unten würde mich niemand in meinem Zimmer schreien hören, daher bleibt mir nur noch die Flucht.

Die verschlossene Tür ist wie meine Rettungsboje. Da muss ich hin. Ich starte los, doch er packt mühelos mein Handgelenk und wirbelt mich herum, sodass ich schwer atmend wieder vor ihm stehe. Die Tür befindet sich direkt hinter mir und doch ist sie in diesem Augenblick unerreichbar weit entfernt.

Panisch versuche ich, einen klaren Gedanken zu fassen, und erinnere mich endlich daran, dass ich mich doch eigentlich verteidigen kann. Ich habe als Kind Unterricht genommen!

*Wieso kommt das nicht mehr von allein, Herrgott?*

Ich musste Aikido noch nie in einer ernsten Situation anwenden und ich habe eine Scheißangst, doch mit allem, was mir an Instinkten noch geblieben ist, versuche ich, meinen Arm freizubekommen und ziehe mein Knie hoch. Nur scheint er das kommen zu sehen, als hätte er selbst sein Leben lang Kampfsport trainiert. Mit einem einfachen Schlag blockt er mein Bein. Scheiße, hat das wehgetan! Das hier kommt mir vor wie ein Kampf zwischen einem Spatz und einem Bulldozer. Das verruchte Funkeln in seinen Augen gibt mir das Gefühl, er wird auch gleich wie so eine Monstermaschine über mich rollen.

Winselnd ziehe ich noch einmal an meinem Arm, bis seine entschlossene Miene plötzlich einem Ausdruck von purem Schock weicht. Er lässt mich so unerwartet los, dass meine Faust mit voller Wucht nach hinten schnellt. Und ich treffe hart auf etwas hinter mir.

Auf ein schmerzhaftes Grunzen folgt ein todbringendes Fluchen, bei dem sich die Härchen in meinem Nacken aufstellen. Ein Teil von mir möchte bei der vertrauten Stimme erleichtert aufseufzen. Aber ein viel größerer Teil von mir macht sich in die Hose, als ich mich umdrehe und Thanes wutentbranntem Blick begegne.

»Verschwinde *verfickt noch mal* aus diesem Zimmer!«, brüllt er mit so viel Gift in der Stimme, dass er damit die gesamte Grundwasserversorgung der Stadt lahmlegen könnte.

Die Augen vor Angst und Erleichterung zugekniffen, ziehe ich den Kopf ein und mache mich auf zur Tür.

»Nicht *du*!«, knurrt er noch einmal laut genug, sodass ich zusammenzucke. Er packt meine Hand und reißt mich zurück.

Der schwarzgekleidete Fremde schiebt sich an mir vorbei und lässt die Tür hinter sich weit offen stehen. Seinem entsetzten Blick nach würde es mich nicht wundern, wenn er direkt den ganzen Weg bis nach Kanada zurücklaufen würde.

Sobald wir allein sind, schnappt mich Thane an den Schultern und dreht mich zu sich herum. Blut tropft aus seiner Nase, auf die ich ihn vorhin wohl getroffen habe, aber er schenkt dem keine Aufmerksamkeit und wischt es nicht einmal weg. »Geht's dir gut?«, schreit er mich fast an, weil er selbst noch damit kämpft, die Fassung wiederzuerlangen.

Schön, dass es nicht nur mir so geht.

Ich schlucke erst einmal, da ich bei dem Übergriff in meinem eigenen Zimmer offenbar meine Stimme verloren habe.

Thane schüttelt mich leicht und ist der Erste von uns beiden, der wieder zur Ruhe kommt. »Sandy.« Mein Name auf seinen Lippen fühlt sich gut an. Tröstend. Sicher. »Hat er dir wehgetan?«

Dieses Mal kann ich zumindest den Kopf schütteln. So, wie das ganze Blut aus meinem Gesicht entwichen ist, bin ich bestimmt bleich wie ein Gespenst. Meine Knie fangen an zu zittern und mein Atem geht immer noch viel zu schnell. Aber das spielt in diesem Augenblick alles keine Rolle ... weil er gekommen ist. Um mich zu retten.

Er ist wohl doch mein Held.

Als meine Beine schließlich unter mir nachgeben, lässt mich Thane behutsam auf den Boden nieder, sodass ich mich hinsetzen kann. Einen Moment lang bleibt er vor mir in der Hocke und sucht meinen Blick, ehe er sich auf die Bettkante zurückzieht. Ohne den Augenkontakt zu brechen, lehnt er sich nach vorn, stützt die Unterarme auf seine Knie und verschränkt die Finger.

Die Stille, die sich über den Raum legt, ist warm und

liebevoll wie eine Decke im Winter, und doch wird sie bald unerträglich für mich. Ein Blutstropfen läuft über seine Oberlippe und fällt. Wie eine kleine Sternenexplosion landet er auf dem hellen Holzboden.

»Fuck«, murmelt er, als er es sieht, und wischt sich erst mit dem Handrücken über die Nase, dann sieht er sich das Unheil an. Ich glaube, er bemerkt erst jetzt, dass er überhaupt blutet.

»Tut mir leid, dass ich dich verletzt habe«, sage ich leise, sobald ich wieder etwas ruhiger atmen kann und auch endlich meine Stimme wieder habe.

»Mach dir darüber keine Gedanken.« Prüfend streift Thane mit Daumen und Zeigefinger über seinen Nasenrücken. »Es ist nichts gebrochen.«

»Trotzdem sollten wir uns darum kümmern.« Ich fühle mich zum Glück wieder stark genug, um aufzustehen, und nehme seine Hand, ohne darüber nachzudenken. Für einen Moment hebt er den schweigsamen Blick zu mir hoch, dann steht er vom Bett auf und kommt mit mir ins Bad.

Während ich die Ecke eines Handtuchs nassmache, sinkt Thane auf die hellrosa Fliesen und lehnt sich an die Seite der Badewanne, die Beine vor sich ausgestreckt und überkreuzt. In der Hocke tupfe ich vorsichtig das Blut von seinem Gesicht und wasche das Handtuch anschließend unter dem Wasserhahn aus. Dann reiche ich ihm das nasse Tuch noch einmal, damit er es sich auf die Nase drücken kann, und setze mich inzwischen auf den flauschigen kleinen Teppich vor der Dusche.

Schwer zu sagen, wie lange wir hier sitzen und uns nur schweigend ansehen. Tausende Gedanken laufen mir durch den Kopf. Und ihm wahrscheinlich auch.

»Du hast vorhin ausgesehen, als wärst du bereit gewesen, jemanden zu töten«, gebe ich irgendwann leise von mir, um die Welt neu zu starten, die in diesem Zimmer für uns beide aufgehört hat, sich zu drehen.

Thane lässt das Handtuch in seinen Schoß fallen. »Das war ich.«

Ich zweifle keine Sekunde daran.

»Danke«, bringe ich nun doch endlich über die Lippen. »Nicht nur für die Rettung vor diesem furchtbaren Kerl, sondern auch dafür, dass du den ganzen Abend auf mich aufgepasst hast.« Selbst dann, wenn ich ihn nicht darum gebeten hatte.

»Gern geschehen«, antwortet er mit der Sanftmut und Wärme eines verletzten Kriegers.

Erneut legt sich eine Stille über uns, nur ist Thane dieses Mal der erste, der sie unterbricht. »Weißt du ...? Ich glaube, ich habe es jetzt verstanden.«

»Was denn?«, flüstere ich.

»Warum du heute Morgen so sauer auf mich warst.« Er lächelt leicht. Es ist nur ein kaum merkliches Zucken seiner Mundwinkel, aber es ist etwas, das ich und ein paar Schmetterlinge in meinem Bauch wirklich schön finden.

Keine Ahnung, was genau es ist, aber irgendetwas in seinem Blick versichert mir, dass er richtig liegt. Er hat am Ende die Verbindung erkannt. Vermutlich sollte ich deswegen durchdrehen, verlegen sein, es abstreiten, oder sonst was. Aber um ehrlich zu sein, passiert nichts von all dem. Stattdessen bringt die Wahrheit eine seltsame Art der Erleichterung mit sich. Ich kann endlich wieder frei atmen.

Da mein Schweigen seine Annahme nun auch noch bestätigt, gibt es anscheinend keinen Grund mehr, um noch weiter über diese Sache zu reden. »Du siehst müde aus«, ist alles, was er nach einer Weile zu mir sagt.

Mir entweicht ein tiefes Seufzen. »Es war eine verdammt lange Nacht.«

Und ganz plötzlich kommt in mir der Wunsch hoch, die Nacht wäre bereits vorüber. Dass jeder nach Hause gehen würde und ich niemals auch nur auf die blöde Idee gekommen wäre, diese Party zu veranstalten, um meinen ersten Kuss zu bekommen. Unterfangen wie dieses gehen doch niemals gut aus, oder?

Nach einem Blick auf seine Armbanduhr lehnt Thane sich näher und klopft mir sanft aufs Schienbein. »Du solltest langsam wieder nach unten gehen. Es ist zwanzig nach elf. Deine Gäste wollen um Mitternacht bestimmt mit dir feiern.«

Da er sich auf die Beine rappelt, stehe auch ich vom Fliesenboden auf und wir verlassen gemeinsam das Badezimmer, wobei er das schmutzige Handtuch in den Wäschekorb hinter der Tür wirft. An der Treppe biege ich nach unten und Thane nimmt den Weg geradeaus zu Camerons Zimmer. Überrascht bleibe ich auf der zweiten Stufe stehen und drehe mich mit einer Hand auf dem Geländer zu ihm um. Ausnahmsweise ist es mir in diesem Moment völlig egal, dass mein Gesicht wahrscheinlich wie ein offenes Buch ist und er meine Unsicherheit darin lesen kann. »Kommst du nicht mit?«

»Ich will mir nur etwas Sauberes anziehen. In einer Minute komme ich nach.« Er zwinkert mir zu. »Schau, dass du bis dahin nicht verloren gehst.«

Ich sollte womöglich auch noch mal in mein Zimmer laufen und mir Schuhe anziehen, da ich immer noch barfuß bin. Doch ich beschließe, dass ich genau das jetzt brauche, um mich nach dieser wirklich bizarren Nacht wieder zu erden, und gehe so, wie ich bin, die Treppe runter.

Hier unten fällt mir als Erstes auf, wie viel ruhiger es in der letzten halben Stunde im Haus geworden ist. Die Musik spielt zwar immer noch, jedoch nicht mehr in einer Lautstärke, die droht, einem das Trommelfell zu zertrümmern. Es tummeln sich plötzlich auch viel weniger Menschen hier. Tatsächliche kenne ich die meisten Leute, die mir begegnen, aus meiner eigenen Schule.

Und dann ist da noch Cameron, der im Esszimmer auf dem Fußboden kniet und die Scherben von Moms geliebtem Tee-Service aufsammelt.

Wie in einer Trance, weil sich all das hier so fremdartig anfühlt, gehe ich zu ihm rüber und sinke auf die Knie, um ihm beim Aufräumen zu helfen. »Was ist passiert?«

Cam schielt kurz zu meiner Seite. Er wirkt ebenfalls merkwürdig entspannt, doch das könnte natürlich auch nur seine eigene Art sein, wie er mit Scheißsituationen umgeht. »Zwei Vollidioten haben eine Prügelei angefangen. Ich habe sie rausgeworfen und ein paar der Gäste sind mit ihnen gegangen. Soweit ich gehört habe, sind sie jetzt auf dem Weg zu einer anderen Party.«

»Oh.«

Meine gefasste Reaktion beunruhigt meinen Bruder offenbar, denn er wirft die paar Scherben in einen

Plastiksack und sieht mich dann ernst an. »Mach dir keine Sorgen, Sandy. Was hier passiert ist, geht allein auf meine Rechnung, und ich werde Mom und Dad auch sagen, dass es meine Party war.«

Erst jetzt schaue ich mich wirklich um und bemerke, dass das Porzellan nicht das Einzige ist, was heute Nacht zerbrochen ist. Ein Sprung prangt neuerdings in der Glasplatte unseres Esstisches und jemand hat Orangensaft an die Wand gespritzt. Ganz plötzlich fühle ich mich wie Alice im Wunderland. Alles ist so unwirklich.

Kurz darauf fallen Cameron meine nackten Füße auf und wieder verändert sich seine Miene. »Du solltest lieber rausgehen. Hier liegen zu viele Splitter rum. Ich schaff das schon allein.«

Er hält mir den Plastiksack auf, damit ich die zerbrochene Teetasse in meinen Händen hineinwerfen kann, und schickt mich schließlich mit einem fürsorglichen Blick hinaus. Ich nicke und richte mich wieder auf, aber nur, weil gerade Gina und Jamie mit einem Eimer und Mopp ins Esszimmer kommen und ihm offenbar dabei helfen, das Chaos zu beseitigen. Sie versichern mir, dass ich gehen und den Rest meiner Party genießen soll.

Da ich nicht mehr wirklich in Feierlaune bin,

wandere ich durch das Haus und suche Adrian. Ich finde ihn schließlich draußen vor der Eingangstür mit hängenden Schultern auf den steinernen Stufen sitzen. Seine Aufmerksamkeit hängt irgendwo oben bei den Sternen. Ich setze mich neben ihn und lege den Kopf an seine Schulter.

»Ist alles in Ordnung?«, frage ich leise, weil ich ihn schon lange nicht mehr so nachdenklich erlebt habe.

Sein Schweigen macht mir Angst, deshalb nehme ich sanft seine Hand in meine. »Du wurdest doch nicht in die Prügelei mithineingezogen, oder? Ich hoffe, es hat dich niemand verletzt?«

Nun schüttelt mein bester Freund den Kopf.

»Was dann?« Ich hebe das Kinn ein wenig, damit ich ihm in die Augen sehen kann. »Geht es um die wichtige Sache, die du vorhin mit mir besprechen wolltest?«

Daraufhin schenkt mir Adrian ein kaum sichtbares Lächeln und es kommt mir so vor, als hätte ich ihn mit dieser Frage von den Sternen zurückgeholt. »Thane hat mich gebeten, dich — *in Gottes Namen!* — davon abzuhalten, andere Jungs zu küssen.« Seine Finger schließen sich etwas fester um meine. »Ich dachte nur, du solltest das wissen.«

Sprachlos starre ich ihn eine gefühlte Ewigkeit lang an. Natürlich kann das eine Menge Dinge bedeuten, aber so, wie Adrian es betont hat, als wäre es Thane wirklich wichtig gewesen, schlägt mein Herz einen kleinen Purzelbaum in meiner Brust.

»Wenn du mich fragst«, fügt er noch hinzu, »wirkte er außerdem ziemlich geknickt, weil du so böse auf ihn warst.«

»Wir haben das inzwischen geklärt«, versichere ich ihm.

»Gut.« Adrian schubst mich ganz leicht mit seiner Schulter an. »Er ist wirklich ein netter Kerl, Sandy. Und du bist ihm wichtig.«

Ich fange langsam an, selbst daran zu glauben. Und in Wahrheit würde ich lieber den Rest der Nacht nur mit Thane redend im Bad verbringen, als noch vor Mitternacht von irgendeinem Fremden geküsst zu werden.

»Ich weiß«, antworte ich mit einem leisen Seufzen.

Aber so viel es mir auch bedeutet, all diese Dinge von meinem besten Freund zu hören, spüre ich doch, dass sie nichts mit dem zu tun haben, weshalb er wirklich ganz allein hier draußen sitzt.

»Was beschäftigt dich sonst noch, Adrian?«, fordere ich ihn nach einer langen Pause sanft auf.

Er stößt nun schwer den Atem aus und ich kann fühlen, wie er sich mir gegenüber wieder verschließt.

»Irgendwann einmal erzähle ich es dir, versprochen. Aber nicht heute.«

Seine Stimmung beunruhigt mich ohne Ende, aber ich habe in all den Jahren unserer Freundschaft noch nie eine gewisse Grenze mit ihm überschritten und ich werde auch heute nicht damit anfangen. Wenn Adrian noch nicht dazu bereit ist, mir zu erzählen, was immer ihm auf dem Herzen liegt, dann respektiere ich das und werde warten.

Schließlich haben wir alle Zeit der Welt.

# Kapitel 13

## ASTEROIDEN

Da Adrian mich bittet, ihm noch eine Minute hier draußen zu geben, drücke ich ihn fest und lasse ihn dann unter den Sternen allein. Ich weiß, dass er reinkommen und mich suchen wird, sobald er seine Gedanken geordnet hat.

Leise gehe ich wieder hinein und schließe die Tür hinter mir. Doch dann schlägt mein Herz plötzlich etwas schneller, als ich Thanes liebevollem Blick begegne. Langsam kommt er die Treppe am anderen Ende des Flurs herunter, eine Hand am Geländer und die andere in die Hosentasche der hellblauen Jeans gesteckt, und bleibt auf der letzten Stufe stehen. Es ist schön, zu sehen, dass er sich wieder das dunkelrote Hockeytrikot angezogen hat, welches über die letzten Tage zu meinem Lieblingsshirt an ihm wurde.

Als wäre er die Sonne in meiner Galaxie, spüre ich eine natürlich Anziehungskraft von ihm ausgehen, doch eine Woge an Unsicherheit hält mich wie versteinert an Ort und Stelle fest. Diese Nacht war so verrückt und ich weiß wirklich nicht, wie ich mit all dem umgehen soll. Wahrscheinlich liest er gerade die Panik in meinem Gesicht und lächelt deshalb, als er auf mich zukommt, bis er schließlich nur noch wenige Zentimeter von mir entfernt stehenbleibt. Die Art, wie er mich mit seinem Blick gefangen nimmt, raubt mir den Atem.

Es wechselt gerade der Song, der durch die Lautsprecher dringt, und Thane nickt mit einem schiefen Grinsen zum Durchgang ins Wohnzimmer. »Würdest du mit mir tanzen?«

Ich lege meine Hand in seine und lasse mich von ihm auf die provisorische Tanzfläche führen. Hier sind immer noch einige Teenager, die sich zu einem langsamen Cover des Songs *Hero* von Enrique Iglesias in den Armen liegen. Kein anderes Lied würde besser zu diesem Moment passen.

Mitten im Zimmer, wo wir genug Platz für uns haben, zupft Thane nur ganz leicht an meiner Hand und dreht mich damit an seine Brust. Mit der anderen Hand fängt er mich locker auf und wir beginnen, uns zur Musik zu bewegen. Es fühlt sich an, als hätten wir das schon unser ganzes Leben lang, Nacht für Nacht, immer wieder getan.

Ein zufriedenes Seufzen entweicht mir, als ich meine Arme um seinen Nacken lege und ihm die Führung überlasse, weil ich es einfach nur genießen will, bei ihm zu sein. Der bezaubernde Duft von Schnee im Frühling steigt mir in die Nase und benebelt meine Sinne. Diesen Geruch habe ich die ganze Nacht schon vermisst.

»Du bist eine gute Tänzerin, Sandra Michelle Cardington«, neckt mich Thane und vollführt eine unerwartet rasche Drehung mit mir. »Wer war dein Lehrer?«

Lachend verdrehe ich die Augen. »Ein einsachtundachtzig großes Rotkehlchen, kannst du dir das vorstellen?«

Die beiden Grübchen in seinen Wangen, während er versucht, sich ein Grinsen zu verkneifen, verraten mir, wie sehr ihn meine Worte begeistern.

Wir fallen wieder in ein sanftes Wiegen zurück und unsere Blicke bleiben dabei eng miteinander verflochten. Irgendwann seufzt Thane aber und bringt damit einen gewissen Ernst zwischen uns.

»Sandy ...«, beginnt er gesammelt. »Ich möchte, dass du weißt ...« Er macht eine so lange Pause, dass ich schon fast daran glaube, er rückt mit dem Rest überhaupt nicht mehr raus. Letztendlich sagt er aber leise: »Es tut mir leid.«

Jetzt bin ich verwirrt. Ist das eine verspätete Reaktion auf meine Forderung nach einer Entschuldigung wegen Rusty? Immerhin habe ich ihm vorhin ja keine Chance dazu gegeben.

»Was denn?«

»Dass ich dir gestern Nacht den falschen Eindruck vermittelt habe. *Nach* unserem Tanz, meine ich.«

Oh. Das verschlägt mir die Sprache.

»Ich kann mir vorstellen, wie es auf dich gewirkt haben muss, als ich dich einfach in der Küche habe sitzen lassen«, fährt er fort. »In Wahrheit habe ich den Zusammenhang erst heute nach deiner Reaktion auf Cam verstanden, als er dir gesagt hat, dass er die beiden Mädchen wieder eingeladen hat.« Thane verzieht das Gesicht auf die absolut süßeste Weise, die es gibt. »Ich möchte mir gerne einreden, dass ich normalerweise etwas cleverer bin. Aber dieses Mal hat es aus irgendwelchen unerfindlichen Gründen echt ewig gedauert.«

Es juckt mich in den Fingern, die Sorgenfalten in seiner Stirn zu glätten.

»Am liebsten wäre ich die ganze Nacht mit dir in der Küche geblieben«, gesteht er und schiebt dabei zärtlich eine Haarsträhne aus meinem rechten Auge und hinter mein Ohr.

*Oh mein Gott! Schmetterlinge auf dem Vormarsch. Ich drehe hier gerade ein bisschen durch!*

»Aber um ehrlich zu sein, hatte ich keinen blassen Schimmer, wie ich mit dir und der Situation umgehen sollte. Du bist so weit nach hinten in die Ecke gekrochen, dass ich dachte, du willst auf keinen Fall mit mir gesehen werden. Vor allem nicht von deinem Bruder.«

Nun, darin liegt sicher ein großer Anteil an Wahrheit.

»Ich bin in Panik verfallen und habe nur noch versucht, Claudia davon abzuhalten, in die Küche zu kommen«, erklärt er mir weiter. Und ich möchte ihm glauben.

Aber so glücklich mich auch all diese Geständnisse machen, gibt es da immer noch eine Frage, die mir auf der Zunge brennt, und es bringt mich beinahe um, sie zu stellen. »Hast du sie geküsst?« Meine Stimme ist heiser von all den Gefühlen, die mich überschwemmen.

Thane zieht die Augenbrauen tiefer. »Wen? Claudia?«

Ich nicke.

»Großer Gott, nein!«

Obwohl diese spontane Antwort die Schmetterlinge in meinem Bauch wieder zum Flattern bringt, verwirrt sie mich zugleich. Claudia ist eines der hübschesten Mädchen, die ich kenne. Ich meine, *sie ist ein Model!*

»Warum nicht?«, will ich wissen.

Den Kopf nun nach hinten gekippt, lacht Thane total entspannt. »Oh, aus so vielen Gründen.«

»Wirklich?« Es ist leicht, sich von seiner guten Laune anstecken zu lassen, und so lächle ich auch. »Nenn mir drei.«

»Nun, zum Einen wäre da — und das ist tatsächlich nicht einmal der wichtigste Grund von allen — ihr fester Freund. Der Bursche ist gerade irgendwo in Europa unterwegs. Sie mag ja vielleicht nicht sehr viel von Treue halten, aber ...« Mit einem schiefen Grinsen auf den Lippen lehnt er sich noch einmal näher, bis wir uns direkt in die Augen sehen. »In *meinen* Büchern ist ein Seitensprung ein unverzeihlicher Fluch.«

Meine Güte, mit dieser Harry Potter Anspielung entlockt er mir ein hemmungsloses Lachen. Aber nun verstehe ich auch, warum es ihm vorhin so wichtig war, dass ich über Rustys Freundin Bescheid weiß. Er wollte nicht, dass ich unwissend hineingezogen werde, wenn jemand hintergangen wird.

Ich glaube, ich bin gerade dabei, mich in Thane Griffyn zu verlieben.

Getrieben von der überwältigenden Flut an heißen und kalten Schauern, die er mir im Wechsel verursacht, verrate ich ihm aufrichtig: »Du bist niedlich, wenn du aus Fantasyromanen zitierst.«

»Niedlich ...?« Er wägt die Beschreibung auf der Zunge ab, während er mich noch einmal in einer Pirouette herumdreht. »Hm. Ich denke, das lasse ich durchgehen.«

Um schnell wieder von meinem Ausrutscher und der grellroten Farbe in meinem Gesicht abzulenken, versuche ich, uns zurück zum eigentlichen Thema zu lenken. »Was ist denn jetzt Grund Nummer zwei?«

»Ist das nicht offensichtlich?«

Nicht für mich, nein. Ich schüttle den Kopf.

Thane wackelt verwegen mit den Augenbrauen. »Sie liest keine Bücher.«

Wieder bringt er mich zu Lachen. »Oh ja, das ist

wirklich ein triftiger Grund, um jemanden nicht küssen zu wollen.« Ich verschränke die Finger hinter seinem Nacken und neige den Kopf ganz leicht. »Und was ist der wichtigste Grund?« Es muss schon etwas ganz Besonderes sein, wenn es sogar einen Seitensprung übertrifft.

Thane lehnt sich näher und sein Atem streicht durch die paar Haarsträhnen, die inzwischen aus meinem Pferdeschwanz gerutscht sind. »Keine Schmetterlinge«, flüstert er mir ins Ohr.

Ein breites Grinsen explodiert bei dieser Enthüllung in meinem Gesicht und die Intimität seiner Nähe bringt mein Herz dazu, durch alle Arten von Emotionen überzuschäumen. Gott sei Dank kann er mein Lächeln nicht sehen. Ich bemühe mich, es schnell wieder unter Kontrolle zu bekommen, doch das schöne Kribbeln in meinem Bauch bleibt. Besonders, als er mich noch ein klein wenig fester an sich drückt und ich den Kopf auf seine Schulter lege.

Während wir uns weiter sanft zur Musik wiegen, gleitet mein Blick hinüber zur Uhr an der Wand. Es sind nur noch zwanzig Minuten bis Mitternacht. Was für ein wundervolles Ende für diese Nacht.

Inzwischen kommt auch Adrian von draußen rein und unsere Blicke treffen sich quer durch den Raum. Er lächelt mir anerkennend zu und hebt dabei seine beiden Daumen in einer befürwortenden Geste. Allerdings zieht er die Hände sofort wieder nach unten, als der Song zu Ende geht, damit Thane es nicht sieht.

Ich kichere leise, doch dann kehrt all meine Aufmerksamkeit wieder zu Thane zurück. Er lässt mich nicht gleich los und ich koste das Gefühl aus, einfach noch ein bisschen länger in seinen Armen zu sein. »Sandy ...«, beginnt er und blickt mir dabei eindringlich in die Augen. »Ich weiß, es ist dein —«

Das Ende höre ich nicht mehr, weil mich in diesem Moment ein Asteroid von der Seite trifft und mich aus Thanes Orbit katapultiert. In akuter Panik bereite ich mich auf den schmerzlichen Zusammenstoß mit der Mauer vor. Doch der Aufprall bleibt aus und ich verstehe auch gleich, warum.

Travis MacAllery aus meiner Englischklasse hat seinen Arm um meinen Nacken geschlungen und prustet mir seinen stinkenden Liköratem ins Gesicht, während er mich als lebenden Gehstock verwendet.

»Heeey, Sandiiiiii ...«, säuselt er im Schleudergang und verpasst mir damit eine Dusche aus seiner Spucke. »Happy Birthdaaay!«

Er kneift die Augen zu und plötzlich ist alles, was ich noch sehen kann, ein Paar unheilvoll gespitzter Lippen, die auf mich zukommen. Alles geht so unglaublich schnell. *»Neeeeein!«* bricht ein entsetztes Wimmern aus meiner Kehle und ich stemme mich hart gegen seine Brust, doch Travis begräbt mich praktisch unter seinem Gewicht und drückt seinen feuchten Mund auf meinen.

Großer Gott, *wääh!*

In einer Sekunde befindet er sich noch in meinem Gesicht und in der nächsten torkelt er bereits weiter in die Küche und lässt mich völlig vergessen hier zurück.

Zutiefst erschüttert stehe ich mitten im Wohnzimmer und zittere am ganzen Körper. Was um alles in der Welt ist gerade passiert? Ich wische mir mit der Hand über den Mund.

Es ist ein harter Kampf aus dieser schwindelerregenden Trance heraus. Gerade macht die Welt keinen Sinn mehr. Hilfesuchend schweift mein Blick durch den Raum, wo er zuerst an Adrians geschocktem Gesicht hängenbleibt und dann an Camerons weit aufgerissenen Augen. Am Ende entdecke ich Thane, meinen gebrochenen Ritter, der mir dieses letzte Mal nicht mehr zu Hilfe eilen konnte. Er sieht so durcheinander aus, wie ich mich fühle.

Die Uhr an der Wand hinter ihm zeigt achtzehn Minuten bis Mitternacht. Tränen quellen in meinen Augen.

»Sandy! Dreh jetzt nicht durch!«, donnert eine Stimme in meine Ohr, während mich starke Hände an den Schultern packen. »Das war *kein richtiger* Kuss. Hast du mich verstanden?« Wie in einer niemals endenden Zeitlupe gefangen, neige ich den Kopf zu Adrian, der mich offenbar beruhigen will. Sogar Cameron ist herübergekommen.

Meine Brust wird ganz eng. »Er hat es ruiniert ...«, krächze ich kaum hörbar.

Zärtliche Finger greifen unter mein Kinn und ich blinzle hoch in Thanes mitfühlende Augen. »Es ist alles in Ordnung, Sandy«, versichert er mir. »Komm schon, atme.«

Das versuche ich ja. Aber die Wahrheit ist: nichts kann das hier jemals wieder in Ordnung bringen. Meine Lungen brennen so sehr, dass ich kaum einen weiteren Atemzug machen kann. Es fühlt sich an, als würde ich unter Wasser gezogen.

»Es ist vorbei.« Die heiseren Worte kratzen wie Nägel in meinem Hals. Als der Damm hinter meinen Augen schließlich bricht, schwappen glühend heiße Tränen über meine Wangen. »Keine Schmetterlinge zur Erinnerung ...«

Schluchzend reiße ich mich von den Jungs los und stürme hinaus in den Garten.

# Kapitel 14

## SIEBZEHN SCHMETTERLINGE

Wenige Minuten ist es her, dass ein betrunkener Bernhardiner seine schlabbrigen Lippen auf meine gepresst und damit nicht nur mein *First Kiss Project*, sondern auch einen der schönsten Momente meines Lebens ruiniert hat. Ist schon irgendwie seltsam, wie wertvoll die Zeit mit Thane für mich geworden ist.

Leise schluchzend sitze ich auf meinem dicken Lieblingsast der Linde in unserem Garten und schwinge meine Beine langsam über dem sommerwarmen Gras vor und zurück. Es kitzelt ein bisschen an meinen nackten Füßen. Auf meinem rechten Fußrücken ist immer noch die Laufbahn einer Träne zu sehen, die ich aufgefangen habe, als sie von meinem Kinn getropft ist.

Thane hatte vor ein paar Tagen recht. Ich hätte niemals einen Kuss herausfordern sollen, der nicht die perfekte Zahl an Schmetterlingen wert ist. Es hat ziemlich lange gedauert, bis ich verstanden habe, warum.

Gerade will ich ein Gänseblümchen mit den Zehen vom Rasen zupfen, als plötzlich die Musik abrupt endet und alle Lichter hier draußen völlig ohne Vorwarnung ausgehen. Mein Kopf zuckt hoch und ich schiele über die Schulter zum Haus, doch das ist immer noch hell erleuchtet. Demnach kein Stromausfall.

Cameron steht in der Terrassentür und hält die Hände wie einen Trichter um seinen Mund. »Alle mal reinkommen, bitte!«, ruft er den Gästen zu, die über den Garten verstreut in kleinen Gruppen beieinander stehen.

Was ist denn los? Bricht er die Party ab?

Ich bin noch nicht bereit, jetzt schon wieder hineinzugehen, aber ich bin mir auch ziemlich sicher, dass er das nicht von mir erwartet. Langsam lichtet sich der Rasen. Es fühlt sich richtig beruhigend an, den stillen Ort hier draußen endlich wieder ganz für mich allein zu haben. Vielleicht war das ja sogar der Grund, warum mein Bruder sie alle reingepfiffen hat. Wie auch immer, ich bin ihm aufrichtig dankbar dafür.

Allerdings bin ich nicht recht lange allein.

Hinter mir macht sich jemand durch ein weiches Räuspern bemerkbar. Froh über die Warnung, sodass ich nicht vor Schreck vom Ast gefallen bin, drehe ich den Kopf nach hinten, um zu sehen, wer um den Baum herumkommt.

»Hi«, sagt Thane leise und bleibt direkt vor mir stehen, die Hände wieder einmal in den Hosentaschen vergraben.

Meine Fingernägel bohren sich etwas fester ins Holz und mir entweicht ein kleines Seufzen. »Hey ...«

Mit leicht geneigtem Kopf mustert er mich. Heute haben wir beinahe schon Vollmond, deshalb ist es auch hell genug hier draußen, um seine warmen Gesichtszüge zu erkennen. Schließlich kommt er einen Schritt näher, sodass meine Knie fast unmerklich an seine Oberschenkel stoßen, und er hebt mein Kinn liebevoll mit seinem Finger an. In einer Berührung, die so weich ist wie eine fallende Feder, streicht er mit dem Daumen über meine Wange und fängt dabei die letzte Träne auf, die noch keine Chance hatte zu trocknen.

»Keine Tränen vor Mitternacht«, wiederholt er seine

Worte von heute Morgen in einer Stimme, in die ich mich heute Nacht verliebt habe. »Weißt du noch?«

Auf meine Knie konzentriert, schniefe ich kurz. Klar ist es kindisch, auf meiner eigenen Party zu heulen, aber es war wirklich eine anstrengende Nacht. Am Ende ist einfach alles über mir eingestürzt und der Gefühlsdamm ist gebrochen.

»Sandy, was da drinnen passiert ist, hatte nichts mit Küssen zu tun. Das ist dir doch klar, oder?«

»Woher soll ich das wissen?«, antworte ich so leise, dass ich mich kaum selbst hören kann. »Ist ja nicht so, als hätte ich bereits eine Riesenmenge an Erfahrung zum Vergleich.«

Der Nachhall meines Flüstern verebbt in der Stille, bis Thane meint: »Dann vertrau *mir*. Du wirst einen richtigen Kuss schon erkennen, wenn es dazu kommt.«

Mein tränenenger Hals schmerzt beim Schlucken und ich schließe die Augen. Meine Wangen glühen mit einer beschämten Hitze. Es wäre mir lieber, Thane würde das nicht sehen, aber bei dem Mondlicht wohl unmöglich. »Ich komme mir inzwischen wirklich dumm vor, weil ich etwas so Wichtiges erzwingen wollte.«

»Hör zu ...« Nun seufzt auch er. »Ich weiß, ich habe das vor kurzem selbst gesagt. Aber in Wahrheit ist nichts daran dumm. Das *First Kiss Project* war eben deine Art damit umzugehen, ein Teenager zu sein. Na und? Wir alle haben Fehler gemacht.« Als ich den Kopf hebe, zuckt er mit den Schultern. »Ich mache immer noch welche...«

»Aber *du* hast von Anfang an vorausgesehen, dass es in einem dicken, fetten Desaster enden wird.«

Da verzieht er plötzlich das Gesicht mit einem Schimmer von Unbehagen. »Äh, *jaaaa* ... nein.«

Nicht? »Aber du —« Ich breche mitten im Satz ab, weil mich das zu sehr verwirrt.

»Ich war da eher etwas in Panik wegen der Konkurrenz, gegen die ich antreten musste«, gibt Thane schließlich mit einem süßen, schiefen Grinsen zu.

Meine Augen werden so groß wie Untersetzer.

»Und nur um das klarzustellen«, fährt er fort, »ich bin immer noch derselben Meinung wie vor zwei Tagen. Wenn die Jungs wüssten, dass du dir einen besonderen Kuss wünschst, würden sie meilenweit Schlange stehen, nur um dein Erster sein zu dürfen.«

Das Feuer in seinem Blick, während er das sagt, lässt mein Herz weit voraus galoppieren. Aber das ist okay. Ich finde es schön, lieber hier bei den Schmetterlingen zu bleiben, die er zum Tanzen bringt.

Ein schrilles Piepen ganz in der Nähe schreckt mich aus diesem wunderbaren Moment hoch und wir schauen beide nach unten, von wo es herkommt. Thane drückt einen kleinen Knopf an seiner Armbanduhr und stoppt damit das Geräusch. Ich habe gerade noch die Chance, die Zeit abzulesen, bevor er seinen Arm wieder senkt.

Mitternacht.

Verblüfft runzle ich die Stirn. »Du hast dir den Wecker gestellt?«

Thane nickt und seine Augen funkeln verwegen im hellen Mondlicht, als er sich erleichtert aufatmend näherlehnt.

»Weswegen?«

Sein warmer Ausdruck verwandelt sich in ein breites Lächeln. »Weil ich nicht riskieren wollte, diesen besonderen Moment zu verpassen, wenn ich schon die ganze verdammte Nacht lang so geduldig sein musste.«

Oh, er meint damit, dass er der Erste sein will, der mir zum Geburtstag gratuliert?

Aber seltsamerweise macht er das nicht. Und dann trifft es mich wie ein Sonnenstrahl und ich versinke in der wahren Bedeutung seiner Worte.

»Während du so stur darauf aus warst, noch vor Mitternacht deinen ersten Kuss zu bekommen ...« Er lehnt sich so nahe, dass ich die zarte Berührung seiner Lippen an meinem Ohr spüren kann. »Musste ich Himmel und Hölle in Bewegung setzen, damit genau das nicht passiert.« Sein warmer Atem streichelt über meine Haut und verursacht einen unerwarteten, kribbeligen Sternenregen in meinem ganzen Körper. »Du hast es mir echt nicht leicht gemacht, Sandy.«

Mein Blick schweift in die Ferne, als ein kleines Feuerwerk in meiner Brust in die Luft geht. Es schießt mich direkt auf Wolke sieben.

Thane rutscht zwischen meine baumelnden Beine und legt seine Hände sacht auf meine, mit denen ich mich immer noch neben meinen Hüften auf dem Ast abstütze. Ich schließe die Augen. Langsam senkt er den Kopf. Sein Atem läuft dabei an der Seite meines Nackens entlang und verursacht mir die *schlimmste* und *beste* Art von Gänsehaut, die ich jemals hatte.

»Hab ich dir schon mal gesagt, dass es genau *dieser* Anblick ist, der mich vom ersten Tag an wahnsinnig gemacht hat?«, raunt er, kurz bevor er einen federweichen Kuss in die Beuge zwischen meinem Hals und der Schulter haucht.

Oh Hilfe, ich glaube, ich schmelze gleich von diesem Baum! Wie soll ich nur mit all diesen Gefühle umgehen, die er in mir hervorruft? Ich schlucke und drücke die Fingerspitzen noch fester in die Rinde, doch Thane schließt seine Hände einfach noch etwas enger um meine.

»Bist du soweit?«, murmelt er leise an meinen Nacken.

Ich glaube schon. Oder vielleicht doch nicht? Heiliger Strohsack, ich habe keine Ahnung!

Meine Hände beginnen zu zittern, doch das Feuerwerk in meinem Inneren dauert an. Was soll ich jetzt nur tun?

»Atme«, sagt Thane, als könne er meine Gedanken hören.

Seine Lippen wandern meinen Hals hinauf. Dabei möchte ich am liebsten gegen seine Brust fallen und in all diesen unbeschreiblichen Emotionen zerfließen. Etwas Derartiges habe ich noch nie in meinem Leben gefühlt.

Er hebt meine rechte Hand vom Ast hoch und legt sie sanft über sein Herz, da, wo die weiße Nummer auf seinem Hockeyshirt gedruckt ist.

»Wie viele Schmetterlinge, Sandy?« flüstert er in mein Ohr.

Und ich antworte heiser: »Siebzehn ...«

Obwohl ich die Augen immer noch fest geschlossen habe, spüre ich sein Lächeln. Ich kann nichts Anderes tun, als einfach weiter zu atmen, sobald er mit dem Mund zärtlich über den Bogen meiner Oberlippe streift. Es ist eine unvorstellbar weiche Berührung, die mich in eine schwindelerregende Zeitschleife zieht.

Im nächsten Moment nimmt Thane mein Gesicht in seine warmen Hände und neigt meinen Kopf leicht nach oben. Sein berauschender Duft umschließt mich und bringt die Welt um uns herum zum Stillstand.

Und dann verschmelzen seine Lippen mit meinen.

Mein Herz setzt einen Takt aus, als er mich mit zärtlichem Druck dazu auffordert, den Mund ein Stück für ihn zu öffnen, und die erste liebevolle Berührung unserer Zungenspitzen zieht mir den Boden unter den Füßen weg. Beide Hände an seine Brust gelegt, vergrabe ich die Finger tief in seinem Hockeyshirt, um mich selbst zu ankern.

Ich dachte wirklich, ich wäre auf all das hier vorbereitet — durch Bücher, Filme und die Erzählungen meiner Freunde. Doch in Wahrheit hätte mich *nichts* auf der Welt auf das überwältigende Gefühl vorbereiten können, von dem Jungen geküsst zu werden, in den man sich gerade verliebt. Das ist nicht von dieser Welt. Als hätte er mich zu einem Tanz zwischen den Sternen entführt ...

Thanes Herz schlägt beständig unter meiner Hand und schenkt mir den nötigen Halt, um nicht für immer in diesem feurigen Gefühlschaos verloren zu gehen. Und genauso, wie er mir gestern in der Küche das Tanzen beigebracht hat, zeigt er mir nun unter dem weiten Nachthimmel, wie man küsst. Ruhig und liebevoll.

Jedes hauchzarte Streicheln seiner Zunge und jede zärtliche Berührung seiner Lippen lässt eine weitere kleine Explosion an Blubberbläschen in meinem Blut entstehen, bis ich mir wie eine funkelnde Fee im Mondlicht vorkomme.

Das ist es also, worüber er gesprochen hat. Der eine Moment mit der perfekten Anzahl an Schmetterlingen, die es wert machen, sich an all das hier zu erinnern.

Und ich weiß genau, dass ich mich für immer und ewig daran erinnern werde.

Als Thane sich schließlich ein kleines Stück zurücklehnt und mit seiner Nasenspitze dabei noch einmal liebkosend über meine streicht, öffne ich die Augen mit einer unwirklichen Trägheit, weil ich noch nicht möchte, dass es zu Ende ist. Aber ihn zu bitten, mich noch einmal zu küssen, dazu habe ich nicht den Mut. Und ich bin mir zudem ziemlich sicher, dass mir auch die Stimme dafür fehlt.

Im Funkeln seiner Engelsaugen liegt jedoch ein Versprechen, dass noch etwas Wunderschönes kommen wird, ehe die Nacht vorüber ist. Meine Wangen werden schlagartig viel zu kalt, sobald er seine Hände wegnimmt, und ich wünschte, es gäbe eine Möglichkeit, das warme Gefühl zu behalten. Doch Thane lenkt jegliche meiner Gedanken von einem eventuellen Bedauern ab, indem er in seine hintere Hosentasche greift und mir dann ein kleines, kühles *Etwas* in die Hand legt.

Was ist das?

Ich schaue nach unten und entdecke, wie sich das Mondlicht in der glatten Oberfläche eines filigran gearbeiteten, silbernen Schmetterlings an einem Schlüsselring spiegelt. Wo, um alles in der Welt, hat er den denn her?

Die Antwort fällt mir in der nächsten Sekunde ein. *Hab einen in Oceanside gefunden.* Waren das nicht seine Worte, bevor er und Cameron heute Vormittag das Haus verlassen haben? Mein Blick wandert zurück in seine warmen Augen und ich wähne: »Den hast du heute besorgt, nicht wahr?«

»Also, technisch gesehen …« Schelmisch grinsend schaut er auf die Uhr. »Habe ich ihn gestern besorgt.« Und dann fasst er mir behutsam unters Kinn und haucht mir noch einen letzten Kuss auf den Mund. »Happy Birthday, Sandy.«

Ich glaube, davon könnte ich niemals genug bekommen.

Als er mich wieder mit einem Lächeln loslässt,

schließe ich die Finger um den wunderhübschen Schlüsselanhänger und drücke ihn an mein Herz. »Danke.«

*Dass du alles perfekt gemacht hast.*

Ein Pfiff aus der Richtung des Hauses lässt mich den Kopf nach hinten drehen, doch kann ich nur noch Adrians Rückseite erkennen, der gerade wieder aus der Terrassentür verschwindet.

Auf meinen verwunderten Blick hin nickt Thane zum Haus. »Bist du bereit, wieder mit reinzukommen?« Und weil seine Finger dabei von meinem Arm gleiten und sich auf eine liebevoll zugehörige Weise mit meinen verschlingen, kann ich es nicht einmal bedauern, dass er mich nicht mehr länger unter dem Baum küsst.

Da man uns ganz offensichtlich drinnen erwartet, rutsche ich vom Ast und zerfließe vollkommen in dem Gefühl der Zusammengehörigkeit, das Thane mit seinem zärtlich festen Halt in mir hervorruft, während wir zum Haus zurückspazieren.

»Meinst du, Cameron flippt aus, wenn er das hier sieht?« Ich hebe unsere verschränkten Hände, um meinen Standpunkt zu verdeutlichen und ihm vielleicht auch noch die Chance zu geben, seine Meinung zu ändern, bevor es zu spät ist und wir drinnen ankommen.

Doch Thane nimmt unsere Hände einfach wieder runter. »Er ist gestern kurz ausgeflippt, als ich ihm erzählt habe, wie sehr ich dich mag und dass ich gerne dein Erster sein möchte«, lässt er mich wissen und grinst mich dabei verschlagen von der Seite an. Sprachlos starre ich ihn an, was ihn nur noch mehr amüsiert. »Aber am Ende hat er sich damit abgefunden.« Verspielt rollt er mit den Augen. »Nachdem ich seine Regeln akzeptiert habe.«

»Was denn für Regeln?« Ich muss lachen und wundere mich gleichzeitig, ob das vielleicht der Moment gewesen sein könnte, den ich gestern von meinem Zimmerfenster aus zwischen den beiden Jungs beobachtet habe. Kurz bevor die Mädchen angekommen sind.

»Nun ...« Er hebt den Blick zum sternenklaren Nachthimmel. »Ich darf dich nicht küssen, wenn ich betrunken bin.«

Oh. Ist das etwa der Grund, warum ich ihn den ganzen Abend lang nur mit Fanta und Kaffee gesehen habe? Ein Lächeln zupft an meinen Mundwinkeln. Das ist schon irgendwie süß.

»Und falls dich jemand anderer vor mir küsst, darf ich ihm nicht die Nase brechen.«

Nun klappt mein Kinn auf meine Brust. »Das ist ein

Scherz, oder?«

»In Anbetracht dessen, dass du *mir* heute Nacht beinahe die Nase gebrochen hättest …« Mit wackelnden Augenbrauen blickt Thane noch einmal zu mir. »Wage ich mal zu behaupten: nein.« Mit dem Daumen streichelt er über meinen Handrücken. »Ich habe meinen Teil der Vereinbarung gehalten, darum sollte Cam auch keinen Aufstand machen«, meint er mit ruhiger Stimme.

Was für eine irre und überwältigende Nacht. Einen Moment lang konzentriere ich mich auf das warme Gras, das meine Füße bei jedem Schritt kitzelt, weil mich alles andere einfach zu sehr durcheinander bringt.

Die Küche ist voll mit Leuten, als wir endlich drinnen ankommen, und alle erwarten uns mit strahlenden Gesichtern. Adrian findet unsere verschränkten Hände wohl am interessantesten, während andere wie mein Bruder, Gina und Jamie nur darauf warten, dass sie mir endlich zum Geburtstag gratulieren dürfen. Bei der fetten Umarmung von Cameron verliere ich sogar für eine Sekunde den Boden unter den Füßen.

»Whoa! Du erdrückst mich!«, keuche ich kichernd und bin froh, dass ich wieder atmen kann, nachdem er mich abgesetzt hat.

Der Nächste in der Schlange ist Adrian und ich vergrabe mein Gesicht an seiner Schulter, als er mich herzlich in seine Arme zieht. »Alles Liebe, Sonnenschein«, murmelt er so leise, dass nur ich ihn hören kann. »Ich hoffe, alle deine Wünsche sind in Erfüllung gegangen.«

Das sind sie. Und auf sehr unerwartete Weise noch dazu.

Während mehr Glückwünsche von Leuten aus meiner Schule folgen, knipst Thane das Licht aus und Cameron überrascht mich, indem er eine hell erleuchtete, rechteckige Torte in die Küche bringt. Ich will ein Jahr lang keine Oreos mehr futtern, wenn das nicht siebzehn brennende Kerzen sind. Sofort tritt ein Grinsen in mein Gesicht, als ich das besondere Thema der weiß-blauen Glasur erkenne. Die Torte ist ein perfektes Ebenbild der Verpackung eines ganz speziellen Schokoriegels. Das Logo direkt in der Mitte fehlt zwar, doch es wurde mit dem Schriftzug ‚*Sweet Seventeen*‘ in weißer Zuckerschrift ersetzt.

»Ein Milky Way?«, platze ich begeistert heraus und bekomme dafür Thanes verschmitztes Grinsen als Antwort.

Sachte schiebt mich Adrian vorwärts, sodass sofort alle Platz am oberen Ende des Tisches machen und ich vor dem Kuchen stehe.

»Wünsch dir was!«, rufen einige der Gäste, während ich tief Luft hole und mich nach vorne beuge. Mein Blick schwenkt dabei aus purem Reflex zu Thane, ehe ich die tänzelnden Kerzen auspuste.

*Ich wünsche mir, dass mein erster Kuss mit Thane Griffyn nicht unser letzter war.*

Mein Atem reicht genau für sechzehn Kerzen. Ach, schade. Doch ehe ich noch ein zweites Mal Luft holen kann, schnappt Thane meine Hand und lehnt sich blitzschnell über die Torte, um die letzte Kerze für mich auszublasen.

»Wir wollen doch nicht riskieren, dass genau dieser Wunsch nicht in Erfüllung geht«, raunt er verwegen und mit einem Versprechen in seiner Stimme, als hätte er eben noch einmal meine Gedanken gelesen.

Eine zarte Wärme steigt mir dabei in die Wangen und in meinem Bauch breitet sich ein angenehmes Kribbeln aus, das mir die Hoffnung schenkt, mein Wunsch könnte tatsächlich wahr werden.

# Kapitel 15

## REGELN

Es ist halb drei Uhr morgens und meine Füße tun ebenso weh vom Tanzen wie meine Wangen vom vielen Grinsen heute Nacht. Gähnend schließe ich die Tür hinter Gina und Jamie, die als Letzte meine Party verlassen. Als ich wieder in die Küche komme, haben Cameron, Thane und Adrian bereits angefangen, aufzuräumen, doch ein lautes Knurren in meinem Magen hält mich davon ab, ihnen zu helfen. Stattdessen hieve ich mich auf die Kochinsel.

Es ist nur noch ein kleines, quadratisches Stück meiner Geburtstagstorte übrig, welches ich auf einem Teller auf meinen Schoß hebe, damit ich einen Bissen essen kann. Schade, dass wir das hübsche Kuchenkunstwerk am Ende zerstückeln mussten. Andererseits habe ich aber auch schon lange nichts so Leckeres mehr gegessen.

Die Schokoladencreme schmilzt auf meiner Zunge, wobei mir ein genüssliches Stöhnen entweicht. Daraufhin kommt Thane herüber, nimmt mir die Gabel aus der Hand und kostet selbst einen Bissen, da er vorhin auf sein eigenes Stück verzichtet hat, damit für die anderen genug übrigblieb.

Ich war nicht ganz so großzügig. Das hier ist mein drittes Stück.

Die Gabel gibt er mir nicht mehr zurück, dafür füttert er aber mich und sich selbst abwechselnd und ich genieße jede Sekunde dieses intimen Moments. Es erinnert mich ein wenig an den Abend, als Thane mich mit Pizza auf unserer Couch gefüttert hat. Höchstwahrscheinlich erwachte der erste Schmetterling in meinem Bauch bereits zum Leben, als er mich zum ersten Mal ein Milky Way genannt hat, nur habe ich ihn damals nicht als solchen erkannt.

Witzige, kleine Kreaturen. Nach dieser

außergewöhnlichen Woche habe ich aber das Gefühl, dass sie noch lange Zeit meine Freunde bleiben werden.

Ein Räuspern bricht den Bann meines gedankenverlorenen Starrens in Thanes blaue Augen. Sofort wird mir heiß im Gesicht und ich esse den Bissen, den er mir anscheinend schon eine ganze Weile vor den Mund hält. Um meine Verlegenheit zu überspielen, frage ich leise: »Was ist eigentlich deine perfekte Zahl an Schmetterlingen?«

Er grinst mich an. »Ich dachte immer, es wären drei.« Erst stellt er den Teller beiseite, dann lehnt er sich näher und zieht mich magisch in unsere ganz eigene, intime Welt. Seine Stimme senkt sich dabei ein wenig. »Aber du hattest mich bereits an dem Punkt, als du mich mit in den Wald genommen und mir gezeigt hast, wie man Rotkehlchen füttert.«

Sein intensiver Blick tritt einen prickelnden Schauer über meinen Rücken los, der mir ein Lächeln entlockt. Ich mag es, wenn er all diese besonderen Geheimnisse mit mir teilt.

»Dann dachte ich, es könnte nicht noch schlimmer werden, nachdem du mich beim Barbecue auf die Matte geknallt hast«, setzt er fort und hält mir dabei den letzten Bissen Kuchen vor die Lippen. »Aber das wurde es. Und so habe ich heute Nacht einfach bis vierundzwanzig weitergezählt.«

»Warum ausgerechnet vierundzwanzig?«, will ich wissen, schließe dann den Mund um die Gabel und ziehe den Kuchen herunter.

»Mitternacht.« Er seufzt dramatisch auf. »Einer für jede endlose Stunde, die ich heute warten musste, bevor ich dich endlich küssen durfte.«

Das verwirrt mich gerade genauso sehr wie vorhin der Wecker, den er sich gestellt hatte, und offenbar *nicht*, um mir zum Geburtstag zu gratulieren. »Wenn das irgendetwas mit meinem Projekt zu tun hat ...«, stelle ich trocken in den Raum, falls er da etwas missverstanden hat. »Dir ist schon klar, dass es eigentlich *vor* heute hätte enden sollen.«

»Ja, ich weiß.« Im ersten Moment lacht er, doch dann legt er seine Hand auf meine und streichelt mit dem Daumen über meine Fingerknöchel. »Und es tut mir aufrichtig leid, dass ich dir das nicht ermöglichen konnte.«

Oh Mann, es sei ihm verziehen!

»Warum also *nach* Mitternacht?« Himmel, jetzt sterbe ich fast vor Neugier.

Aber Thane antwortet nur mit einem geheimnisvollen Schulterzucken und schweigt. Sein Blick schweift dabei zur Wanduhr. Dann lehnt er sich nach vorn, stupst mit seiner Nasenspitze an meine und ich schmelze in seinem betörenden Duft, wobei ich ein kleines, hingebungsvolles Raunen unterdrücken muss.

»Das erzähle ich dir später«, murmelt er schließlich an meinen Mundwinkel, ehe er sich umdreht und ins Wohnzimmer geht, um Cam beim Aufräumen zu helfen.

Brummend, weil ich hier vor Neugierde sterben muss, verdrehe ich die Augen und hüpfe von der Küchenplatte. Um mich abzulenken, mache ich mich über den Stapel Teller her und spüle einmal alles vor. Dann kommt die Ladung in den Geschirrspüler. Dabei entdecke ich im Augenwinkel Adrian draußen auf der Terrasse stehen, anscheinend tief in seine Gedanken versunken, mit abwesendem Blick in die Dunkelheit. Da Cam und Thane bereits die erste Fuhre Müll nach draußen zum Container vor dem Eingang tragen, nutze ich die Gelegenheit und gehe zu meinem Freund in den Garten.

Adrian nimmt mich kurz wahr, doch dann kehrt seine Aufmerksamkeit wieder zurück in die Ferne. Es tut mir weh, ihn so schweigsam zu sehen. So ist er schon, seit ich vorhin nach dem Zwischenfall mit dem Fremden in meinem Zimmer wieder nach unten gekommen bin, und es erinnert mich stark an die Tage, wenn bei ihm zu Hause wieder einmal die Hölle los ist.

»Es bricht mir das Herz, wenn ich spüren kann, dass du leidest«, sage ich leise aber aufrichtig zu ihm.

Ein Seufzen entweicht ihm, als er den Arm um meine Schultern legt und mich an seine Seite zieht. Ich hebe das Kinn und erforsche seinen Blick, aber heute Nacht ist er ein Experte darin, seine Gedanken für sich zu behalten. Letztendlich lächelt er zu mir herab und meint: »Du musst dir keine Sorgen machen. Es ist alles in Ordnung.«

Doch ich weiß, dass das eine Lüge ist.

»Hör mal ...«, beginnt er dann und ich kann sofort spüren, was jetzt kommt. Sein ganzer Körper scheint von diesem Ort wegzudrängen, buchstäblich jede Zelle von ihm. »Es ist schon spät und ich sollte wohl besser nach Hause gehen. Ich komme dann morgen Nachmittag vorbei, um fertig aufzuräumen und dir mein Geburtstagsgeschenk zu bringen.« Zumindest wirkt sein Lächeln dieses Mal echt.

Er löst sich von mir, doch ich greife noch einmal nach seiner Hand, bevor er gehen kann. »Adrian?«

Er drückt sanft meine Finger und dreht den Kopf zu mir um. »Hm?«

»Habe ich heute Nacht irgendetwas falsch gemacht?« Beunruhigt verziehe ich dabei das Gesicht. »Ich habe dich noch niemals so traurig in meinem Haus gesehen.«

Einen erschrockenen Moment lang starrt er mir in die Augen. Anscheinend wird ihm jetzt erst bewusst, wie tief meine Besorgnis um ihn geht. »Sandy ...«, sagt er mit zarter Stimme. Dann überrascht er mich, als er wieder näher kommt, seine Hände auf meinen Wangen legt und mir einen sanften Kuss auf die linke Augenbraue drückt. »Das hier hat rein *gar nichts* mit dir zu tun.«

Und nur das allein glaube ich ihm wirklich.

Seine Hände rutschen von meinem Gesicht. Mit einem melancholischen Gefühl in der Brust sehe ich ihm hinterher, wie er in der Dunkelheit verschwindet, bis der Zaun zwischen unseren Häusern klappert und ich weiß, er ist weg. Schwer seufzend drehe ich mich um, gerade als die beiden Jungs aus dem Flur in die Küche zurückkommen.

»Ist Adrian schon nach Hause gegangen?«, fragt Cameron, weil ich hier alleine bin.

»Ja. Er ist müde. Und ehrlich gesagt, bin ich das auch«, jammere ich. »Können wir für heute Schluss machen und den Rest morgen beseitigen?« Ich bin es nicht gewohnt, so lange wachzubleiben.

Die beiden nicken und nachdem wir hier unten alles dicht gemacht haben, gehen wir nach oben, um uns fürs

Bett fertig zu machen. Ich beanspruche das Bad als Erste — Geburtstagsprivileg. Oh Mann, fühlt sich das heiße Wasser auf meinem ausgelaugten Körper gut an!

Ich quelle unter der angenehmen Dusche, wasche mein Haar mit tropisch duftendem Shampoo und creme mich nach dem Abtrocknen noch mit der Regenbogen-Candy Lotion ein. Mit den struwweligen Haaren sehe ich aus wie eine mittelalterliche Hexe, doch ich habe um drei Uhr morgens einfach nicht mehr die Kraft, einen Fön zu benutzen. Lieber packe ich den ganzen Haufen in einem chaotischen Dutt zusammen. Das muss für heute genügen.

In einem frischen, kurzen Pyjama gehe ich durch den Flur zu meinem Zimmer und muss dann lächeln, weil ich auf dem Weg Thane begegne, der gerade mit einer Wasserflasche in der Hand die Treppe hochkommt. »Das Bad ist frei«, teile ich ihm mit, was er still abnickt.

Dann bleibt er direkt vor mir stehen und blockiert meinen Weg. Er legt die freie Hand an meinen Nacken und haucht einen leichten Kuss auf meine Wange. Sofort fangen alle Schmetterlinge in meinem Bauch wieder zu tanzen an.

»Träum süß!«, flüstert er.

Und ich weiß, das werde ich.

Als Thane weitergeht, bleiben unsere Blicke noch

solange miteinander verflochten, bis wir uns beide umdrehen müssten, damit wir uns weiter ansehen könnten, und ich reiße mich stark am Riemen, genau das nicht zu tun. Mit einem Grinsen, das unmöglich zu unterdrücken ist, kehre ich schließlich in mein Zimmer zurück und krieche unter die Bettdecke. Eine ganze Weile noch lasse ich all die wunderschönen Momente der heutigen Nacht in meinen Gedanken revuepassieren, ehe ich irgendwann mit noch schöneren Träumen einschlafe.

*

Am nächsten Morgen wache ich im Wirrwarr meiner Bettdecke auf und blinzle verschlafen gegen die Mittagssonne. Die Arme weit über meinen Kopf streckend, raune ich entspannt und glücklich. Ich könnte für immer hier liegenbleiben und in dem umwerfenden Gefühl schwelgen, dass Thane Griffyn, von allen Jungs dieser Welt, mich auf meiner Party geküsst hat.

Doch dann erinnere ich mich daran, dass er und Cam ja heute wieder nach Portland zurück müssen, und die Erkenntnis katapultiert mich regelrecht aus den Federn. Ich will sie nicht verpassen, nur weil ich vom langen Aufbleiben noch total groggy bin.

Aufgrund der warmen Temperaturen schlüpfe in ein hellblaues Sommerkleid und nehme dann den Anruf meiner Eltern auf meinem Handy entgegen. Es tut gut, ihre Stimmen zu hören, selbst wenn sie an meinem Geburtstag nicht bei mir sein können. Während des Gesprächs versuche ich aber die ganze Zeit, kein Wort über die Party fallenzulassen. Dafür ist immer noch Zeit, wenn sie nächste Woche heimkommen.

Eine Viertelstunde später legen wir auf und ich flitze schnell ins Badezimmer, um mir die Zähne zu putzen. Das Krähennest auf meinem Kopf bringe ich auch in Ordnung und mache mir einen hübschen Pferdeschwanz. Auf dem Weg nach unten überfällt mich aber plötzlich ein flaues Gefühl im Magen. Thane war letzte Nacht absolut charmant und wunderbar und wir hatten eine bezaubernde Zeit miteinander. Nach Mitternacht haben wir noch getanzt und viel gelacht, aber ...

Was ist, wenn die Dinge heute zwischen uns anders stehen?

Was ist, wenn ich meine Hoffnungen viel zu hoch geschraubt habe?

Auf einmal zögere ich, in die Küche zu gehen, wo die Jungs dem Lärm der Kaffeemaschine nach bereits beim

Frühstück sind. All diese furchtbaren Zweifel fressen mich innerlich auf.

Aber für den Rest des Tages wie angewurzelt auf der Treppe zu stehen, ist leider auch keine Option. *Herrgott!* Ich schlucke. Dann hole ich zweimal tief Luft, strecke das Rückgrat durch und gehe schließlich in die Küche.

Unverzüglich schweift mein Blick durch den Raum, auf der Suche nach dem Jungen, in den ich schwer verliebt bin. Mein Bruder steht mit dem Rücken zu mir und macht sich gerade ein Croissant in der Mikrowelle warm. Indessen sitzt Thane bereits am Esstisch mit einer dampfenden Tasse in den Händen. Sein Kopf hebt sich automatisch bei meinem Auftauchen. Das türkise Hemd mit den kurzen Ärmeln, das er heute über einem weißen T-Shirt trägt, hebt das Funkeln seiner mitternachtsblauen Augen hervor. Die Unsicherheit lähmt mich immer noch, darum bringe ich nicht einmal ein einfaches *Guten Morgen* hervor.

Ein stiller Moment verstreicht, in dem unsere Blicke quer durch den Raum miteinander verschmelzen. Allein das Feuer darin erwärmt mein Blut um ca. eine Million Grad und mein Atem geht ein wenig rascher. Dann hebt er die Augenbrauen nur einmal an, ganz langsam. Es folgt ein liebevolles Lächeln. Und schlagartig sind alle

Zweifel in mir wie weggeblasen.

Ich kann wieder atmen, weil ich weiß, dass das, was er vergangene Nacht mit mir begonnen hat, heute noch nicht vorüber ist.

Mit dieser neugewonnenen Zuversicht hebe ich eine Hand zu einem Begrüßungswinken und gehe dann zu meinem Bruder hinüber, um mir einen Frühstückstoast zu machen. Erst jetzt fällt mir auf, dass die Küche inzwischen wieder blitzblanksauber ist. Kein klebriger Fußboden mehr, kein herumliegender Müll.

Verdutzt gucke ich Cameron an. »Wie lange seid ihr zwei denn schon auf?«, platzt es dabei aus mir heraus.

Er tut es mit einem Schulterzucken ab. »Paar Stunden.«

Ich weiß, dass er es herunterspielt. Trotzdem verdient er meine Liebe dafür, dass er mir an meinem Geburtstag die gesamte Drecksarbeit erspart hat. Tief gerührt packe ich ihn am Ärmel und ziehe ihn seitlich zu mir herunter, damit ich ihm einen fetten Kuss auf die Wange drücken kann. »Danke fürs Aufräumen, Cam.« *Und dass du mich ausschlafen hast lassen.*

Darauf erwidert er zwar nichts, aber ein breites Grinsen huscht doch kurz über sein Gesicht.

Sobald mein Toast kross ist, nehme ich ihn auf einem Teller mit zur Kücheninsel und schmiere eine dicke

Schicht Butter und Himbeermarmelade darauf. Beim ersten herzhaften Bissen ertönt hinter mir das Geräusch eines Stuhls, dessen Beine über den Fußboden scheuern, was mir verrät, dass Thane aufgestanden ist. Ich spüre ihn hinter meinem Rücken, noch bevor er überhaupt die Hände links und rechts von mir auf die Thekenkante legt.

»Darf ich dich heute noch mal für eine Weile ausleihen, wenn du hier fertig bist?«, raunt er mir ins Ohr und jagt dadurch ein wellenartiges Kribbeln durch meinen Körper, vom Nacken bis zu den Zehenspitzen.

Den Kopf nur leicht in seine Richtung gedreht, nicke ich. Zeit mit Thane ist heute das Einzige, wonach ich mich sehne. Sein warmer Atem fließt über die Seite meines Gesichts und verstärkt dadurch das prickelnde Gefühl in meinem Bauch.

Dort fliegen Schmetterlinge. So viele Schmetterlinge …

Den Kaffee in einer Hand, ertappt uns Cameron in unserem intimen Moment und ächzt. Er stellt den Becher ab, stützt sich vehement mit dem Gewicht auf die Theke und funkelt uns verdrießlich an. »Okay, jetzt passt mal auf. Es ist mir egal, was auch immer das für ein Ding zwischen euch beiden wird, aber ich will, dass hier ein paar einfache Regeln eingehalten werden.

Verstanden?«

Oh mein Gott, am liebsten möchte ich Cameron die Haare wuscheln und ihm sagen, dass alles gut wird, nur um seine verzweifelte Miene aufzulockern.

Stattdessen zerreißt es mich in einem Lachanfall. Es macht die Sache auch nicht besser, dass Thane sein Kinn auf meine Schulter legt, mich von hinten an sich drückt und ein bittersüßes Gesicht für meinen Bruder auf der anderen Seite der Kücheninsel zieht. »Oh, ja, biiiiitteee! Lass mich deine Regeln hören.«

Klingt, als hätte er schon den ganzen Morgen auf diesen Moment gewartet.

»Fick dich!«, brummt Cameron und nimmt einen Schluck von seinem Kaffee. Einen *groooßen* Schluck.

»Ich weiß, dass du dir das schon lange wünschst«, zieht ihn Thane weiter auf, »aber ich stehe eigentlich mehr auf deine Schwester.«

Während ich knallrot werde, verdreht mein Bruder die Augen und gibt ein schmerzliches Stöhnen von sich, was verdeutlicht, wie wahnsinnig ihn die Sache mit seinem besten Freund und seiner kleinen Schwester macht. »Und genau deshalb brauchen wir Regeln«, murrt er. »Du kannst diese Dinge nicht vor mir raushauen, Alter!« Die Augen zu Schlitzen verengt, schiebt Cam den Mund nachdenklich auf eine Seite.

»Sonst könnte es passieren, dass du dich eines Tages tot im Wald verbuddelt wiederfindest, und zwar dort, wo niemals jemand nach dir suchen wird.«

Obwohl Thane darüber lacht, schraubt er das Geplänkel ein wenig runter und macht einen Schritt von mir weg, dann räuspert er sich. »Jetzt scheiß dich mal nicht an, Bro. Ich mach dir das Leben schon nicht zur Hölle. Sag mir einfach, wo deine Grenzen liegen, und ich ...« Sein Blick gleitet kurz zu mir, während er seine nächsten Worte mit Bedacht wählt. »Ich finde einen Weg drumherum.«

»Erstens«, beginnt Cameron, »wirst du zu jederzeit so über meine Schwester reden, als redest du über deine Mutter.«

Jetzt entgleisen Thane buchstäblich die Gesichtszüge, als hätte er in eine saure Zitrone gebissen. »Naah!«, winselt er. »Das will ich nicht.«

Irgendwie ist sein vehementes Kopfschütteln ja richtig süß und erweckt in mir den Wunsch, ihn zu umarmen. Doch Cam legt seine nächste Regel dar und fordert damit all meine Aufmerksamkeit.

»Zweitens: Ihr werdet weder knutschen, noch rumfummeln, oder euch gegenseitig mit den Augen ausziehen, solange ich im selben Raum bin.«

Mit dieser Forderung bin ich absolut einverstanden.

Ich will mir nicht einmal vorstellen, auch nur irgendetwas von dieser Liste vor meinem Bruder zu tun. Bäh!

Doch diesmal zögert Thane mit einer Antwort. Sein Blick ruht auf mir, während er sich diese Instruktionen offenbar noch einmal genau durch den Kopf gehen lässt. Schlussendlich seufzt er einwilligend. »Na schön. Nichts von all dem, wenn du in der Nähe bist«, sagt er und setzt dann aber sofort ein schiefes Grinsen für meinen Bruder auf. »Ähm, könntest du vielleicht kurz mal den Raum verlassen? Ich würde gerne das ‚*mit den Augen ausziehen*‘ mit deiner Schwester probieren.«

Heiliger Bimbam! Ich verschlucke mich an einem Bissen Toast und ringe nach Luft.

In den Augen meines Bruders beginnt ein Feuer zu lodern, das ich noch allzu gut aus unserer Kindheit kenne. Es ist witzig, wenn dieser flammende Höllenblick einmal nicht auf mich gerichtet ist. Aber ehe Cameron noch ein Wort sagen kann, stoppt ihn Thane mit erhobenen Händen und hört ein für alle Mal auf, ihn zu hänseln.

»Komm runter, Cam. Ich werde deine Grenzen nicht überschreiten. Versprochen!«, meint er und fügt dann hinzu: »Sonst noch was, bevor ich deine Schwester ausführe?«

Mein Bruder denkt kurz darüber nach und teilt Thane dann mit der ernstvollsten Miene mit, die ich je an ihm gesehen habe: »Ja. Eins noch. Wenn du ihr wehtust, bring ich dich um.«

Aaw, bei diesen Worten schmilzt mir das Herz. Cameron ist doch mein Superheld und das wird er auch immer bleiben.

Im nächsten Moment bleibt mir jedoch kurz der Atem weg, als mich Thanes zärtlicher, aber ebenso ernster Blick gefangen nimmt. »Keine Sorge«, teilt er Cameron mit. »Das habe ich nicht vor.«

Aus zwei Schritten Entfernung schauen wir uns ein paar weitere Sekunden lang tief in die Augen und ich kann nichts gegen das verliebte Lächeln tun, dass erbarmungslos an meinen Mundwinkeln zieht.

# Kapitel 16

## LIEBER KEIN RISIKO EINGEHEN

Die Sonne wärmt mir den Rücken, als Thane und ich am frühen Nachmittag Hand in Hand die Straße runterspazieren. Er wollte mir nicht verraten, wohin er mich führt, doch es sieht so aus, als gingen wir Richtung Stadtzentrum.

»Willst du dir doch noch ein Buch aus der Bibliothek leihen?«, ziehe ich ihn auf, weil wir wirklich auf die Hauptstraße biegen, und werde dabei von Minute zu Minute neugieriger.

»Vielleicht?«, erwidert er provokant und zwinkert mir zu. »Man hat mir gesagt, dass Lesen einen Mann ziemlich unwiderstehlich macht.«

Heiliger Herr im Himmel, er ist bereits ziemlich unwiderstehlich, auch ohne Buch.

Es scheint aber, als hätte er nur Spaß gemacht, denn wir schlendern an der Stadtbücherei vorbei und ich weiß immer noch nicht, wo zur Hölle wir eigentlich hin wollen. Auf ein Eis? Vogelfutter kaufen?

Wie sich herausstellt, hat Thane auch nicht vor, einen Abstecher in den Supermarkt zu machen. Stattdessen lenkt er mich vom Gehsteig runter, sodass wir die Straße überqueren, dann nehmen wir die Abzweigung in die Gasse, die zu den Klippen hinter dem Marktplatz führt.

Und dann macht mein Herz plötzlich einen richtigen Satz, weil mir die Erleuchtung kommt. »Wir besuchen Theodore.«

Der Baum kommt genau in der Sekunde in Sichtweite, als sich ein umwerfendes Lächeln in Thanes Gesicht absetzt. »Weißt du noch, wie du mich gefragt hast, warum ich dich gestern nicht vor Mitternacht küssen konnte?«

Ich nicke.

Als er ein Schweizer Taschenmesser hervorholt, die

Klinge aufklappt und an den Baumstamm herantritt, werden meine Augen so groß wie Busscheinwerfer.

»Tja, da gibt es etwas, das du unbedingt wissen solltest ...« Er wirft mir einen raschen, bedeutungsvollen Blick über die Schulter zu. »Vor ein paar Tagen hat mich eine unglaublich süße Reiseführerin hierher gebracht und mir diese Geschichte über Theo und seine Tattoos erzählt. Sie meinte, wenn zwei verliebte Menschen am Tag ihres ersten Kusses an diesen Ort kommen und etwas in den Stamm schnitzen, bleiben sie für den Rest ihres Lebens zusammen.«

»Und das möchtest du ...?« Die verblüfften Worte purzeln trotz meines plötzlich so trockenen Halses aus mir heraus.

Thane gibt mir keine Antwort. Stattdessen beginnt er, einen wunderschönen Schmetterling in den dreihundert Jahre alten Baum zu ritzen.

Die ganze Zeit über, die er still vor sich hinarbeitet, sehe ich ihm ergriffen und sprachlos dabei zu, wobei ein hauchzarter Film aus Tränen meine Sicht verschleiert. Ich glaube, ich muss mein zerronnenes Herz gleich vom Boden aufwischen, als er unsere Initialen und das heutige Datum dazu graviert.

Sobald er fertig ist, klappt er das Messer wieder zu und streckt mir seine Hand entgegen. Darin liegen zwei kleine Stücke von Theos Rinde. Ich wähle jenes aus, das wie ein aus der Form geratenes Herz aussieht, und Thane behält das andere. Dann lehnt er sich an den Baum und zieht mich in seine Arme.

»Ich konnte einfach nicht riskieren, dich zu früh zu küssen«, murmelt er und legt seine Stirn an meine, »wenn es eine Chance auf ,*für immer*‘ mit dir gibt.«

Überschwappende Emotionen verengen meinen Hals, sodass ich schlucken muss. Wie findet er nur immer genau die richtigen Worte, um all die Schmetterlinge in meinem Bauch zum Fliegen zu bringen?

»Ich weiß nicht, was ich sagen soll«, erwidere ich darauf heiser, während der leichte Wind, der vom Ozean her weht, mit meinen Haaren spielt.

Thane legt seine Hand an die Seite meines Nackens und streichelt sanft mit dem Daumen über die Stelle unter meinem Auge. »Du musst gar nichts sagen«, flüstert er.

Und dann stiehlt er mir einen leidenschaftlichen Kuss, der die Welt um mich zum Rotieren bringt.

Es fühlt sich an, als würden wir eine Ewigkeit unter Theodores behütenden Ästen stehen. Der Augenblick ist vollkommen.

Auf dem Heimweg sprechen wir kaum drei Worte, doch Thane wirft mir immer wieder liebevolle Blicke von der Seite zu. Unsere Hände sind eng ineinandergeschlungen und ich wünschte, dieser Tag würde niemals enden.

Ich will mir nicht einmal vorstellen, wie es sein wird, wenn Thane weg ist. Doch die Realität dessen packt mich, sobald wir zu Hause ankommen und mein Bruder bereits seine Taschen vor der Tür geparkt hat.

»Ich sollte wohl auch besser packen«, meint Thane und klingt dabei ebenso schwermütig, wie ich mich fühle.

Ich nicke nur darauf und wir gehen beide still die Treppe hoch. Während er in Camerons Zimmer verschwindet, gehe ich in mein eigenes. Rückwärts lasse ich mich aufs Bett fallen, dann lege ich beide Hände auf meinen Bauch, um die traurigen Schmetterlinge darin zu trösten. Mit einem tiefen Seufzen blicke ich an die Decke.

Ist schon merkwürdig, wie nur ein paar wenige Tage alles verändern können.

Ein zartes Klopfen an der Tür lässt mich zehn Minuten später den Kopf drehen, und Thane kommt leise herein. Er legt sich neben mich auf den Bauch, stützt das Kinn in eine Hand und schaut zu mir herab. Ganz ehrlich, ich könnte für immer hier liegen und nur in seinen mitternachtsblauen Augen versinken.

Es vergeht ein langer Moment, ehe er mir ein warmes Lächeln schenkt und die Stille zwischen uns unterbricht. »Was hast du nächstes Wochenende vor?«

Ich liebe die Anspielung in seinem Tonfall. »Keine Pläne bis jetzt«, antworte ich. »Und du?«

»Na ja ... ich dachte, ich könnte dich nach Portland holen.« Er wickelt eine Haarsträhne aus meinem Pferdeschwanz um seinen Finger. »Dir ein bisschen die Stadt zeigen. Zeit zusammen verbringen.« Dann lehnt er sich näher und küsst mich auf die Nasenspitze. »Immerhin sind Sommerferien.«

Allein bei der Vorstellung, wie wir Hand in Hand durch die Straßen von Portland spazieren, muss ich schon lächeln. »Das klingt schön.«

Mit einem kleinen Nicken besiegelt er den Plan. Anschließend wandert sein tiefsinniger Blick zum Fenster und plötzlich kann ich sehen, wie sich in seinen Gedanken ein wunderschöner Sommer abzeichnet, in dem ich ihn zu den Zeiten besuche, wenn er Training hat, und er an den Tagen dazwischen nach Oakspeak kommt. »Wir kriegen das hin«, murmelt er am Ende fast für sich selbst, doch dann sieht er mich mit zuversichtlicher Miene an.

»Ganz sicher«, stimme ich ihm zu und fühle mich bereits jetzt berauscht und überglücklich bei der wundervollen Aussicht auf unsere gemeinsame Zukunft. »Aber hast du bei dem Ganzen nicht etwas vergessen?«

»Was denn?«

»Cameron. Er wird bestimmt durchdrehen, wenn er davon hört.«

Ich werde auf dem Bett von Thanes melodischem Lachen geschüttelt. »Cameron wird sich daran gewöhnen.«

Und das ist das Stichwort für meinen Bruder, von irgendwo aus dem Flur zu rufen: »Leute! Werdet endlich fertig da oben!«

Ich verziehe das Gesicht, doch Thane schmunzelt nur. »Ist wohl an der Zeit, aufzubrechen.«

Wir klettern beide aus meinem Bett und machen uns auf den Weg runter, wo die Eingangstür bereits offensteht. Cameron lädt das Gepäck in den Kofferraum seines schwarzen Mustangs und kommt hinterher noch einmal zum Haus, um sich von mir zu verabschieden. Er zieht mich in eine blitzschnelle Umarmung, was neu ist, und sagt dann: »Ich rufe Mom morgen an und erzähle ihr von der Party und den zerbrochenen Sachen. Genieß du noch deinen restlichen Geburtstag, Schwesterchen.«

»Danke, Cam«, erwidere ich nickend.

Sobald wir beide fertig sind, wird es schräg still zwischen uns dreien. Ich würde Thane zum Abschied auch gerne noch umarmen, aber das würde vermutlich gegen eine von Camerons Regeln verstoßen, oder? Erst als Thane ihn vielsagend anfunkelt, scheint mein Bruder zu kapieren, was los ist.

»Meine Güte!«, brummt er, verdreht die Augen und stapft zu seinem Wagen. »Lasst euch nicht ewig Zeit!«

In dem Moment, als wir alleine vor dem Eingang stehen, packt mich Thane an den Hüften und zieht mich fest an sich. Meine Hände fliegen überrascht an seine Brust. Diesmal vergeudet er keine weitere Sekunde, sondern verschlingt mich in einem kurzen, innigen Kuss, der mir den Atem raubt. Dann lehnt er seine Braue an meine und schenkt mir noch ein letztes, zärtliches Lächeln. »Wir sehen uns bald.«

Ich seufze verträumt und schwer verliebt, dann stelle ich mich auf die Zehenspitzen, um ihn ein letztes Mal zu umarmen, bevor wir uns wirklich loslassen müssen.

Mit dem Fingerknöchel stupst er an mein Kinn und folgt dann Cameron, um auf der Beifahrerseite einzusteigen. Bereits jetzt wird meine Brust auffällig enger.

Langsam rollen sie aus der Einfahrt. Ich stehe in der Tür, die Arme um mich selbst geschlungen, und sehe zu, wie sie die Straße hinunterfahren. Als die Rücklichter des Mustangs schließlich verschwinden, gibt es mir einen Stich ins Herz, weil ich bereits das Gefühl von Thanes warmer Hand um meine vermisse, seine sanfte Stimme, seine liebevollen Neckereien, seine wunderhübschen mitternachtsblauen Augen und den Duft von Schnee, der im Frühling schmilzt.

Mit einem schweren Seufzen schließe ich die Tür hinter einer atemberaubenden Woche und gehe hoch in mein Zimmer, wo mich das kleine Blinklicht meines Smartphones erwartet. Auf dem Display zeigt es mir eine Nachricht von einem unbekannten Sender an.

Stirnrunzelnd öffne ich WhatsApp, doch sofort krümmen sich meine Lippen zu einem Lächeln, während ich lese:

> *Jetzt schau nicht so traurig. Es sind*
> *ja nur ein paar Tage. Und damit die*
> *Zeit ganz schnell vergeht, findest*
> *du etwas in der Schublade deines*
> *Nachtkästchens.*
> *T.*

Er hat noch ein Emoji dazugesetzt, das mir einen Kuss zuwirft.

Ich speichere Thanes Nummer unter meinen bevorzugten Kontakten, werfe das Handy dann auf die

Matratze und setze mich daneben auf die Bettkante, um die Schublade aufzuziehen. Sobald ich den ersten Blick hineinwerfe, wird es mir unendlich warm in der Brust und siebzehn Schmetterlinge tanzen noch einmal in meinem Bauch.

Thane hat mir irgendwann im Laufe des Tages unbemerkt eine Packung Mini Milky Ways in den Nachttisch geschmuggelt.

Und er hat ein großes Herz darauf gezeichnet.

# Kapitel 17

## UNVORHERGESEHEN

Adrian kommt erst am späten Nachmittag in mein Zimmer, als die Jungs schon lange weg sind. Ich liege seitdem immer noch ausgestreckt auf dem Bett und schwelge in den märchenhaften Erinnerungen der vergangenen Tage.

»Hey, Geburtstagskind!«, ruft er bereits von der Tür fröhlich zu mir. Ich setze mich auf und strahle meinen besten Freund glücklich an. Auch er wirkt heute bedeutend entspannter als letzte Nacht, bevor er heimgegangen ist. Mit einem flachen, rechteckigen Geschenk, das wirklich riesig und komplett in Mickey Maus Papier eingewickelt ist, kommt er herüber und setzt sich auf die Bettkante.

Ich glaube, ich weiß schon, was das ist, und ich hoffe von ganzem Herzen, dass ich mich nicht irre.

Das Geschenk erst einmal noch neben uns gelegt, zieht mich Adrian in eine feste Umarmung und drückt mir einen Kuss auf die Augenbraue. Dann fordert er mich auf, das Paket auszupacken. Mit galoppierendem Pulsschlag, arbeite ich mich durch das Geschenkpapier und lege eine weiße Leinwand frei, auf der hier und da bereits Bleistiftstriche und Kohlestaub erkennbar sind. *Gooott*, das ist ja so aufregend!

Sobald sämtliche Hürden beseitigt sind, starre ich völlig fassungslos auf seine unaussprechlich schöne Arbeit.

Adrian ist ein begnadeter Künstler.

Er liebt es, Fantasy zu zeichnen, und seine ganz besondere Spezialität ist es, Menschen, die er kennt, in alle möglichen Arten von mystischen Kreaturen zu verwandeln. Eine riesige Zeichnung seiner Mutter hängt in Form von einer von Tolkiens eleganten Elben an der Wand in ihrem Flur. Ronan hat letztes Jahr eine Gladiator-Version von sich selbst bekommen. Und ich weiß, dass Adrian seinen Stiefvater sogar einmal zu einem fiesen Drachen gemacht hat, doch dieses Kunstwerk bekam außer mir niemand zu sehen.

Seine Zeichnungen sind nicht von dieser Welt und ich flehe ihn schon seit Monaten an, auch endlich einmal eine von mir anzufertigen. Aber niemals hätte ich mit dem gewaltigen Einschlag gerechnet, den es am Ende machen würde.

Bei der extravaganten Steampunk Version von mir auf der sechzig-mal-achtzig Zentimeter großen Leinwand verschlägt es mir die Sprache. Der schwarze Rock, der knapp über den Knien endet, ist eine ziemlich genau Nachbildung jenes Rockes, den ich vor einigen Wochen am Strand anhatte. Nur dass Adrian ein paar Lagen Tüll hinzugefügt und das Ganze mit einer blutroten Bluse unter einem Korsett gepaart hat, dem einzigen Farbtupfer im Bild. Ein Paar Schnürstiefel reichen mir in dieser Version bis zur Mitte der Schienbeine und machen einen draufgängerischen Eindruck durch die Pose, in der er mich gezeichnet hat — leicht vom Betrachter weggedreht. Das krasse Rouge und die kohlschwarz geschminkten Augen erwecken den Anschein, als wäre ich wirklich aus einer Fantasy-Welt direkt in Adrians Kopf gestiegen. Fliegerbrillen hängen lässig um meinen Hals und ein kleiner Hut sitzt schief im sensationellen Chaos meiner Haare. Bei dem Anblick juckt es mich glatt in den Fingern, mir selbst an den Kopf zu greifen und den Hut geradezurücken.

Aber das wirklich fesselnde Element in diesem abgefahrenen Bild sind die zwei bodenlangen, ledernen Flügel, die aus meinen Schulterblättern sprießen und vernachlässigt, jedoch mit purer Eleganz an meinem Rücken herunterhängen.

Adrian hat diesem Meisterwerk den Titel *Moth Girl* verpasst.

Und es raubt mir den Atem.

Ich lehne mich vor, um ihn noch einmal zu umarmen, und krächze dabei von meinen Gefühlen überwältigt: »Danke!«, in sein Ohr.

Wir holen ein paar Nägel und einen Hammer aus der Garage und hängen die Zeichnung an die Wand über meinem Bett. Großer Gott, das ist pure Perfektion in Graphit. Ich kann nicht widerstehen, ein Foto davon zu schießen und es Thane zu senden, mit den Worten: *Geburtstagsgeschenk von Adrian.*

Unverzüglich kommt auch eine Antwort zurück und es ist klar, sie wird gut, wenn sie mit *WHAT THE FUCK?!* beginnt.

Weil ich unverblümt zu lachen beginne, lässt sich Adrian in meinen Drehsessel fallen und fordert: »Was sagt er?«

Ich ignoriere die drei anzüglichen Smileys, die ihre Zungen heraushängen lassen, und teile Adrian mit: »Thane fragt, ob du so eine Zeichnung von mir auch für ihn machen kannst.« Ich lege mein Smartphone weg und drehe mich albern grinsend zu ihm. »Er meint, er kommt dann mit den Details auf dich zu.«

Adrian schiebt die Ärmel seines weißen Sweatshirts bis zu den Ellbogen hoch und schmunzelt, doch ich erschaudere, weil ich mir *die Details* nicht einmal vorstellen kann, ohne dabei bis zum Haaransatz rot zu werden.

»Ach, ist das süß!«, zieht mich Adrian auf, schenkt mir dabei aber auch einen liebevollen Blick. »Scheint, als hätte Sandy Cardington am Ende doch noch ihr Herz an einen Jungen verloren.«

Grinsend mache ich es mir auf dem Bett gemütlich. »Wer hätt's gedacht?«

»Ich.« Seine Gesichtszüge nehmen wieder etwas mehr Ernst an. »Ich habe dir ja gesagt, dass Thane jemand ist, den du behalten solltest.« Dann fängt er an zu lachen und verschränkt die Finger über dem Bauch. »Und ich wusste, er würde nicht aufgeben, bis er dich für sich gewonnen hat, nachdem er mich bei unserer ersten Begegnung so offensichtlich als potentiellen

Rivalen abgecheckt hat.«

Weil mir das ein kribbeliges Gefühl in der Brust beschert, senke ich die Lider. Um die Unterhaltung in eine andere Richtung zu lenken, murmle ich: »Erzählst du mir heute, was auf der Party passiert ist, das dich so aus der Bahn geworfen hat?«

»Fragst du das jetzt nur, weil du nicht mit mir über deinen neuen Freund sprechen willst?«, verspottet er mich.

»Teilweise«, gebe ich zu und blinzle ihn verlegen an. Dann atme ich tief ein. »Aber ich frage auch, weil du mir wichtig bist und ich sehen kann, dass dich irgendetwas beschäftigt. Also ... redest du jetzt mit mir oder nicht?«

Meine Ernsthaftigkeit spiegelt sich in Adrians Augen wider und er stöhnt leise. »Muss ich denn?«

»Nein, musst du nicht.« Ich lege den Kopf leicht schief. Sein plötzliches Unbehagen ist direkt spürbar. »Aber du sollst wissen, dass du mir immer alles erzählen kannst, was dir auf dem Herzen liegt.«

Ein erschlagenes Seufzen entweicht ihm. Dann kehrt eine gedankenschwere Stille in den Raum. Mehrere Sekunden verstreichen, bis er sich nach vorne lehnt, die Unterarme auf die Knie legt, die Finger verschränkt und endlich den Atem für seine nächsten Worte einzieht. Er hebt dabei das Kinn und blickt mir aus diesem schrägen Winkel in die Augen. »Versprichst du mir etwas?« In seiner Stimme liegt ein ungewohntes Kratzen, das mir beinahe wehtut.

Ich lege die Hand auf mein Herz. »Alles.«

»Versprich mir, dass es nichts zwischen uns ändern wird.«

»Jetzt machst du mir Angst, Adrian«, flüstere ich.

Langsam steht er vom Stuhl auf und geht zum Fenster, wo sein Blick in die Ferne schweift. »Ich habe selbst ein wenig Angst«, vertraut er mir an und schiebt dabei die Hände in die Hosentaschen.

Ruhig beginnt er, über letzte Nacht zu reden. Und noch über so vieles mehr.

Reglos sitze ich die ganze Zeit auf dem Bett und starre fassungslos auf seinen Rücken, den er mir zugewandt hat. Mein Mund hängt weit offen, doch ich bekomme kein einziges Wort heraus, weil meine Stimmbänder streiken.

Wow. Das kam jetzt unerwartet.

# Epilog

## UNTER DEN STERNEN

Es ist bereits später November, die Zeit im Jahr, in der es in Oakspeak wirklich kalt wird. Und trotzdem stehe ich vor dem Spiegel und versuche den verflixten Reißverschluss dieses hübschen Sommerkleids im Rücken zuzubekommen. Natürlich könnte ich Thane um Hilfe bitten, aber das möchte ich nicht, weil er das Kleid bisher noch nicht gesehen hat und es eine Überraschung sein soll, wenn ich gleich aus dem kleinen gemieteten Bungalow auf Summerland Key in Florida spaziere.

Ich habe es schon vor Wochen gekauft, als Thane mich eingeladen hat, nachdem er, Cameron und zwei andere Jungs aus ihrem Hockeyteam diesen Kurztrip geplant haben. Wie sich herausgestellt hat, sind mein Bruder und mein Freund in derselben Woche geboren, und sie wollten ihren zwanzigsten Geburtstag irgendwo feiern, wo es warm ist.

Nachdem meine Eltern gehört haben, was an *meinem* Geburtstag vor fünf Monaten passiert ist, und dabei wegen des Sprungs in der Tischplatte und zerbrochenen Tee-Sets ein bisschen ausgeflippt sind, war ihre erste Reaktion auf meine Frage, ob ich im November nach Florida fliegen darf, ein Lachanfall. Ja, großartig. Ich habe sie über eine Woche lang regelrecht angefleht, doch am Ende brauchte es Camerons hoch und heiliges Versprechen, auf mich aufzupassen, dass meine Eltern doch noch einwilligten.

Jetzt bin ich hier und mache mich für das Dinner mit meinem Freund und ein paar anderen zurecht. Es macht mir nichts aus, dass wir heute Abend nicht alleine sind. Zumindest hatten wir am Nachmittag ein paar Stunden für uns am Strand. Es ist unglaublich, wie warm das Meer hier unten ist. Diese Temperaturen erreicht der Ozean in Oakspeak nicht einmal im Sommer. Wenn wir wieder daheim sind, muss ich mich echt bei Cameron dafür bedanken, dass er mir das hier ermöglicht hat. Vielleicht koche ich bei meinem nächsten Besuch in Portland sogar Spaghetti für ihn.

Endlich schaffe ich es, den Reißverschluss hochzuziehen. Total aufgeregt drehe ich mich vor dem Spiegel. Das Kleid ist ein Traum aus mehreren Lagen weißer Seide und betont wunderbar meine Figur. Zwei dünne Träger kreuzen sich in meinem Nacken und halten das Oberteil am richtigen Platz. Ich liebe es, wie der dünne Zipfelrock um meine Knie flattert, und die passenden weißen Sandalen habe ich auch mitgebracht.

Weil Thane das an mir am liebsten mag, binde ich meine Haare außerdem zu einem Pferdeschwanz hoch. Dann trete ich mit stürmisch pochendem Herzen endlich auf die Veranda.

Fünf Leute warten hier draußen, drei davon in einem schwarzen Smoking. Cam und Thane stehen am schweren Holzgeländer des Bungalows mit Blick aufs Meer hinaus, während sie sich unterhalten. Mein Bruder hat selbst auch eine weibliche Begleitung nach Summerland Key mitgebracht. Ich glaube nicht, dass die beiden ein Paar sind, aber sie ist die Erste, die mich sieht, und ihr Mund formt sich zu einem stillen, runden: *Wow!*

Das andere Pärchen, Lilly und Tristan, kenne ich inzwischen auch schon eine ganze Weile, da wir oft gemeinsam etwas unternehmen, wenn ich Thane in Portland besuche. Tristan räuspert sich laut genug, um auch die Aufmerksamkeit meines Bruders und meines Freundes zu erhalten, und so drehen sich schließlich auch die beiden um.

Thane sieht in einem Smoking umwerfend aus, doch sobald er mich in der Terrassentür entdeckt und mich mit seinem Blick aus drei Schritten Entfernung verschlingt, verliebe ich mich noch einmal ganz neu in ihn. Seine Kehle zuckt durch ein Schlucken, was mir eine unerwartete, leichte Röte in die Wangen treibt. Dann kommt er auf mich zu, nimmt mein Gesicht in beide Hände und pfeift auf sämtliche Regeln in der Nähe meines Bruders, als er mich voller Leidenschaft küsst.

»Du siehst aus wie ein Engel«, flüstert er und lehnt seine Stirn an meine.

Es ist schon komisch, das von ihm zu hören, wo er heute Nacht doch ganz in Schwarz gekleidet richtig dämonisch aussieht.

Mit einem Lächeln greife ich nach seiner Hand und verschränke unsere Finger. Dann folgen wir den anderen von der Veranda hinunter und holen Nora und

Henry, das vierte Paar in unserer Runde, von ihrem Hotelzimmer ab. Alle gemeinsam gehen wir zu dem eleganten Restaurant, das die Jungs ganz in der Nähe für heute Abend ausgesucht haben.

Das Fünf-Gänge-Menü ist spektakulär, mit Appetithäppchen, einem vorzüglichen Hauptgericht und flambiertem Eis als Dessert. Als wir endlich mit dem Essen fertig sind, komme ich mir vor, als hätte ich einen ganzen Elefanten verdrückt. Doch wir sitzen hinterher noch lange im warmen Gastgarten unter den funkelnden Sternen; genug Zeit, um sich von der tollen Feier zu erholen. Die Jungs erzählen dabei eine witzige Episode nach der anderen aus ihrem Eishockeytraining und ziehen sich gegenseitig ohne Unterbrechung auf. So viel wie heute habe ich schon lange nicht mehr gelacht. Es würde mich nicht wundern, wenn ich morgen einen Muskelkater im Bauch und im Gesicht habe.

Aber das Beste an diesem Abend ist mit Sicherheit Thanes Hand, die die meiste Zeit über auf meinem Bein liegt, wobei er mir sanft mit dem Daumen über die Haut streichelt, und die verliebten Blicke, die er mir immer wieder zuwirft.

Nachdem die Jungs die Rechnung bezahlt haben, verabschieden wir uns von den anderen und nehmen allein den Weg über den Strand zurück. Dabei schlüpfe ich aus meinen Sandalen und auch Thane zieht seine schwarzen Schuhe und Socken aus. Der weiche Sand fühlt sich warm zwischen meinen Zehen an und sogar das Wasser ist so spät noch angenehm lau, während es unsere Knöchel umspült.

»Hattest du einen schönen Abend?«, frage ich mit leicht erhobenem Kinn, um seine mitternachtsblauen Augen zu finden.

Thane hebt unsere verschränkten Hände und dreht mich unter seinem Arm durch, sodass er mich, ohne meine Hand loslassen zu müssen, an seine Seite ziehen kann. »Einen der schönsten überhaupt«, antwortet er nur wenig lauter als ein Flüstern und drückt mir dabei einen Kuss an die Schläfe, »weil ich ihn mit einem Engel verbracht habe.«

Ich schließe die Augen und genieße den Moment.

Am unteren Ende des Strands erreichen wir unseren gemieteten Bungalow. Thane holt die Karte für die Tür aus seiner Brieftasche und lässt uns beide rein. Wir stellen unsere Schuhe in die Ecke, doch mir ist noch nicht nach Schlafengehen, deshalb gehe ich noch einmal auf die Veranda, während Thane sein Jackett auszieht und es über einen Kleiderbügel hängt.

Im Freien dringt leise Musik von einer der anderen kleinen Hütten her und erfüllt die Nacht mit einer süßen Melodie.

Das Hotelpersonal hat offenbar, während wir weg waren, ein kleines Geschenk für Thane vorbeigebracht. Auf dem runden Holztisch hier draußen steht eine niedliche Cremetorte, zusammen mit einer Karte und einer Packung Streichhölzer für die einzelne Kerze auf dem Kuchen. Ich werde sie für ihn anzünden, sobald er herauskommt, doch im Augenblick überquere ich barfuß die Holzdielen zur Brüstung, stütze die Hände darauf und atme tief den Duft dieser wundervollen Nacht ein.

Eine Meeresbrise spielt in meinem Haar und lässt mein Seidenkleid flattern.

Einige Minuten später drehe ich mich verwundert um, weil Thane immer noch nicht hier ist. Doch dann schlucke ich und lächle, denn er lehnt mit verschränkten Armen in der offenen Terrassentür und beobachtet mich. Die Fliege hat er sich inzwischen auch vom Kragen gezogen und das weiße Hemd hängt lässig über den Bund der schwarzen Hose. Der teuflisch anziehende Anblick verursacht mir einen kribbeligen Schauer im Nacken.

Um mich aus seinem Bann zu befreien, hüstle ich kurz und gehe dann zum Tisch, um die zierliche Geburtstagskerze anzuzünden.

»Jemand hat dir Kuchen gebracht«, sage ich mit leiser Stimme und puste das Streichholz aus, sobald die Kerze brennt. »Wünsch dir was!« Grinsend schabe ich ein bisschen Creme vom Tortenrand, um zu kosten.

Nur komme ich nicht dazu, den Finger in meinen Mund zu stecken.

Thane fängt mein Handgelenk ein und zieht mich zu sich. Sein warmer Blick weicht dabei keine Sekunde von meinen Augen. »Ich muss mir nichts mehr wünschen. Du bist schon in Erfüllung gegangen«, verrät er mir in seinem verführerischen Raunen, ehe er die Lippen um meinen Finger schließt.

Kurz verhüllen seine langen Wimpern seine Augen, doch dann fixiert er mich erneut mit einer Intensität, die mir den Atem raubt. Ich schlucke schwer, während er mit seiner Zunge langsame Kreise um meine sahnigen Finger zieht und alles weg leckt.

Sobald mein Zeigefinger wieder frei ist, schiebt er unsere Finger ineinander und zieht mich noch näher. Die Kerze brennt still neben uns und die Musik erfüllt immer noch die Nacht. Da beginnt Thane mit mir unter den Sternen zu tanzen. Es erinnert mich an unseren ersten wirklich intimen Moment in der Küche bei mir zu Hause. Das ist eine meiner schönsten Erinnerungen überhaupt und ich weiß genau, dass ich heute Nacht mit auf diese Liste setzen werde.

»Ich liebe dich, Sandra Michelle Cardington, weißt du das?«, seufzt Thane und senkt seine Braue an meine.

Ein kleines Lächeln tritt dabei in meinem Gesicht zum Vorschein. »So etwas in der Art habe ich mir schon gedacht, als du nach meinem Geburtstag weiterhin immer wieder in mein Haus gekommen bist«, hänsle ich ihn ein wenig. Aber das ist okay, denn er weiß genau, wie sehr ich ihm ebenfalls verfallen bin. Heute ist nicht das erste Mal, dass er es mir gesagt hat. Wir haben uns gegenseitig ganz offen unsere Gefühle gestanden, als er mich nach den Sommerferien zu Theodore entführt hat und wir drei Stunden unter seinen bunten Herbstblättern gesessen haben.

Während wir uns sanft zu diesem schönen Lied in der lauen Nacht wiegen, streift Thane zärtlich mit den Händen über meine Seiten und schiebt dann seine beiden Zeigefinger unter die dünnen Träger meines Kleides. Mit der Rückseite seiner Finger streichelt er immer wieder über meine nackte Haut auf und ab, von meinen Schlüsselbeinen bis zur leichten oberen Wölbung meiner Brüste.

Ein ganz neues, prickelndes Gefühl macht sich in meinem Bauch breit, da, wo sonst immer die Schmetterlinge spielen, wenn er in der Nähe ist.

Beginnend mit dem Kuss an meinem siebzehnten Geburtstag, hat Thane mir ein halbes Jahr voller wunderschöner *ersten Male* geschenkt. Nur für eine Sache war ich bisher noch nicht bereit.

Aber selbst wenn wir es nicht für heute Nacht vorgesehen hatten, kann ich in seinen glänzenden Augen erkennen, wie sehr er es sich gerade wünscht. Und ich kann nicht leugnen, dass mich der Gedanke daran fasziniert.

Weil sich die zarte Berührung seiner Finger wie eine unausgesprochene Frage anfühlt, halte ich seinen Blick fest und öffne vorsichtig den Knopf seines Hemdkragens. Ich kann den Moment seiner Überraschung spüren, als er das Streicheln für eine Sekunde unterbricht und seine Augen eine Spur dunkler werden, während wir immer noch hier draußen tanzen.

Ich habe in meinem ganzen Leben noch nie jemanden kennengelernt, der so rücksichtsvoll ist wie Thane. Wann immer wir etwas unternommen haben, was mich auf bestimme Weise herausgefordert hat, auch wenn es nur das erste Mal war, dass er mich zum Eislaufen mitgenommen hat, gab er mir all die Zeit, die ich brauchte, um mich an die neue Situation zu gewöhnen, bevor wir einen Schritt weitergingen. Genauso wie jetzt. Den Blick immer noch fest mit meinem verankert, wartet er, bis ich den nächsten Schritt mache, um ihm damit zu zeigen, dass ich hierfür auch wirklich bereit bin. Darum öffne ich den nächsten Knopf an seinem Hemd.

Als könne er immer noch nicht ganz glauben, dass das gerade wirklich passiert, verengt er süß die Augen und lächelt. Ich liebe diesen Blick an ihm.

Im warmen Kerzenschein hakt er seine Finger um meine Träger und zieht sie sachte von meinen Schultern. Da ist zwar immer noch der Reißverschluss in meinem Rücken, der das Kleid befestigt hält, doch seine Berührung ist so intim, dass mein Herz gerade wie wild zu schlagen beginnt und das Prickeln in meinem Bauch immer tiefer zieht.

Thane lehnt sich zur Seite und pustet die Kerze aus, woraufhin wir uns in absoluter Dunkelheit weiter wiegen, bis sich meine Augen an das Mondlicht gewöhnt haben. Dann lässt er seine Hände langsam über meine bloßen Arme hinab und an meinem Körper nach hinten herumgleiten. Eine Hand behutsam in meinem Rücken auf das Kleid gelegt, zieht er mit der anderen sündhaft langsam den Reißverschluss nach unten und schickt dabei meine Gedanken auf eine turbulente Karussellfahrt.

Minutenlang hält er das Kleid an Ort und Stelle.

Dabei lehnt er sich zu mir und stiehlt mir einen verboten sinnlichen Kuss von den Lippen. Die Musik erklingt weiter in der Ferne und wir tanzen im Mondlicht auf der Veranda, getragen von dem wunderschönen Gefühl, uns einfach in den Armen zu halten.

Irgendwann lässt Thane mein weißes Seidenkleid durch seine Finger rutschen, sodass es an meinem Körper entlang auf den Boden fällt. Und es ist in Ordnung für mich, weil ich nämlich wahnsinnig verliebt in ihn bin.


*Ende.*

Als Nächstes erwartet euch
**Adrians Geschichte!**

# WINTERNACHTSFLÜSTERN

## LIEBE IM SCHNEE, Band 1

WINTERNACHTS
Flüstern
ANNA KATMORE

# WINTERNACHTSFLÜSTERN

Als ich im Winter nach meinem Highschool-Abschluss eine 6-monatige Auszeit in Kanada antrete, bin ich darauf eingestellt, eine Handvoll Pferde zu versorgen und ein paar Reparaturen rund um die Farm einer liebenswürdigen, alten Lady durchzuführen. Moonbreak Falls scheint die perfekte Zuflucht vor einer Welt voller Chaos, Familienstreitereien und Gefühlen zu sein, die ich jahrelang unter Verschluss gehalten habe.

Gerade, als ich mich an den Rhythmus der kalten Tage gewöhnt habe, schneit jedoch Ruths Enkelsohn zur Tür herein. Der junge Eishockeyspieler sieht aus, als wäre ein Engel direkt aus der Hölle entstiegen, und treibt die Temperatur auf der Farm unerwartet weit nach oben. Er hat sich unverhohlen zum Ziel gesetzt, mein erster Männer-Kuss zu sein, und greift dafür zu Mitteln, die mein Herz in einem überraschend neuen Takt schlagen lassen. Was zum Teufel? Ich will mich hier auf keinen Fall verlieben!

Doch North Beckett kracht mit einer Intensität in mein Leben, auf die ich nicht vorbereitet war, und plötzlich kann ich nichts anderes mehr tun, als nur noch Glühwürmchen zu zählen.

# Schnipsel

Um halb elf bin ich mit den Ställen fertig und habe alles in Sicherheit gebracht oder festgeschnallt, das vom Wind erfasst und herumgeschleudert werden könnte. Zu meiner Überraschung hat mir Maddie bei Letzterem sogar geholfen, denn im Haus sind sie und Ruth inzwischen mit allen Weihnachtsdekorationsarbeiten fertig, die unbedingt noch vor Norths Ankunft erledigt werden mussten. Dank ihrer Unterstützung bleibt mir vor dem Essen noch genügend Zeit, um heiß zu duschen und danach in ausgewaschene Jeans zu schlüpfen, die nicht nach Pferd oder Heu riechen.

Obwohl das Wetter hier im Norden ja perfekt für dicke Strickpullis ist — und meine Mom hat mir genug davon in meinen Koffer gepackt, als ich offenbar nicht hingesehen habe — bleiben die kratzigen Dinger weit hinten in meinem Kleiderschrank vergraben. Stattdessen hole ich ein weißes Sweatshirt hervor. In der Grundschule hat Sandy mich immer wegen des Mangels an Regenbogen in meiner Garderobe kritisiert, und wenn ich ehrlich bin, habe ich damals einfach auch oft weiße Shirts angezogen, nur um die kleine Klugscheißerin mit den rosa Einhorn-Kleidchen und dem Pferdeschwanz zu ärgern. Später jedoch wurden weiße Hoodies irgendwie zu einer Gewohnheit, und die hat sich über die Jahre zu einem soliden persönlichen Stil entwickelt. Ich mag Weiß. Es ist so unvoreingenommen.

Ich richte mir noch die Kapuze um den Nacken, als ich bereits wieder auf dem Weg nach unten bin. Auf dem kleinen Plateau in der Mitte der Treppe halte ich dann aber überrascht inne und blicke zur Tür, als diese aufgeht und ein eiskalter Windstoß durchs ganze Haus jagt. Ein paar Schneeflocken wirbeln herein und funkeln silbern im Mittagslicht, als wollten sie einen Engel ankündigen.

Wie in einer anderen Dimension gefangen, sinke ich langsam noch einen Schritt weiter auf die nächste Stufe und klammere meine Finger dabei fester um das hölzerne Geländer, als ein junger Mann durch die Tür tritt, der in seiner Unheiligkeit wohl kaum noch weiter von einem Engel entfernt sein könnte. Schwarze Winterschuhe, schwarze Skaterhose, eine schwarze Jacke, und Haare so äschern, als wäre er gerade erst aus den verbrannten Ebenen der Hölle emporgestiegen. Mit einem Hauch von Karamell durchzogen.

Er lässt seine Sporttasche neben sich auf den Boden fallen und wirft die Tür hinter sich zu. »Hallo! Grams?«, ruft er dabei laut in keine erkennbare Richtung. Dann springt er zweimal auf der Stelle und hält den Kopf leicht nach vorn geneigt, um den Schnee aus seinen zerzausten Haaren zu schütteln. Mit einer Hand, die in einem fingerlosen schwarzen Handschuh steckt, wuschelt er zusätzlich durch die wilden Strähnen und unterstreicht mit dem *Radioactive*-Symbol auf dem Handrücken das dunkelblonde Chaos.

»North!«, quietscht eine aufgeregte Stimme von links aus dem Durchgang zur Küche und sobald Ruth auftaucht, zucken seine Mundwinkel zu einem Lächeln hoch, das alle Sünden der Hölle unter der aufrichtigen Wiedersehensfreude für seine Großmutter verbirgt.

Während North an der Treppe vorbei auf sie zugeht, schwenkt sein Blick jedoch leicht in meine Richtung, denn offenbar fällt ihm erst jetzt auf, dass sich auch noch eine dritte Person im Raum befindet. Als hätte jemand den Zeitlupenknopf für Moonbreak Falls gedrückt, dauert sein einzelnes Blinzeln plötzlich eine Ewigkeit, und das dunkle Blau seiner Augen leuchtet dabei so intensiv wie der Himmel kurz vor einem Sonnenaufgang. Eine Gänsehaut prickelt in meinem Nacken und zieht auch noch über meine Arme bis zu meinen Handgelenken hinunter.

Dann verschlingt ihn Ruth aber mit den Worten: »Komm her, mein kleiner Wonnepups!« in einer so heftigen Umarmung, dass sein herzliches Lachen die Zeit wieder geraderückt und ich mich mit einem leichten Kopfschütteln aus diesem obskuren Moment befreie.

*Kleiner Wonnepups?* Der Kerl ist zwei Köpfe größer als sie. Die letzten zehn Jahre, seit North ganz offensichtlich aus den Kinderfotos ihres Albums entwachsen ist, sind anscheinend unbemerkt an ihr vorübergegangen.

Dennoch schafft es Ruth mit ihrer Umarmung, die Luft aus North herauszuquetschen, und so endet sein Lachen in einem überforderten Husten, bis sie ihn endlich loslässt. »Ich hab dich so vermisst!«, trällert sie und kneift ihn glücklich in die Pausbacken, die heute definitiv keine mehr sind.

North nimmt ihre Hand und drückt sie, grinst dabei aber

schief und lässt plötzlich den Blick noch einmal zu mir schweifen. »Ja, das kann ich mir vorstellen«, sagt er zu ihr. »So sehr, dass du dir gleich einen Ersatzenkel angeschafft hast.«

Oh.

»Oh, nein!«, stottere ich und steige die nächsten drei Stufen bis zur letzten hinunter. »Das stimmt nicht. Ich ... ich arbeite nur hier.« Ich will kein streittreibender Punkt zwischen den beiden sein. Nach Ruths Erzählungen sind sie eine so glückliche Familie. Ganz anders als meine eigene. »Mein Name ist —«

»Ich weiß, wer du bist ... Adrian«, unterbricht mich Ruths Enkelsohn aber ganz plötzlich und all der Schalk ist aus seiner Miene verschwunden. Seine Stimme ist besänftigend und verständnisvoll, als er auf mich zukommt und mir eine Hand entgegenstreckt, die ich zaghaft und verwirrt ergreife.

Wow. Die ist warm.

»Grams hat mir in den letzten Wochen eine Menge von dir erzählt. Und ich muss zugeben, ich war schon ziemlich neugierig darauf, was für ein *besonderer Goldschatz* mich hier erwartet. Sie sagt, dich hat der Himmel geschickt.« North lässt seine Augen einmal in einer unscheinbaren Abwärtswanderung über meinen ganzen Körper gleiten und sieht mir in der nächsten Sekunde bereits wieder ins Gesicht. Dabei zuckt sein linker Mundwinkel hoch, was meinen Hals austrocknen lässt, und ich schlucke. Dann macht er einen Schritt zurück, lässt aber meine Hand nicht sofort los, sondern gibt mir nur genug Raum, um von der Treppe zu steigen.

Ich folge seiner Einladung mit der anderen Hand immer noch fest am Geländer, weil ich den Halt seltsamerweise benötige. Einen dankbaren Blick kann ich dabei aber trotzdem zu Ruth werfen, weil es mich tief berührt, wie sie mich offenbar in ihren Erzählungen darstellt. Das wusste ich nicht.

»Willkommen in Moonbreak Falls. Ich hoffe, du fühlst dich hier bereits wie zu Hause«, sagt North mit einem freundlichen Lächeln und öffnet nun auch seine Finger, sodass meine Hand aus seiner gleiten kann. Viel zu langsam, wie mir auffällt.

»Ja. Es ist wunderschön hier.« *Besser* als zu Hause.

»Komm, zieh dich aus, Junge!«, drängt ihn Ruth aber nun aufgeregt und flattert in ihren Filzpantoffeln los in die Küche. »Wir wollen gleich essen. Der Tisch ist schon gedeckt.«

Das lässt sich North nicht zweimal sagen. Er schält sich aus seiner Jacke und hängt sie an den Haken neben der Tür. Dann zupft er sich den schwarzen Hoodie zurecht, unter dem der Saum eines weißen T-Shirts schlampig um seine Hüften hervorblitzt. Dabei scheint er auch zum ersten Mal seine Umgebung richtig wahrzunehmen und macht einen Dreihundertsechzig-Grad-Schwenk durch das ganze Haus. »Oh mein Gott! Wie's hier wieder aussieht!«, raunt er. »Schläft Grams jetzt mit dem Weihnachtsmann, oder was?«

»Hey, werd nicht frech, Kleiner, sonst gibt's was hinter die Ohren!«, dringt Maddies kokette Stimme durchs Wohnzimmer. Als North das Teilzeithausmädchen erspäht, beginnt sein Gesicht erneut zu strahlen und er breitet seine Arme aus, weil sie im nächsten Moment freudequietschend auf ihn zustürmt. Mit einer sportlichen Drehung fängt er ihren Schwung ab und drückt sie dann fest an sich.

»Es ist so schön, dass du endlich wieder da bist!«, murmelt

sie glücklich an seine Brust.

Ich schüttle leicht den Kopf. Man muss wohl Kanadier sein, um das von ihr zu bekommen.

Nun lasse ich den beiden aber doch ihren Wiedersehensmoment und folge Ruth in die Küche, um ihr beim Auftischen zu helfen. Bis das lecker duftende Brathähnchen aufgetragen ist, kommen auch sie herein und gehen zum Tisch. North zieht dabei den Stuhl heraus, auf dem ich die letzten vier Wochen immer gesessen habe, aber ehe ich mir noch einen anderen Sessel aussuchen kann, funkt Ruth bereits dazwischen: »Nein, da kannst du nicht sitzen. Das ist Adrians Platz.«

Wie vom Blitz getroffen, stehe ich da und weiß gerade überhaupt nicht, wie ich mich aus der Sache winden soll. Auch North bleibt für einen Moment wie angewurzelt stehen, die Finger noch um die Rückenlehne des Holzstuhls geschlungen, und zieht perplex die Augenbrauen hoch. Ruth ignoriert ihn aber völlig, als wäre ihr überhaupt nicht bewusst, was für eine große Sache das gerade ist.

»Na sieh mal einer an!«, gibt North schmunzelnd von sich und dreht den Kopf dabei zu mir. In seiner Miene ist kein Groll zu erkennen und auch die Überraschung weicht sogleich seiner fröhlichen Stimmung. »Und da sag noch mal einer, ich wurde nicht *ersetzt*.« Er zieht den Stuhl noch weiter zurück und nickt mich näher heran. »Na los, setz dich.«

Mir ist die ganze Situation wirklich mehr als unangenehm, denn auch wenn es absolut nicht meine Absicht ist, habe ich bereits fünf Minuten nach Norths Heimkehr das Gefühl, ich bin hier das fünfte Rad am Wagen, das sich ungewollt in einen Keil verwandelt.

Zögerlich gehe ich zu dem Platz, der in einem rechten Winkel zu Ruth am Tisch liegt und lege meine Hand neben die von North auf die Rückenlehne. »Hey ... das ist ... es tut mir leid«, murmle ich dabei leise und nur zu ihm gedreht, um Ruth nicht mit hineinzuziehen.

»Warum? Weil dich Grams gut leiden kann?« North zwinkert mir zu und geht dann auf die andere Seite des Tisches, um sich neben Maddie zu setzen. »Dann hast *du* mich jetzt eben an der Backe«, säuselt er ihr ins Ohr. Für ihn scheint all das hier kein Problem zu sein. Andererseits dürfte es ihm gerade recht sein, dass er neben der dunkelhaarigen Haushaltshilfe sitzen kann, denn im nächsten Moment springt sie quiekend einen halben Meter vom Stuhl hoch, weil er sie offenbar in den Oberschenkel gekniffen hat.

Ich bin mir gerade nicht ganz sicher, was die zwei für eine Beziehung zueinander haben. Darüber, dass sie vielleicht ein Paar sind, hat nie jemand ein Wort verloren, seit ich hier bin, aber sie wirken ungewöhnlich vertraut miteinander. Vielleicht läuft da ja doch etwas mehr zwischen den beiden. Der Gedanke zwingt mich auf merkwürdige Weise dazu, den Blick von ihnen fernzuhalten, darum konzentriere ich mich ganz auf das Essen auf meinem Teller und überlasse heute den anderen das Reden.

Es sind vor allem Ruth und Maddie, die eine enthusiastische Unterhaltung über den neuen Laden in der Stadt führen, der neben Büchern und allem möglichen Schnickschnack offenbar auch wunderschöne Stoffe verkauft, aus denen sich Ruth demnächst wieder einmal ein paar neue Schürzen nähen will.

Wenige Minuten später schiebe ich mir den letzten Bissen Gemüse in den Mund und lege dann die Gabel beiseite. Als ich mir mit der Serviette über die Lippen wische, ist es aber fast wie ein Reflex, über den Tisch zu North zu schielen, der mir schräg gegenüber sitzt, und plötzlich bleibt mir die Luft weg.

North ist mit seinem Essen bereits fertig und lehnt entspannt in seinem Stuhl. Die Hände hat er auf dem Bauch verschränkt und sein intensiver Blick ruht unverschämt auf mir. Ich räuspere mich kurz, schlucke, und lege die Serviette wieder auf den Tisch. Meine Augen wandern dabei mehrmals zwischen dem Teller vor mir und North auf der anderen Seite hin und her. Ich möchte ihn fragen, was los ist, doch sein eindringlicher Blick macht etwas sehr Seltsames mit mir und mir versagt die Stimme.

Er ist selbst so schweigsam und seine Miene so unlesbar, dass ich mich frage, ob er mich gerade als Rivalen in der Gunst seiner Großmutter auf der Liste seiner Erzfeinde ganz nach oben setzt. Oder ob ich vielleicht Gemüsereste zwischen den Zähnen habe. In jedem Fall spüre ich, wie mir dabei die Wangen etwas warm werden, was mir schon seit einer sehr langen Zeit nicht mehr passiert ist. Genau genommen gab es bisher nur einen einzigen Menschen, dem es gelungen ist, meinem Körper diese verhängnisvolle Reaktion zu entlocken. Was zum Teufel —?

North scheint es allerdings zu gefallen, mich so leicht aus der Fassung bringen zu können, denn in dem Moment, als ich mir verunsichert auf die Unterlippe beiße, heben sich seine

Mundwinkel zu einem fast unscheinbaren Lächeln an. Dann zucken seine Augen kurz nach links zu Ruth und da merke ich erst, dass das Thema der Unterhaltung am Tisch inzwischen ich bin.

»... bereits so viel geleistet. Die Pferde lieben ihn und er ist unglaublich fleißig«, plappert die alte Lady unaufhaltsam und trägt dabei das gleiche Schillern in ihren Augen, das ich sonst nur von jenen Momenten kenne, wenn sie mir von North erzählt.

»Ist das so?«, fragt North und grinst mich dabei interessiert an. Ich kenne ihn noch zu wenig, um sein Verhalten wirklich deuten zu können, aber ich fühle mich nicht wohl dabei, wenn seine geliebte *Grams* vor ihm so von mir schwärmt.

»Ja«, schnattert Ruth unbehelligt weiter. »Du hättest ihn mal sehen sollen, als er eingezogen ist. Ganz hager und schwach war er. Wie ein trauriges Eichhörnchen.«

»Hee!«, platzt es aber nun doch unerwartet aus mir heraus, obwohl ich selbst mit den anderen über diesen Vergleich lachen muss. »Das stimmt überhaupt nicht!« Ich war nicht hager.

»Und jetzt ... sieh ihn dir an!«, jubelt sie beinahe, als wäre es ihr eigener Verdienst, dass ich inzwischen ein paar Pfunde an Muskeln zugelegt habe. Was auf Grund ihres überragend guten Essens natürlich zum Teil auch der Fall ist. »Heute ist er so stark wie ein *All Canadian Bear*!«

North, der die übertriebenen Ausführungen seiner Oma definitiv unterhaltsam findet, steht auf und geht hinter ihr um den Tisch herum. Wie sich gleich darauf herausstellt, will er zum Kühlschrank und hat den Umweg nur gemacht, um im

Vorbeigehen seine Finger um meinen Oberarm legen zu können. Mit leichtem Druck fühlt er dabei meine Muskeln und ich spanne aus Reflex für eine Millisekunde den Arm an. Es ist mehr ein Zucken aus Schock als die Absicht, ihn beeindrucken zu wollen.

»Na ja«, stellt er heiter fest und geht dann weiter, um sich aus dem Eisfach eine kalte Limo zu nehmen. »Eher wie ein *All Canadian Ozelot*, wenn du mich fragst.« Er grinst immer noch, als er die Flasche öffnet, sie an seine Lippen führt und mich mit leicht nach hinten geneigtem Kopf unter seinen langen, dunklen Wimpern hervor beobachtet. Das Ganze hat etwas merkwürdig Anzügliches und mir fällt auf, wie ich zum zweiten Mal in weniger als dreißig Minuten eine Gänsehaut wegen North Becketts Blick bekomme.

Weitere Bücher von Anna Katmore

LIEBE IM SCHNEE
Winternachtsflüstern
Nordsternsplitter


GROVER BEACH HIGH
Teamwechsel
Ryan Hunter
Katastrophe mit Kirschgeschmack
Verknallt hoch zwei
Die Sache mit Susan Miller


VERNASCH MICH!
Stealing Three Kisses
Was sich neckt, das liebt sich… meistens


BREAKING
Breaking Rules
Breaking Limits
Breaking Titanium


EINE ZAUBERHAFTE REISE
Herzklopfen in Nimmerland
Die Rache des Pan


DIE CHRONIKEN VON MÄRCHENLAND
Ein Prinz für Rotkäppchen
Ein Wolf im Weg


*


Eloyn
Märchensommer
My Secret Vampire

Disney ist Annas Lebenseinstellung und wenn sie könnte, würde sie die Welt vor sich selbst retten. Ihr Patronus ist ein Wolf, ihr Zauberstab der abgebrochene Zweig eines Apfelbaums – 13 ¾ Zoll. Zugegeben, an einigen Tagen sind ihr Buchcharaktere lieber als richtige Menschen, doch es vergeht kein einziger Tag, an dem sie nicht auch nach wahrer Magie in der Realität suchen würde. Und wenn sie in manchen Momenten alleine ist, hört sie gerne den vielen Geschichten des Windes an einem lauen Sommerabend zu.

Mehr zu Anna und ihren Büchern findet ihr auf www.annakatmore.com

www.ingramcontent.com/pod-product-compliance
Lightning Source LLC
Chambersburg PA
CBHW051305130726
47987CB00004B/1678